Perry Rhodan

Fleisch der Erinnerung

Perry Rhodan

Fleisch der Erinnerung

von

Frank Borsch

Pabel-Moewig Verlag KG, Rastatt

www.moewig.de
Redaktion: Sabine Kropp/Klaus N. Frick
Titelillustration: Swen Papenbrock
Druck und Bindung: GGP Media, Pößneck
Printed in Germany 2002
www.perry-rhodan.net
ISBN 3-8118-7518-3

»Iss von mir.«

Er fuhr herum. In seinem Blick lag Verblüffung. Und Angst. »Was … was ist los mit dir?«

Sie antwortete nicht, machte nur einen Schritt auf ihn zu.

Er wich zurück, ohne den Blick von ihr abzuwenden. Ihre Hand fuhr in Hüfthöhe unter ihre Kleidung.

Sie rückte einen weiteren Schritt auf.

»Ich bitte dich, was hast du vor?« Er schrie jetzt. Seine Worte hallten durch den engen Raum, verschluckten alle anderen Geräusche, selbst das Pochen seines Pulses.

Ihre Hand kam unter der Jacke hervor. Und in ihr lag …

Er wollte aufschreien, aber es gelang ihm nicht. Sein Blick war auf das gerichtet, was in ihrer Handfläche ruhte. Er spürte Ekel – und Faszination. Etwas zog an ihm, zog an seinem Arm. Wollte, dass er ihn ausstreckte und …

»Iss von mir«, wiederholte sie. »Iss und du wirst verstehen.«

1.

Perry Rhodan sah ganz anders aus, als Lor-timkan erwartet hatte.

Unwillkürlich ruckte der Kopf des Ferronen herum.

»Stimmt etwas nicht?«, erkundigte sich sein Gegenüber, ein ferronischer Geschäftsmann, der Lor-timkan vor einigen Minuten seine Gesellschaft aufgedrängt hatte. Lor-timkan hatte seinen Namen bereits wieder vergessen.

»Nein … nein, es ist nichts. Ich bin nur etwas müde. Die letzten Tage waren anstrengend«, entgegnete er. Lor-timkan strich fahrig über das dicke kupferfarbene Haar, das er wie alle Angehörigen seines Stammes zu dicken Zöpfen geflochten trug. »Wo waren wir stehen geblieben?«

Der Geschäftsmann zögerte, dann fuhr er mit seiner genüsslichen Schilderung der jüngsten, Lor-timkan längst bekannten Palastskandale fort.

Was glotzt du Rhodan so an?, dachte Lor-timkan, wütend auf sich selbst. *Willst du dich im letzten Augenblick verraten?*

Er versuchte vergeblich seine Aufmerksamkeit auf den Geschäftsmann zu zwingen. Immer wieder richtete sich sein Blick auf den Terraner.

Rhodan stand jetzt nur wenige Schritte von ihm entfernt neben der Glassitstatue eines früheren Thorts und unterhielt sich mit seinem Begleiter. Rhodan war ein Mann von durchschnittlicher Größe, sehnig und schlank, mit dunkelblondem kurzem Haar. Er trug eine leichte Kombination gedeckter Farbe. Wäre er Lor-timkan auf der Straße begegnet, er hätte Rhodan für einen Angestellten einer der vielen terranischen Handelsniederlassungen gehalten.

Lor-timkan konnte sich nicht helfen, er war enttäuscht.

Er hatte sich einen Riesen vorgestellt, wenn schon nicht

körperlich, dann wenigstens in mentaler Hinsicht. Eine Person, deren Charisma jeden Raum, den sie betrat, augenblicklich erfüllte.

Das ist er?, dachte Lor-timkan. *Das ist der Mann, der sein Volk zu den Sternen geführt hat? Der Mann, der mehr Welten betreten hat als er zählen kann? Dessen Lebensspanne beinahe dreitausend Menschenjahre zurück reicht und die der Sonne überdauern soll?*

Lor-timkan streute einen überraschten Ausruf in den Vortrag seines Gegenübers ein, um ihm anzuzeigen, dass er ihm zuhörte, dann richtete er seine Aufmerksamkeit auf den Begleiter Rhodans.

Er war kleiner und untersetzter, ein Körperbau, der ihn den stämmigen Ferronen ähnlich machte. Sein Haar war rostrot. In einer Hand hielt er ein Glas, in der anderen einen Teller, dennoch redete er auf Rhodan gestikulierend ein, immer in der Gefahr, sein Gegenüber mit Barril-Wein zu bespritzen.

Reginald Bull, von seinen Freunden Bully genannt. Der Mann, der zusammen mit Rhodan auf der Spitze einer chemischen Rakete – einer besseren fliegenden Bombe eigentlich – zum Mond ihrer Heimatwelt geritten war. Ebenfalls unsterblich und Rhodans Freund seit Jahrtausenden.

Lor-timkan musterte Bull abschätzig. Er fragte sich, was Rhodan dazu bewegte, ihn an seiner Seite zu dulden. Vielleicht war es die bedingungslose Treue, die Bull ihm entgegenbrachte. Sie erinnerte Lor-timkan an die der sechsbeinigen Felltars. Als Kind hatte er eines besessen. Das dumme Tier war ihm überall hin gefolgt, bis es eines Tages in dem Fluss, der sein Heimatdorf durchschnitt, ertrunken war. Es hatte seine Kräfte überschätzt. Bull interessierte Lor-timkan nicht. Er war ein Mann, dem die Unsterblichkeit durch einen Zufall in den Schoß gefallen war – und es war ein Geheimnis der Götter, wie es ihm gelungen war, sie zu bewahren. Nein, Bull würde ihm nichts nützen.

Lor-timkan hatte genug gesehen. Er bedankte sich höflich für die anregende Unterhaltung und zog sich tiefer in den Festsaal des Roten Palastes zurück.

Er hob die Hand vor den Mund, als wolle er ein Gähnen verbergen. In das Mikrofon, das sich in seiner Handfläche bildete, flüsterte er: »Seid ihr bereit?«

Das Mikrofon bestand aus winzigen Nanomaschinen. Feronische Technik, in terranischen Augen hoffnungslos antiquiert, aber ortungssicher und robust.

»Ja«, kam die Antwort. Eine Membran aus Nanomaschinen hatte sich über Lor-timkans Hörmuschel gebildet.

»Gut, wir warten bis nach dem Essen.«

»Bei den unsterblichen Göttern! Worauf wartest du noch? Unsere Gäste verdursten!«

Die schrille Stimme Bek-nuphirs, des Zeremonienmeisters des Thorts, ließ Neniver mit einem Satz aufspringen. Sie strich ihre Schürze glatt – der hauchdünne Stoff war ihr immer noch nicht geheuer, seine kühle Geschmeidigkeit schien ihr eine Falle, die sie in Sicherheit wiegen, ihre Aufmerksamkeit einlullen sollte –, griff nach ihrem Tablett und stürzte hinaus in den Festsaal.

Sofort kehrte wieder das Gefühl zurück, dass sie tausend Augenpaare durchbohrten. Ihr Atem stockte. Neniver spürte, wie sich ihr Puls beschleunigte.

Komm wieder runter!, herrschte sie sich in Gedanken an. *Sie wissen nicht, weshalb du hier bist, was du bist. Sie können es nicht wissen.*

Neniver atmete tief durch, konzentrierte sich darauf, einen Fuß vor den anderen zu setzen, und ging zu einem der Buffets. Es gelang ihr, mehrere Gläser Barril-Wein auf das Tablett zu stellen, ohne dass jemand ihr Zittern bemerkt hätte. Dann machte sie sich auf zwischen die Gäste, den Blick auf den Boden gerichtet, wie es sich für eine Palastdienerin gehörte. Nur hin und wieder hob sie den Kopf für einige Momente, um zu verhindern, dass sie mit einem der Gäste zusammenstieß.

Dann, sie hatte das Tablett gerade wieder aufgefüllt, geschah es: Sie wandte sich mit einer sittsamen Verbeugung von einer Gruppe von Gästen, den Fürsten einiger kleinerer ferronischer Stämme, ab, als sie Perry Rhodan in die Augen blickte.

Neniver erstarrte.

Es waren die Augen eines Kindes. In ihnen glitzerte eine unstillbare Neugierde, der unbändige Drang, sich kopfüber in das Universum zu stürzen, seine Wunder zu erfahren. Und es waren die Augen eines alten Mannes. Augen, die das Licht vieler tausender Sonnen erblickt hatten, die unzählige Male Zeuge der Größe geworden waren, zu der intelligentes Leben fähig war, aber auch der Niedertracht.

Sie kannte diese Augen und Rhodans zugleich entspannte und dennoch auf alles vorbereitete Körperhaltung. Wie schon so oft zuvor formte sich in ihren Gedanken ein Bild. Eine Gruppe von Terranern, ein halbes Dutzend Männer und Frauen, hinter ihnen die dichte Wand des Urwalds, halb verdeckt vom allgegenwärtigen Nebel. In der Mitte der Gruppe Rhodan in einer schlichten lindgrünen Uniform. Er schien dem Mann, der vor ihr stand, bis aufs Haar zu gleichen – als wären keine Jahrtausende vergangen.

Neniver räusperte sich und öffnete den Mund. »Ich …«

»Vorsicht, junge Dame«, schaltete sich Rhodans Begleiter ein. »Ich habe das Gefühl, dieses Kleinod ist nicht antigravstabilisiert.« Sein Ferronisch hatte den weichen, melodischen Zungenschlag der Hauptstadt.

»W… was?« Neniver wirbelte herum. Das mit Schlammbüffelhorn verzierte und mit mehreren Dutzend Gläsern beladene Tablett geriet durch die abrupte Bewegung endgültig in Schieflage. Rhodans Begleiter stoppte sein Abkippen mit einer Gewandtheit, die man seiner untersetzten Gestalt nicht zugetraut hätte.

Er lächelte und sagte: »Ach nichts, ist schon gut.« Er nahm sich ein Glas und bedankte sich.

Rhodan stieß seinen Begleiter freundschaftlich in die Hüfte. »Vielen Dank«, wandte er sich dann an Neniver, ebenfalls in Ferronisch, »aber ich verzichte fürs Erste.«

Neniver schüttelte benommen den Kopf, eine Geste der Zustimmung unter den Ferronen – und blieb stehen.

Nach einigen Sekunden fragte Rhodan: »Kann ich dir noch irgendwie helfen?

»Nein … nein.«

Los, geh schon!, befahl sie sich in Gedanken. *Oder willst du, dass Bek-nuphir dich auf der Stelle ausschließt?* Der Zeremonienmeister des Palasts war vor Erregung dunkelblau angelaufen, als Neniver sich ihm nur wenige Minuten vor Beginn des Empfangs präsentiert hatte – als Ersatz für eine erkrankte Dienerin, an deren Zustand Neniver nicht ganz unschuldig war. Seit diesem Moment hatte Bek-nuphir sie nicht mehr aus den Augen gelassen.

Neniver zwang sich, einen Fuß vor den anderen zu setzen. Schritt für Schritt ließ sie Rhodan hinter sich, Schritt für Schritt wuchs in ihr der Drang, das schwere Tablett, das ihren Oberarm schmerzhaft pochen ließ, fallen zu lassen, herumzuwirbeln und zu ihm zu rennen und … und was dann?

Neniver wusste es nicht. Sie spürte nur, dass sie zu diesem Mann musste, der Rest würde sich von alleine weisen. Aber sie brauchte Zeit, einige Minuten wenigstens.

Ihr Puls beruhigte sich langsam wieder, als sie ihre Runde zu den übrigen Gästen fortsetzte. Noch war nichts verloren. Der Empfang hatte gerade erst begonnen, und die Vorliebe des Thorts für ausufernde offizielle Anlässe war allgemein bekannt. Neniver würde eine Gelegenheit finden.

Spätestens nach dem Essen.

Eigentlich war es ein Empfang wie viele andere.

Eigentlich.

Doch dies war ein besonderer Ort für Rhodan und Bull.

»Das ist doch …« Bull schöpfte hörbar Luft. »Hattest du vom Thort nicht einen ›schlichten‹ Empfang erbeten?« Vor den beiden Terranern erstreckte sich eine riesige Kuppelhalle, ein hundert Meter durchmessendes und fünfzig Meter hohes Gewölbe, seine Wände gesäumt von bemalten Holzschnitzereien. Hunderte von Gästen verloren sich beinahe in dem gewaltigen Raum. Rhodans Blick blieb am Ringwulst eines altmodischen Kugelraumers haften, der auf einem der Reliefs abgebildet war. Er kniff die Augen zusammen und las »GOOD HOPE«. Neben dem Schiff standen stämmige Ferronen und zwischen ihnen zwei dürre, hochgewachsene Gestalten, die sie um mindestens einen Kopf überragten: Reginald Bull und er selbst in der Wahrnehmung der stämmigen Bewohner des Wega-Systems.

Rhodan zuckte die Achseln. Ihm entging nicht das heisere Kratzen in der Stimme des Freundes. Seine Unbekümmertheit war nur gespielt. Sie war seine Art, mit den Gefühlen und Stimmungen umzugehen, die in ihm aufstiegen.

Hier, im Roten Palast, waren Rhodan und Bull vor beinahe drei Jahrtausenden auf eine Gruft gestoßen, die das Tor zu einem Gut darstellte, von dem die Menschheit seit Urzeiten geträumt hatte: dem der Unsterblichkeit. Die drückende Hitze Ferrols, die durch die großen runden Öffnungen in der Hallendecke hereindrängte; der herb-süße Duft des aus den Wurzeln der allgegenwärtigen Krol-Bäume gewonnenen Öls, mit dem sich die Ferronen einrieben; die auf Menschen stets wuchtig wirkenden Bewegungen der Ferronen, die auf einer Welt lebten, die beinahe die anderthalbfache Schwerkraft der Erde aufwies – Rhodan fühlte sich unwillkürlich in die Zeit versetzt, als er und Bull mit der GOOD HOPE, dem Beiboot eines arkonidischen Kreuzers, zum ersten Mal das heimische Sonnensystem hinter sich gelassen hatten. Wie oft hatten sie sich als Astronauten der US Space Force den Flug zu fremden Sternen ausgemalt! Sie hatten immer daran geglaubt, dass sie dort draußen auf intelligentes Leben stoßen würden, aber nie hätten sie auch nur zu träumen gewagt, dass die Unsterblichkeit auf sie wartete …

Nahezu dreitausend Jahre war das inzwischen her. Inzwischen schrieb man das Jahr 1309 der Neuen Galaktischen Zeitrechnung, was dem alten Jahr 4896 entsprach.

»Wahrscheinlich ist es in den Augen des Thorts genau das«, sagte Rhodan, »ein schlichter Empfang.« Er klopfte Bull aufmunternd auf die Schultern. »Komm schon, hier will dir keiner was Böses.«

Die beiden Terraner traten aus dem Türrahmen des Seiteneingangs. Innerhalb weniger Sekunden spürte Rhodan die ersten verstohlenen Blicke. *Ist das nicht …? Sind das nicht …?*, schienen sie zu sagen. Doch niemand wagte es, mit dem Finger auf ihn und Bull zu zeigen oder seine Neugierde offen zu bekunden. Rhodan hatte dem Thort im Vorfeld klargemacht, dass Bull und er sich als Privatpersonen auf Ferrol aufhielten; eine kurze Stippvisite, bevor die beiden zu einer weiteren diplomatischen Mission aufbrachen, welche die Spannungen zwischen der Liga Freier Terraner und dem Kristallimperium der Arkoniden lindern sollte.

Der Thort hatte umgehend reagiert. Der bereits angekündigte Staatsempfang war abgesagt worden, stattdessen lud der Herrscher der Ferronen zu einem informellen Umtrunk – was die oberen Zehntausend des Wega-Systems nicht daran gehindert hatte, geballt aufzumarschieren: Die Stammesfürsten mit ihrem vielköpfigen Gefolge ließen es sich ebenso wenig wie die Reichen und Schönen und die Stars der Medien- und Kunstszene nehmen, einen Blick auf die Unsterblichen zu werfen. Und die Neugierde beschränkte sich nicht auf die blauhäutigen Ferronen. Rhodan sah zahlreiche Menschen, Kolonisten, die sich auf verschiedenen Planeten und Monden des Systems angesiedelt hatten, oder auch terranische Händler, die hier, nur 27 Lichtjahre von der Erde entfernt, längst ein gewohnter Anblick waren.

Zwischen den Menschen und Ferronen erhaschte Rhodan immer wieder einen Blick auf Mitglieder eines weiteren Volkes, das im Wega-System eine Heimat gefunden hatte: Hoodhirs, knapp einen Meter große Maahk-Abkömmlinge, stapften in schweren Schutzanzügen zwischen den Gästen hindurch. Sie stammten vom fünfzehnten Planeten der Wega, einem für Menschen wie Ferronen unbewohnbaren Wasserstoff-Methan-Ammoniak-Riesen. Wie sie dort hingekommen waren, war eines der vielen ungelösten Rätsel des Systems.

Eine Dienerin bot ihnen Getränke an. Sie starrte Rhodan so unverwandt an, dass ihr um ein Haar das Tablett aus der Hand geglitten wäre.

»Was ich dich schon immer mal fragen wollte«, sagte Bull, nachdem die Ferronin wieder zwischen den Gästen verschwunden war. »Wie machst du das eigentlich? Ist ein Wunder, dass das arme Ding vor Ehrfurcht nicht aus den Latschen gekippt ist.«

Rhodan lachte. »Du übertreibst, Bully. Aber du hast Recht, irgendetwas war komisch an ihr. Sie hat mich angesehen, als ob sie mich wiedererkennen würde.«

Bull zuckte die Achseln. »Wahrscheinlich hat sie dich im Trivid gesehen. Dein Gesicht ist ja nicht gerade das unbekannteste der Galaxis.«

Die Beleuchtung wurde schwächer und empfand die Dämmerung nach, die traditionelle Essenszeit der Ferronen. Ein in ein leichtes Leinengewebe gekleideter Zeremonienmeister führte sie an einen kleinen Tisch am Rand des Saals, der einem halben Dutzend Personen Platz bot: Rhodan selbst, Bull, dem Thort und drei seiner höchsten Minister.

Trotz des privaten Charakters ihres Besuchs verweilte das Gespräch bei politischen Themen, und Rhodan war froh, als endlich der letzte Gang abgeräumt wurde. Er flüsterte zu Bull: »Kannst du ein paar Minuten die Stellung halten?« Als dieser nickte, erhob er sich. »Ich bin gleich zurück …«

Rhodan ging zu einem der Buffets, an dem sich die Gäste mit verschiedenen Nachspeisen bedienen konnten. Der Terraner hatte sich gerade eine der steif gegerbten Tierhäute genommen, die den Ferronen als Teller dienten, als man ihn auch schon ansprach. Sichtlich nervös erkundigte sich ein terranischer Händler, der auf Ferrol lebte, ob ihm nicht auch missfiele, wie sich die Hauptstadt Thorta in den letzten Jahren verändert habe.

Der Mann war nur der Erste einer langen Reihe von Neugierigen, die in den nächsten Minuten das Gespräch mit Rhodan suchten. Die meisten von ihnen waren damit zufrieden, einige Sätze mit dem Terraner auszutauschen, um danach zurück an ihre Tische zu gehen und zu berichten, sie hätten die Bekanntschaft eines Unsterblichen geschlossen.

Dann hörte Rhodan plötzlich eine Stimme hinter sich. »Sir? Darf ich Ihnen eine Frage stellen?«

Rhodan wandte sich um. Es war nicht nur die ungewohnte förmliche Anrede, die ihn stutzen ließ. Die Stimme hatte Englisch gesprochen, seine Muttersprache, die selbst auf der Erde längst vom Interkosmo als Verkehrssprache verdrängt worden war. Wer konnte …?

Es war ein Ferrone. Der Mann trug eine der dünnen Stammesschürzen, die in der Hitze Thortas üblich waren. Er reichte Rhodan nur bis zum Brustkorb, war aber deutlich stämmiger. Seine Augen lagen so tief in den Höhlen, dass Rhodan sie im Dämmerlicht der Halle kaum erkennen konnte.

»Sie sprechen Englisch?«, antwortete Rhodan in seiner Muttersprache.

Der Ferrone schüttelte bestätigend den Kopf, eine ferronische Geste, die in einem merkwürdigem Kontrast zu seinem akzentfreien amerikanischen Englisch stand. »Ich hatte Gelegenheit, für längere Zeit auf Terra zu leben. Und da ich schon immer der Ansicht war, dass man sich mit der Kultur seiner Gastgeber auseinander setzen sollte, lag es auf der Hand, mich an einer ihrer wichtigsten Sprachen zu versuchen.«

»Nun, der Versuch ist Ihnen gelungen«, beschied ihm Rhodan.

»Danke!« Der Ferrone strich sich verlegen über das kupferfarbene Haar. Er schien aufgeregt. »Aber zu meiner Frage … sagen Sie mir bitte, glauben Sie, dass das Galaktische Rätsel vollständig gelöst ist?«

Das Galaktische Rätsel?, dachte Rhodan. *Du scheinst Ernsteres auf dem Herzen zu haben als die anderen, mein Freund …* Er sagte unverbindlich: »Nun, es ist bald dreitausend Jahre her, dass mein Freund und ich mit einigen Gefährten das Rätsel lösten und von dem Geisteswesen ES die Unsterblichkeit geschenkt bekamen. Das scheint mir fürs Erste Lösung genug.«

»Aber das kann doch nicht alles sein!«, warf der Ferrone mit unerwarteter Heftigkeit ein. »Glauben Sie wirklich, dass das alles ist, was ES bezweckte? Die Unsterblichkeit für einige wenige Individuen?«

»Worauf wollen Sie hinaus?«

»Ich frage mich, ob das Rätsel nicht noch viel größer, viel umfassender ist.« Bevor Rhodan ihm widersprechen konnte, fuhr der Ferrone hastig fort. »Nehmen Sie doch nur die Unendlichen Korridore, die man erst vor wenigen Jahren unterhalb des Palastes entdeckt hat. Niemand hatte ihre Existenz geahnt. Sir, ich bin Historiker. Ich habe mich viele Jahre lang mit dem Galaktischen Rätsel beschäftigt, zahllose Quellen gesichtet.«

»Und?«, erkundigte sich Rhodan. Was wollte der Mann von ihm?

»Und ich glaube, dass ich einer Sensation auf der Spur bin. Aber was ich brauche, ist der Rat eines Augenzeugen. Wenn Sie nur wenige Minuten Ihrer Zeit erübrigen könnten …«

»Einige Minuten?«

Der Ferrone schüttelte eifrig den Kopf. »Ja, ich wollte die Unterlagen eigentlich mitbringen. Aber die Sicherheitsmaßnahmen für den Empfang, Sie wissen ja … ich habe sie an einem der Eingänge hinterlegt.«

Rhodan überlegte. Sollte er dem Mann folgen? Die Chancen, es mit einem armen Irren zu tun zu haben, waren überwältigend, aber andererseits klang, was er sagte, plausibel. ES war alles zuzutrauen, das hatte er in seinem langen Leben gelernt. Und was hatte er schon zu verlieren? Die *anregende* Gesellschaft am Tisch des Thorts?

Er suchte Reginald Bulls Blick und winkte ihm zu. »Bin gleich wieder da!«, sagte seine Geste.

Dann folgte er dem Ferronen.

2.

»Vollständige Ablösung des Originals in voraussichtlich 1,34 Stunden.«

Tar-serque stieß einen beherzten Fluch aus. Über eine Stunde, damit hatte sie nicht gerechnet. Es würde knapp werden.

»Alles in Ordnung, Malan?« Tar-galfen, ihr Leibdiener, hatte sich von den Kontrollen des Gleiters abgewandt und musterte sie besorgt. Der Syntron hatte im selben Moment, in dem seine Finger die Steuerung freigaben, die Herrschaft über das Fahrzeug übernommen.

»Ja, ja doch«, sie schüttelte unwirsch den Kopf. »Kümmere dich wieder um die Steuerung.«

Mit einer Handbewegung rief die Ferronin weitere Daten ab. In Höhe der Kopfstütze des Pilotensitzes erschien eine Serie von Hologrammen, schematische Darstellungen des systemweiten Netzes, daran wie eine Perlenkette die Unternetze der über hundert Stämme, in die sich das ferronische Volk teilte.

73,89 Prozent. Noch während Tar-serque die verschiedenen Farben der Darstellung auf sich wirken ließen, erhöhte sich die Zahl auf 78,62 Prozent. Über drei Viertel des Netzes war bereits mit der von ihr ausgearbeiteten Version infiziert, der Rest würde nicht mehr lange auf sich warten lassen.

»Vollständige Ablösung des Originals in voraussichtlich 1,26 Stunden«, flüsterte die weiche Kunststimme.

Noch bevor Tanos über der Skyline Thortas versank, würde die Rate bei über 99 Prozent liegen. Den lächerlich wirkenden Sprung auf 100 Prozent aber würde sie nie schaffen. Irgendwo im Verbund der Milliarden Syntroniken, die über die

42 Planeten des Systems, seine dutzende von Monden und hunderte von Raumstationen verstreut waren, würde sich die eine oder andere Originaldatei halten. Doch das war egal, es gab keine absoluten Wahrheiten, weder im Netz der Ferronen noch irgendwo sonst im Universum. Was zählte, war der Augenschein, die Präsentation – und die erdrückende Macht der Zahlen. Tar-serque hatte diese Erkenntnis in dem Vierteljahrhundert, die seit ihrer Ernennung zur Malan, zur Stammesmutter, vergangen war, teuer erkauft. Sie würde sie nicht wieder vergessen.

Nur, die Lektion würde ihr heute nichts nützen. Nicht solange das Symbol des Krurr-Baums, das vor ihr im Hologramm schwebte, sich nicht gelb verfärbte. Erst dann hatte nämlich ihr Virus das Intranet der Krurrtar erreicht – und erst dann konnte sie auf einen Erfolg ihrer Mission auch nur hoffen.

»Vollständige Ablösung des Originals in voraussichtlich 1,19 Stunden.« Tar-serque hörte die Syntronstimme kaum. Sie starrte auf das Hologramm, als könnte sie ihm mit bloßer Geisteskraft seinen Willen aufzwingen. Aber nichts geschah, der stilisierte Krurr-Baum glänzte weiter in trotzigem Violett.

Sollte sie umkehren?

Sie versteifte sich. Nein, eine Umkehr hätte den Tod zu vieler Ferronen bedeutet. Flog sie weiter, hatte sie immer noch eine – wenn auch winzige – Chance. Das Einzige, was sie persönlich zu verlieren hatte, war ihr Ruf. Und den, glaubte Tar-serque, musste man von Zeit zu Zeit aufs Spiel setzen, wollte man nicht eines Tages aufwachen und feststellen, dass sich die geachtete Stammesmutter in eine arrogante alte Frau verwandelt hatte, auf deren Gemecker selbst der unterste Tsirr keinen Furz gab.

»Wir sind gleich da, Malan«, sagte Tar-galfen. Er öffnete den Mund, als wollte er noch etwas hinzufügen, schloss ihn dann aber ohne ein weiteres Wort. Er hatte in der Rückprojektion das dunkle Glänzen von Tar-serques Wangen gesehen und wusste, dass es keinen Sinn hatte zu diskutieren. Hatte die Malan sich erst einmal etwas in den Kopf gesetzt, konnte sie nicht einmal ein arkonidisches Invasionsheer davon abhalten. Der Diener hatte es mit eigenen Augen gesehen.

»Gut.« Ein Wink der Malan an die Bordsyntronik ließ die schematische Darstellung verschwinden, an ihrer Stelle erschien ihr dreidimensionales Spiegelbild. Tar-serque sah eine Ferronin mittleren Alters, deren alles bestimmendes Körpermerkmal ihre Fettleibigkeit war. Tar-serque wog über vier terranische Zentner, eine Leibesfülle, die selbst unter den stämmigen Ferronen ungewöhnlich war. Für die Malan war ihr Gewicht ein Werkzeug, eine Waffe, die sie schon oft erfolgreich eingesetzt hatte. Denn obwohl seit vielen Jahrtausenden kein Ferrone mehr Hunger litt, saß die Erinnerung an die dunklen Jahrtausende, an den langen Überlebenskampf ihres Volkes noch tief. So oft eine gut genährte Person verlacht wurde, kein Ferrone, gleich welcher Stammeszugehörigkeit, konnte umhin, ihr im tiefsten Innern einen archaischen Respekt zu zollen.

Und Respekt, Achtung vor der Würde ihres Amtes, war die Karte, auf die sie gerade alles setzte.

Mit einem kaum merkbaren Ruck setzte der Gleiter auf. Man hatte Tar-galfen einen Landeplatz auf einem der Dächer von Krurr-mipahs Palast zugewiesen.

Der Bordsyntron blendete eine 360-Grad-Ansicht des Landeplatzes ein. Tar-serque ließ das Hologramm in Augenhöhe an sich vorbeiziehen. Sie hätte auch den Kopf verdrehen können, aber sie hatte nichts dafür übrig, Energie auf unnötige Bewegungen zu verschwenden. Sie sah eine Hand voll von Stammeswürdenträgern, in den Händen mit Silber überzogene Hirtenstücke aus dem Holz des Krurr-Baums, die Insignien ihrer Macht, dazu noch einmal etwa doppelt so viele Diener. Krurr-mipah befand sich nicht unter den Würdenträgern.

Die Malan knurrte anerkennend. Krurr-mipah mochte ein eitler Hitzkopf sein, dessen schlechter Geschmack nur noch von seinem Reichtum übertroffen wurde, dumm war er nicht.

Sein Erscheinen auf dem Landeplatz hätte ihrem Besuch eine Aufwertung gegeben, die es ihm unmöglich gemacht hätte, ihre Bitte abzuschlagen.

»Du wartest hier, Galfen«, wandte sie sich an ihren Diener, dann aktivierte sie den Öffnungsmechanismus. Die Tür versank in einer Aussparung, und die Malan schwebte die ausgefahrene Treppe der Ausstiegsluke hinunter – getragen von einem Antigravfeld, einer terranischen Technikspielerei, der sie selten widerstehen konnte, dem verhaltenen Murren mancher Stammesangehöriger zum Trotz.

»Seid uns willkommen, Hochverehrte!«, begrüßte sie der Ranghöchste der Würdenträger. Tar-serque schenkte ihm nur flüchtige Beachtung. Ihr Blick wanderte über den engen Kreis des Landefelds hinaus, über die verwinkelten Dächer von Krurr-mipahs Palast – wohl der scheußlichsten der zahllosen Kopien des Roten Palasts des Thorts, die sich überall im Wega-System fanden –, das in alle Richtungen bis an den Horizont reichenden Häusermeers Thortas und saugte sich schließlich an der zentralen Kuppel des Roten Palasts fest, dem Herzen des politischen Lebens auf Ferrol. Dort fand in diesen Minuten ein Empfang des Thorts statt, vorgeblich ohne besonderen Grund, in Wahrheit aber – und ganz Thorta wusste das – aus Anlass des Besuchs von Perry Rhodan und Reginald Bull.

Tar-serque unterdrückte ein wütendes Brummen. So oder so, ihre Aufgabe würde schnell erfüllt sein. Vielleicht sogar schnell genug, um doch noch einen Blick auf die beiden Unsterblichen zu erhaschen …

»Danke, das genügt«, beschied sie dem Würdenträger, der sich in der Zwischenzeit mit rhetorischen Purzelbäumen abgemüht hatte, die Freude seines Fürsten über den Besuch der edlen Malan auszudrücken. »Ich weiß genau, wer ich bin – und wie wichtig ich bin. Also führt mich endlich zu Krurr-mipah!«

Der Mann keuchte empört auf, als er den Namen seines

Fürsten ohne den obligatorischen Titel ausgesprochen hörte, riss sich dann aber zusammen und sagte: »Na... natürlich, hochverehrte Malan. Bitte, folgen Sie mir!«

Na also, warum nicht gleich so?, dachte Tar-serque, aber sagte nichts. Den Mann zu demütigen, bis seine servile Haltung in Trotz umschlug, hätte ihr nur geschadet. Man wusste nie, vielleicht war er der Ratgeber, an dessen Lippen Krurr-mipah gerade klebte.

Das Empfangskomitee setzte sich in Bewegung, Tar-serque in der Mitte. Sie verzichtete auf die angebotene Sänfte und schwebte stattdessen auf dem Antigravfeld, das ein in ihren Körper implantierter Mikroprojektor erzeugte. Unsichtbare Partikeldüsen sorgten lautlos für ihren Vortrieb. Nach einer knappen Viertelstunde und einer langen Reihe von Korridoren, deren Wände und Decken mit Fresken gesäumt waren, welche die heldenhafte Geschichte der Krurrtar rühmten und Tar-serque bestätigten, dass die Vulgarität der Innenausstattung dem Äußeren der Anlage in nichts nachstand, gelangte die Gruppe in ein Vorzimmer.

Die Malan wollte sich gerade in einen bereitgestellten, extra breiten Sessel fallen lassen, als ein weiterer Würdenträger ihr mitteilte, dass der oberste Hirte der Krurrtar sie jetzt zu empfangen geruhe.

Tar-serque schwebte durch die für sie geöffnete Flügeltür. *Wieso die plötzliche Eile?,* dachte die Malan. *Ist unser Freund doch ungeduldig?*

Wenige Augenblicke später stellte sich heraus, dass der Fürst *sehr* ungeduldig war.

»Sag ihm, er kann sich seine verlogenen Bezeugungen sparen!«, schrie Krurr-mipah sie an, noch bevor sie die Türschwelle hinter sich gelassen hatte. Er duzte die Malan, formal waren sie von gleichwertigem Rang, auch wenn die beiden Ferronen sehr unterschiedlichen Sphären angehörten. »Hast du gehört? Sag ihm, er soll sich unter dem Kot seiner Tiere im Schlamm vergraben! Sonst komme ich und ...«

»Nein, das habe ich nicht gehört«, sagte Tar-serque ruhig. Ihre volle Stimme übertönte mühelos das Gezeter des Fürsten. »Denn eine solche Äußerung steht dem Fürsten des ruhmreichsten aller Stämme, dem großzügigsten Kunstmäzen Ferrols nicht gut an.«

»Woher willst du das wissen?« Krurr-mipah sprang auf die Malan zu. Er war ein kleiner, sehniger Mann.

Geboren, den Wirbelstürmen des Krurrtar-Deltas zu trotzen und die Herden auf ihren tausende Kilometer langen Trecks flussaufwärts zu begleiten, nicht, um im Intrigenkessel der Hundertmillionenstadt Thorta zu bestehen, so hatte das Dossier geendet, das ihr Tar-galfen zusammengestellt hatte. Der Malan genügte bereits der Eindruck der ersten Augenblicke, um es bestätigt zu wissen.

»Ein Krurrtar hält nicht still, wenn man ihn beleidigt!«, schrie Krurr-mipah jetzt. »Er hat mich bloßgestellt, vor allen! Dafür soll er büßen!«

Dagegen hätte ich nicht das Geringste einzuwenden. Aber am Ende wird es doch wieder nur seine unschuldigen Untertanen treffen, dachte Tar-serque. Laut sagte sie: »Beruhige dich doch, vielleicht hast du dich ja geirrt, etwas falsch verstanden. Manchmal ...«

»Etwas falsch verstanden?« Das Gesicht des Fürsten verfärbte sich vom ohnehin erregten Dunkelblau in ein empörtes Schwarz. Eine pochende Ader trat auf seiner Stirn hervor. »Für wie dumm hältst du mich eigentlich? Da gab es nichts falsch zu verstehen! Er hat es direkt in die Kamera gesagt. ›Krurr-mipahs Schlammbüffel? Die sind so abgemagert, dass selbst die Kaliuu sie verschmähen! Ein trauriger Anblick.‹ Genau das hat er gesagt, und dann hat er schmierig gegrinst.« Der Fürst holte schnaubend Luft. »Und bald weiß es das ganze System!«

In der Tat, der Fürst war kein Dummkopf – zumindest nicht, wenn seine Ehre betroffen war. Krurr-mipah merkte, wenn man ihn beleidigte. Und wichtiger noch: Er hatte das

Ausmaß der Affäre verstanden. Mee-synars Bemerkung mochte ein Ausrutscher gewesen sein, der einem Mann, der seit über zwei Jahrzehnten an der Spitze der Meeir stand, nicht würdig war, doch seine möglichen Konsequenzen waren zu ernst, als dass die Malan sie ignorieren konnte.

»Bist du dir da sicher?«, fragte Tar-serque.

Der Fürst sah sie entgeistert an. »Was willst du damit sagen? Seit der frechen Beleidigung dieses … dieses Stalljungen ist beinahe ein halber Tag vergangen. Es ist ein Wunder, dass sich noch nicht die ganze Stadt darüber das Maul zerreißt!«

»Das meine ich nicht. Natürlich, Nachrichten, in denen von dir die Rede ist, verbreiten sich schneller als das Licht im Netz. Aber diese Tatsache«, sie lächelte verschmitzt, »solltest du eher als Kompliment auffassen.«

Sie schwebte einige Schritte tiefer in den mit Möbeln und Kunstgegenständen überfrachteten Raum und überzeugte sich, dass die Tür hinter ihr geschlossen war.

Dann fuhr sie fort: »Aber ich will auf etwas anderes hinaus. Ich frage mich, ob nicht ein Missverständnis vorliegt …«

»Ein Missverständnis?« Die Skepsis ließ Krurr-mipahs Stimme zu einem ungläubigen Flüstern abschwellen. »Willst du damit sagen, ich wäre zu dumm, einem Trivideo-Clip zu folgen?«

»Nein, daran dächte ich nicht einmal im Traum. Aber haben wir nicht alle schon erlebt, dass wir etwas in den falschen Hals bekommen haben? Dass wir glaubten, beleidigt oder angegriffen worden zu sein, nur um dann im letzten Augenblick, bevor wir etwas Unumkehrbares angestellt hätten, unseren Fehler zu bemerken?« Tar-serque schwebte jetzt direkt vor dem Fürsten. Die massige Frau schien den Fürsten förmlich zu erdrücken. »Deshalb frage ich dich: Bist du sicher, dass du gesehen hast, was du gesehen hast? Dass du gehört hast, was du gehört hast?«

Krurr-mipah schien wie erstarrt. Die Malan flehte die unsterblichen Götter an, dass er ihren Köder schluckte. Es durfte nicht sein, dass Ferronen in einer Stammesfehde ihr Leben ließen, nur weil die Feuerköpfe, die sie regierten, nichts Besseres zu tun hatten, als sich gegenseitig zu beleidigen.

Der Fürst löste sich aus seiner Starre und sagte: »Wenn du mir nicht glaubst, was ist dann damit?« Vor ihm entstand eine Formenergiekonsole. Er tippte auf eines der Menüs, und die Konsole wich einem Holo.

Die Malan sah Mee-synar. Der Fürst trug wie immer die neueste Mode Thortas. Er stand auf einer Plattform inmitten eines künstlich angelegten Schlammteichs. Um ihn herum suhlten sich die Schlammbüffel, prächtige, wohlgenährte Tiere – ein uraltes Statussymbol, dass sich bis in die Gegenwart gehalten hatte. Tar-serque glaubte, dass diese Tatsache ihrer absoluten Nutzlosigkeit zu verdanken war. Niemand brauchte mehr Schlammbüffel, die Tiere verschlangen nur Platz, Sumpfgras und Geld. Der perfekte Zeitvertreib für einen Fürsten, der zeigen wollte, dass er es nicht nötig hatte, sich mit Sinnvollem zu beschäftigen. Die Herde Mee-synars musste über hundert Tiere zählen. Hinter ihm, im Dunst, erstreckte sich das Delta des Krurr-Flusses, seit den dunklen Jahrtausenden das Objekt der Begierde seines Stammes – zum Greifen nahe und doch unerreichbar.

Die Krurrtar siedelten dort unten, in der fruchtbaren Ebene, in der die Schlammbüffel spielend die seichten Tümpel fanden, in denen sie sich bevorzugt suhlten. Hätte der Krurr-Fluss nicht in unregelmäßigen Abständen sein Bett gewechselt, die Krurrtar hätten sich immer weiter vermehrt und die Meeir aus den Bergen vertrieben, die das Tal säumten. Doch der Fluss hatte seinen eigenen, unbeugsamen Willen, und so hatten die beiden Stämme jahrtausendelang in einem prekären Gleichgewicht gelebt. Immer wieder war es der einen oder anderen Seite durch einen erfolgreichen Feldzug gelungen, die Herden des Gegners zu dezimieren oder zu entführen, aber nie hatte es eine Seite vermocht, die andere dauerhaft zu unterwerfen.

Tar-serque spürte, wie ihr das Blut in die Wangen schoss. Sie wusste nicht, ob der Trivideo-Clip, der vor ihr ablief, das Original war oder die geschickte Fälschung, die ihre Diener im Netz gestreut hatten. Sie würde es erst erfahren, wenn Mee-synar den Mund öffnete. War ihr eigener, manipulierter Clip, den ihre Diener vor knapp drei Stunden in das Netz geschleust hatten, noch nicht bis in das Intranet der Krurrtar vorgedrungen, würde sich eine neue Fehde zwischen den Stämmen entspinnen. Dutzende, vielleicht sogar hunderte von Ferronen würden sie mit dem Leben bezahlen.

Die Kamera ging jetzt ganz nah an das Gesicht Mee-synars. Er öffnete den Mund und sagte: »Krurr-mipahs Schlammbüffel? Ich wünschte, sie wären so abgemagert, dass selbst die Kaliuu sie verschmähen. Traurig, dass es nicht so ist.« Dann verzog er die Lippen zu einem wehmütigen Lächeln.

Die Malan entließ die Luft aus den Lungen. Sie hatte den Atem unwillkürlich angehalten. Es hatte geklappt! Der Virus, den ihre Diener mit dem manipulierten Clip gekoppelt hatten, war erfolgreich gewesen. Es war bis in das Intranet der Krurrtar vorgedrungen, und bald würde die Zahl der manipulierten Clips die der ursprünglichen übersteigen, so dass die Malan sie, selbst wenn Krurr-mipah durch Zufall auf einen stoßen sollte, als klägliche Fälschung anprangern konnte.

Tar-serque hörte ein unterdrücktes Ächzen. »Aber … aber …«, stotterte der Fürst, »das ist doch unmöglich! Ich habe es mit eigenen Augen …«

»Wie ich schon sagte, selbst die Besten können sich irren.« Die Malan suchte Blickkontakt mit dem Fürsten. »Unter uns, ich kann gut verstehen, wie es zu dem Missverständnis kam. Das, nun, gespannte Verhältnis zwischen euren Stämmen ist ja bekannt. In einer solchen Situation kommt es darauf an, kühlen Kopf zu bewahren. Ich bin froh, dass die Krurrtar sich an einem Fürsten erfreuen können, der um die Bedeutung des Wortes Besonnenheit weiß.« Sie blickte Krurr-mipah fragend an.

Der Fürst schüttelte entschlossen den Kopf. »Ja, du hast Recht. Unter *diesen* Umständen ...«

Noch bevor Tar-serque sich darüber schlüssig war, ob der Fürst ihr Manöver durchschaut hatte und sich in das Unvermeidliche fügte oder er ihrem Bluff Glauben schenkte, erschien bereits ein Diener.

»Ich danke dir für deine Hilfe«, sagte Krurr-mipah. »Du hast mich vor einer großen Dummheit bewahrt. Ich hoffe, dir wird immer eine so glückliche Hand zuteil.« Ohne ein weiteres Wort wandte sich der Fürst ab und verschwand in einer kleineren Türöffnung am anderen Ende des Raums. Tarserque verstand, der Fürst gedachte seine Wunden in der Abgeschiedenheit seiner privaten Kammer zu lecken.

Im Vorraum warteten immer noch die Würdenträger mit ihren Dienern auf die Malan. Tar-serque gestattete sich ein triumphierendes Lächeln und bellte dann: »Was sitzt ihr hier herum? Los, gehen wir!«

Kurz darauf schwebte die Stammesmutter in die Kabine ihres Gleiters. Tar-galfen drehte sich auf dem Pilotensessel um und sah sie fragend an.

»Es hat funktioniert«, beschied sie ihm. »Richte den übrigen Dienern meinen tiefsten Dank aus.« Sie ließ sich tiefer in die Polster sinken. »Und jetzt auf ins Vergnügen! Bring mich zum Roten Palast! Ich will die Unsterblichen sehen!«

Der Diener machte keine Anstalten, sich der Steuerung zu widmen.

»Was ist? Hast du nicht gehört, was ich gesagt habe?«

Tar-galfen schüttelte bejahend den Kopf. »Ja, schon. Nur der Empfang ... ich glaube nicht, Malan, dass es noch Sinn hat, dorthin zu fliegen.«

3.

Rede! Er darf nicht zum Nachdenken kommen!

Lor-timkan räumte Rhodan höflich den Vortritt durch den Nebenausgang ein, ohne seinen Redefluss zu unterbrechen.

»… mich intensiv mit Ihrem Vorstoß in unser Heimatsystem beschäftigt, Sir. Was für ein tollkühnes Unternehmen. Im Beiboot eines gekaperten Arkonidenkreuzers, mit einer unerfahrenen Besatzung, die ihre Herrschaft über den Raumer nur einer provisorischen Hypnoschulung zu verdanken hatte – das nenne ich Wagemut!«

Lor-timkan nickte den beiden Ferronen in schneeweißen Uniformen der Palastwachen kaum merklich zu, sie standen auf seiner Seite. Rhodan und Lor-timkan ließen den Ausgang hinter sich. Der Ferrone nahm mit einem Seitenblick wahr, wie die Wachen mit einem Prallfeld einer Hand voll Neugierigen den Weg versperrten, die versuchte, sich an das Duo zu hängen. Sich einige Minuten mit dem Unsterblichen Perry Rhodan zu unterhalten, davon träumten nicht wenige. Aber Lor-timkan hatte ganz andere Träume.

Rhodan ging nicht auf das Kompliment ein. »Sie hatten mir etwas von Unterlagen erzählt, die Sie am Eingang hinterlegt haben?«

»Oh, ich meinte nicht diesen hier, sondern einen der äußeren«, sagte Lor-timkan. Die Palastwache hatte einen mehrfach gestaffelten Sicherheitsring um den Kuppelsaal gelegt. »Aber ich versichere Ihnen, wir sind gleich dort.«

Der Terraner zögerte.

Er hält dich für einen lästigen Schwätzer, dachte Lor-timkan. *Rede weiter. Nur noch ein paar Schritte, dann …*

»Kommen Sie, Sir«, drängte der Ferrone. »Ich verspreche Ihnen, in ein paar Minuten ist alles vorbei. Und es wird sich lohnen.«

Rhodan übersah mit einer schnellen Kopfbewegung die Lage und gab den beiden Palastwachen mit einem Zeichen zu verstehen, dass sie ihn begleiten sollten. Einer der Männer rief über Visiphon eine Ablösung herbei, dann folgten er und sein Kamerad Rhodans Aufforderung.

Lor-timkan unterdrückte ein Grinsen. Wenn Rhodan wüsste …

»Ich danke Ihnen, Sir.« Der Ferrone deutete nach rechts. »Hier entlang. Wo war ich stehen geblieben? Nun, während meiner Studien bin ich auf eine Reihe von Ungereimtheiten gestoßen. Nehmen wir nur einmal, dass es uns Ferronen in Jahrtausenden nicht einmal ansatzweise vergönnt war, das Galaktische Rätsel, als dessen Belohnung die Unsterblichkeit winkte, zu lösen – während es Ihnen und Ihren Begleitern innerhalb kürzester Zeit gelang. Wie ist das möglich, frage ich mich. Ich …«

Lor-timkan hörte kaum seine eigene Stimme. In seinen Ohren dröhnte sein beschleunigter Puls, unterlegt von der »Bereit!«-Meldung des zweiten Kommandos. Noch wenige Augenblicke …

»Da sind wir.« Der Ferrone blieb vor einer mehreren Meter hohen Tür aus Massivholz stehen. Die beiden Palastwachen hielten wenige Schritte hinter ihnen an. Lor-timkan presste die Hand gegen ein Sensorfeld, die Flügel der Tür glitten nach innen. Er und Rhodan traten in den Raum, dessen Beleuchtung automatisch zum Leben erwachte.

In seiner Mitte stand ein uralter Käfigtransmitter – einer von vielen Hunderten, die die Superintelligenz ES den Ferronen einst geschenkt hatte. Selbst heute, über zehn Jahrtausende später, verrichteten die Maschinen reibungslos ihren Dienst, beförderten täglich zahllose Ferronen in Nullzeit durch den Hyperraum zu ihren Gegenstationen im Wega-System.

Die klobigen Käfigtransmitter waren ein alltäglicher Anblick auf Ferrol. Niemand verschwendete einen Gedanken an ihre Präsenz.

Nicht so Perry Rhodan.

Noch bevor das halbe Dutzend Ferronen in Uniformen der Palastwache, das sich hinter dem Transmitter versteckt hielt, eingreifen konnte, wirbelte der Terraner herum. Lor-timkan spürte einen Schlag gegen seinen Hals, dann sackten seine Knie übergangslos unter ihm weg. Im Fallen sah er, wie Rhodan die beiden Palastwachen mit schnellen Dagor-Schlägen niederstreckte, die Faust gegen den Türsensor rammte und auf den Gang hinausrannte.

»Nein!«, krächzte Lor-timkan. Er wollte dem Unsterblichen folgen, aber seine Beine gehorchten ihm nicht. »Los, hinterher!«, schrie er die Ferronen an, die jetzt hinter dem Transmitter hervorsprangen.

Aus dem Gang drang das charakteristische Zischen eines Paralysators. Sekunden später erschienen zwei weitere Männer in Uniformen der Palastwache. In ihrer Mitte trugen sie einen erschlafften Körper: Perry Rhodan.

Lor-timkan ächzte erleichtert auf. Er begann, an die Kontrollen des Transmitters zu kriechen. Nach einigen Augenblicken eilten zwei Ferronen herbei und halfen ihm auf. Sie stützten ihn, während er die Kontrollen aktivierte. Ein gleißender Bogen entstand zwischen den beiden Transmitterpolen, zeichnete mit scharfen Konturen die Schatten der Verschwörer auf den Boden. Unter dem Lichtbogen war ein Feld absoluter Schwärze. Lor-timkan machte es keine Angst, ihm schien es das Tor in eine bessere Zukunft – für ihn und sein gesamtes Volk.

Die Finger des Ferronen hasteten über die Kontrollen. Sie durften keine Zeit verlieren, das fünfdimensionale Abstrahlfeld war im Augenblick seines Entstehens bereits angemessen worden. Die Palastwache – die *echte* Wache – würde jeden Moment eintreffen.

Dann hatte Lor-timkan den Zielkode des Gegentransmitters eingegeben. Ein violettes Leuchtzeichen signalisierte seine Empfangsbereitschaft.

»Wir können!«, rief er. »Los, beeilt euch!« Die ersten Ferronen traten in das Abstrahlfeld und verschwanden. Das Gerät hatte die atomare Struktur ihrer Körper erfasst und strahlte sie in Form übergeordneter Energie durch den Hyperraum ab. Das Gegengerät würde die Strukturmuster wieder in Materie zurückverwandeln. Die Männer mit Rhodan gingen durch den Transmitter. Schließlich kämpfte sich Lor-timkan auf wackligen Beine auf die Abstrahlplattform.

Das Letzte, was er sah, bevor sein Körper sich in ein fünfdimensionales Energiemuster verwandelte, war die Thermogranate, die der Mann neben ihm in den Raum rollte …

Der Ferrone gefiel ihr nicht.

Neniver stand jetzt hinter einem der Buffets. Der Zeremonienmeister, der dicke Bek-nuphir hatte sie dorthin beordert, nachdem sie mehrmals um ein Haar violetten Barril-Wein über Gäste geschüttet hätte.

Neniver war es recht. Hier konnte sie beinahe ungestört Perry Rhodan beobachten. Den Unsterblichen verstohlen anzustarren war kein Problem, der halbe Saal tat es. Doch es gab Unterschiede. In den meisten Gesichtern zeichnete sich kindliche Neugierde ab, die Lust an der Sensation. *Sieht man ihm seine Unsterblichkeit an?,* schienen die Mienen zu fragen. In anderen las sie geflissentlich verhüllte Feindseligkeit, Rhodan war für viele das Fleisch gewordene Symbol der terranischen Hegemonie. Terras wirtschaftliche Macht warf einen langen Schatten, und nicht wenige Ferronen glaubten, dass sie ihrer Gesellschaft das lebensnotwendige Licht raubte.

Und da war dieser Ferrone. Er stand alleine, einen Kelch Barril-Wein in der Hand, von dem er nie zu trinken schien. Stämmig und ungefähr 1,60 Meter hoch war er von durchschnittlichem Körperbau. Er trug eine Schürze der Lorar, eines Stamms, der in der Ebene am Fuß der Berge siedelte, in denen Neniver aufgewachsen war – in einer Zeit, die Neniver so entfernt und unwirklich erschien, dass sie sich manchmal fragte, ob sie nicht nur ihrer Einbildung entsprang.

Sein Gesicht zeigte einen Ausdruck, den Neniver nicht auf Anhieb deuten konnte. Doch dann erkannte sie ihn: Es war der kalte, analytische Blick eines Forschers, der ein Labortier taxierte, der sich fragte, wo und wie er das Messer ansetzen musste, um den gewünschten Effekt hervorzurufen.

Plötzlich wurde Neniver schlecht. Die Kristallschüssel, die sie gerade auf das Buffet hatte setzen wollen, entglitt ihren Fingern und zerbrach mit einem lauten Klirren auf dem Steinboden. Köpfe flogen herum, der dicke Bek-nuphir bedachte sie mit einem strafenden Blick, dann verdrehte er die Augen und blickte zur Hallendecke, als wünschte er, die unsterblichen Götter sollten herabsteigen und ihn von dieser ungeschickten Dienerin befreien. Neniver bückte sich hastig, um die Scherben aufzusammeln.

Als sie sich wieder aufrichtete, stand Rhodan am Buffet.

Neniver spürte, wie der Knoten in ihrem Magen, der sich nicht mehr hatte verscheuchen lassen, seit sie ihm den Barril-Wein angeboten hatte, weiter zusammenzog. Sie musste zu ihm. Mit ihm allein sein. Bald. Sonst …

Ein älterer Ferrone trat auf den Terraner zu und verwickelte ihn in ein Gespräch. Andere Männer und Frauen folgten ihm, Neugierige nur, die einige kurze Worte mit dem Unsterblichen wechseln wollten. So rasch folgten sie aufeinander, dass Neniver keine Möglichkeit fand, sich einzuschalten.

Und dann stand der Mann vor ihm. Der Ferrone mit dem kalten Blick. Er sprach in einer Neniver unbekannten Sprache, sie klang hechelnd und abgehackt. Aber offenbar hatte der Ferrone den richtigen Ton getroffen. Rhodan lächelte höflich und antwortete in derselben Sprache. Neniver schien sein Redefluss zögerlicher, als ob er die Sprache lange nicht mehr geübt hätte.

Die beiden Männer tauschten einige Sätze aus, dann entstand eine Pause, in der der Ferrone auf einen der Seiteneingänge deutete. Rhodan schwieg einige Sekunden – und folgte dem Ferronen.

Neniver starrte reglos auf den Rücken Rhodans, dann schüttelte sie die Starre ab und blickte sich um. Bek-nuphir stand gerade am Tisch des Thorts und übte sich in halsbrecherischen Verbeugungen. Kurz entschlossen griff Neniver nach einer Suppenschüssel, kippte ihren Inhalt in einen Topf mit marinierten Fischen und machte sich auf den Weg.

Sie durfte Rhodan nicht aus den Augen verlieren. Er war ihre einzige Chance.

Rhodan und der Ferrone passierten gerade den Ausgang. Neniver sah noch, wie sie sich nach rechts wandten, dann entstand ein milchiges Prallfeld und versperrte ihr die Sicht. Entschuldigungen murmelnd manövrierte sie durch die Gäste, die jetzt überall in kleinen Grüppchen beieinander standen. Schließlich gelangte sie an das Schirmfeld.

»Hier geht es nicht weiter, Thorandan.« Die Palastwache, sie hatte eben erst Stellung bezogen, würdigte sie keines Blickes. Sie war nur eine einfache Dienerin.

Neniver hätte ihm am liebsten die Augen ausgekratzt. Stattdessen sagte sie.: »Wie du meinst. Ich bin nur gespannt, wie Bek-nuphir seinen Zorn an dir auslässt.« Sie wandte sich ab.

»Warte«, hörte sie die Stimme der Wache. »Was soll das heißen?«

Betont langsam drehte sie sich um. »Siehst du den Tisch des Thorts? Und Bek-nuphir, der daneben buckelt?« Sie flehte in Gedanken, dass der Zeremonienmeister dem Herrscher der Ferronen immer noch seine Ergebenheit ausdrückte.

Die Wache schüttelte bestätigend den Kopf.

»Nun, der Thort hat nach einer Flagellen-Suppe verlangt.«

Sie hob die leere Schüssel hoch. »Und rate mal, was hier hineingehört …?«

Die Augen der Wache wanderten zwischen Neniver, dem Tisch des Thorts und seinem Kameraden hin und her. Dann stieß der Mann einen Fluch aus: »Bei den unsterblichen Göttern, dann hole eben deine verfluchte Suppe!« Das Schirmfeld erlosch.

Neniver drängte sich an dem Mann vorbei, schlug einen Haken nach rechts und rannte so schnell sie konnte. Die Schüssel zerbarst unbeachtet auf dem Boden. Von weiter vorne in dem bogenförmigen Gang hörte sie einen dumpfen Schlag, gefolgt von undeutlichen Schreien und einem schleifenden Geräusch.

Dann war Stille.

Rhodan! Sie bringen ihn um!

Neniver ignorierte das schmerzhafte Stechen in ihrer Hüfte und lief noch schneller. Ein Teil in ihr wollte sie zurückreißen, wusste mit perfekter Klarheit, dass sie in den Tod rannte. Der Mann mit dem kalten Blick würde keine Gnade kennen – und er war nicht allein, das hatten die Schreie bewiesen.

Aber sie machte nicht halt. Sie konnte es nicht.

Neniver gelangte an eine geöffnete Tür. Ohne zu zögern warf sie sich in den Raum, rollte auf dem Boden ab und blickte sich gehetzt um.

Sie war allein.

Vor ihr türmte sich ein unförmiger Materietransmitter. Der gleißende Bogen des Transmitterfelds tauchte den Raum in flackerndes Licht, hob die Rundung der eigroßen Thermogranate hervor.

»Nein!« Neniver schnellte hoch und versetzte der Granate einen Tritt. Sie verfolgte, wie die Granate durch die Tür auf den Korridor flog. Dann wirbelte sie herum, verharrte einen Augenblick vor dem bodenlosen schwarzen Loch des Abstrahlfelds und sprang …

Reginald Bull spürte ein Frösteln – inmitten einer Halle, in der selbst jetzt, am frühen Abend, eine schwüle Hitze herrschte, die den Terraner an eine Sauna erinnerte.

Etwas stimmte nicht, teilte ihm sein Unterbewusstsein mit. Während der Thort seine erregten Ausführungen über die Notwendigkeit eines schärferen Vorgehens gegen das arkonidische Imperium fortsetzte, wagte Bull einen schnellen Seitenblick.

Rhodan stand am Buffet, in das Gespräch mit einem Ferronen verwickelt – und hinter dem mit zahllosen Köstlichkeiten überladenen Tisch stand die Dienerin von vorhin. Sie hatte gerade eine Schüssel fallen lassen und starrte Rhodan jetzt unverwandt an. An sich nichts Ungewöhnliches, Bull hatte sich schon seit vielen Jahrhunderten daran gewöhnt, in der Öffentlichkeit wie eine Zirkusattraktion begafft zu werden. Man musste nur mit den Leuten reden, so, wie Rhodan es jetzt tat, dann merkten sie schnell, dass ihnen ein Mensch aus Fleisch und Blut gegenüberstand.

Aber die Dienerin war anders. Ihr Blick klebte an Rhodan, als wäre er ein Halbgott, eine gloriose Lichtgestalt, die zu den Sterblichen herabgestiegen war, um sie zu erretten. Und da war noch etwas: Die Frau wirkte sonderbar, als gehörte sie nicht hierher. Bull kannte sich nicht gut genug mit der ferronischen Kultur aus, um ihre aufgesteckte Frisur einem bestimmten Stamm zuzuordnen, aber das machte nichts. Es war nicht ihr Äußeres, das ihn störte, es war ihre Körpersprache. Ihre fahrigen, unsicheren Bewegungen waren die eines Wesens, das sich beobachtet, ja verfolgt fühlte. Und wie sie ihre Kleidung trug. Das Dienerinnengewand hing wie ein formloser Sack an ihr – ein Resultat der nachlässigen Art, mit der sie die Träger verknotet hatte. Ihr Aussehen schien sie nicht zu kümmern.

Der Thort rühmte inzwischen die unverbrüchliche Freundschaft Terras und Ferrols. Bull schüttelte geistesabwesend zustimmend den Kopf. Er registrierte nur am Rande, das seine ferronischen Gastgeber anerkennende Blicke austauschten. Der Terraner kannte ihre Sitten, befleißigte sich ihrer Gesten.

Rhodan winkte ihm zu. Er deutete auf einen Ferronen mittleren Alters, der vor ihm stand, und anschließend auf einen der Ausgänge. Bull signalisierte seine Zustimmung und wollte sich gerade wieder dem Tischgespräch zuwenden, als er den Blick der Dienerin bemerkte. Er folgte mit vor Schreck geweiteten Augen Rhodan. Dann erwachte die Ferronin aus ihrer Starre, kippte eine Suppenschüssel aus und folgte den beiden mit der leeren Schüssel im Arm.

Bull spürte, wie sich die Kühle über seinen gesamten Rücken ausbreitete. Etwas stimmte hier nicht.

Er wandte sich an den Thort und seine Minister. »Meine Herren, wenn sie mich einen Augenblick entschuldigen? Sie wissen ja, terranische Blasen und Barril-Wein …« Er grinste schief.

Vor dem Seitenzugang drängte sich inzwischen eine größere Gruppe von Ferronen; Gäste, die aus Neugierde dem unsterblichen Terraner zu folgen versuchten. Aber ein Prallfeld hielt sie zurück. Bull sah das Schimmern des Schirms nur einmal kurz verlöschen, als die Dienerin mit der Schüssel durch den Zugang huschte. Er fragte sich, wie sie es angestellt hatte, an den Palastwachen vorbeizukommen.

Dann war Bull am Schirmfeld. Eine der Wachen öffnete den Mund für einen höflichen Gruß, aber der Terraner ließ sie nicht zu Wort kommen. »Wir haben keine Zeit für so etwas, Rhodan ist in Gefahr«, flüsterte er dem Mann zu. Dieser reagierte sofort, das Schirmfeld erlosch für einen Augenblick, um Bull passieren zu lassen.

Der Terraner verschwendete keine Zeit. »Kommt mit mir!«, rief er den beiden Wachen zu und warf sich nach rechts, ohne sich noch einmal umzusehen. Die dumpfen Stiefelschläge in seinem Rücken bestätigten ihm, dass die Wachen seiner Aufforderung Folge geleistet hatten.

Der Terraner und die beiden Ferronen rannten den Korridor entlang. Von Rhodan oder der Dienerin war nichts zu sehen. Bull blieb nichts weiter übrig, als davon auszugehen, dass sie in keinen der Räume oder Seitengänge abgebogen waren.

Dann klirrte etwas.

Die drei Männer verlangsamten ihren Lauf, eine der Wachen warf Bull einen Handstrahler zu. Einander Deckung gebend, arbeiteten sie sich durch den Korridor. Links von ihnen konnten sie eine geöffnete Tür sehen. Ein vertrautes Summen drang aus der Aussparung. Beinahe im selben Moment, als sie die Tür erreichten, hörten sie einen dumpfen Schlag wie einen Tritt, dann schoss ein kleiner, eiförmiger Gegenstand durch die Öffnung und polterte gegen die gegenüberliegende Wand des Korridors.

Bull handelte, noch bevor der Gegenstand auf dem Boden aufkam.

»Weg hier, Thermogranate!«

Er zerrte an den Uniformen der Wachen. Die Männer warfen sich herum und rannten los. Bull fing unbewusst zu zählen an. Er war noch nicht bis fünf gekommen, als ihn eine Druckwelle von den Beinen riss …

4.

Reginald Bulls Haut brannte. Seine rechte Körperhälfte schien in Flammen zu stehen, briet auf einem unsichtbaren Feuer.

Eigentlich war das unmöglich – nicht mit über viele Jahrtausende hinweg entwickelter medizinischer Hightech im Rücken. Einer Technik, die ihn berührungslos in steriler Luft schweben ließ, die ihm bereits jetzt, wenige Stunden nach der Verletzung, eine neue, unversehrte Hautschicht geschenkt hatte.

Doch sein Körper hatte seinen eigenen Willen. Er schmerzte, ganz gleich, wie aufopfernd die Spezialisten des Thorts sich seiner annahmen. *Vielleicht,* sinnierte Bull, *ist er zu clever. Er kommt aus einer Zeit, in der Verletzungen und Schmerz noch untrennbar waren. Er spürt, dass man ihn täuschen will.*

»Reginald«, hörte er eine Stimme. »Reginald, sollen wir aufhören? Du scheinst ...«

Er zwang den Kopf herum, unterdrückte den Schmerz. Er würde sich von seinem Körper nicht unterkriegen lassen. Er, Reginald Bull, behielt die Oberhand über ihn – das war schon so gewesen, als man die Besatzung für den ersten Mondflug ausgesucht hatte. Bull war der einzige Astronaut gewesen, der in der Zentrifuge nicht das Bewusstsein verloren hatte.

»Nein, das sieht nur so aus. Ich habe alles im Griff, Jocimb«, sagte er mit fester Stimme. So fest, dass er beinahe selbst daran glaubte.

Der Agent des Liga-Diensts nickte nur. Wer wollte einem Unsterblichen widersprechen?

Bull befand sich in einem Behandlungsraum im Kliniktrakt des Roten Palasts. Neben ihm und Jocimb befand sich noch ein halbes Dutzend weiterer Männer und Frauen in dem

Raum, Agenten des Liga-Dienstes, die man hastig zusammengetrommelt hatte. Sie saßen auf Formenergiestühlen, den einzig sichtbaren Einrichtungsgegenständen des Raums. Der Feldprojektor und die zahllosen medizinischen Apparate, die Bulls Zustand überwachten und regulierten, befanden sich in einem anderen Raum. Eine Wand wurde von einem Hologramm verdeckt. Es zeigte die dichten Urwälder von Philaar, einem Landstrich auf der gegenüberliegenden Seite Ferrols. Unsichtbare Düsen erfüllten den Raum mit würziger Luft.

»Ist alles in Ordnung?«, fragte Jocimb. Der kleine Agent strich sich nervös über das kurze Haar.

»Ja, nur eine kurze Reminiszenz.« Bull zwang das Lächeln beiseite, das sich auf seine Lippen gestohlen hatte. »Wie geht es den anderen?« Er meinte die beiden ferronischen Palastwachen, die mit ihm zusammen Rhodan gefolgt waren.

Jocimb schüttelte traurig den Kopf. »Sie haben zu langsam reagiert. Die Spezialisten des Thorts konnten nichts mehr für sie tun – und du hättest es auch nicht geschafft, wenn ihre Körper dich nicht abgeschirmt hätten.«

Bull sagte nichts. Ein Zufall hatte ihm das Leben gerettet, wie so oft. Er fragte sich, wann die Wahrscheinlichkeit sich gegen ihn wenden und ihn das Leben kosten würde, wann er zu langsam reagieren würde. Er wusste, dass dieser Moment eines Tages kommen musste, aber trotzdem konnte er ihn sich nicht vorstellen.

»Lass dem Thort mein Bedauern ausrichten. Und wenn das hier vorüber ist, will ich die Angehörigen dieser Männer aufsuchen.« Bull versuchte, sich in dem Antigravfeld aufzurichten. Es misslang, er hatte keinen Halt, gegen den er sich hätte abstützen können. »Und was ist mit Perry?«

Jocimb zuckte die Achseln. »Offen gestanden, wir wissen es nicht.« Einige der Männer und Frauen nickten scheinbar geistesabwesend. Ihre Blicke waren in die Ferne gerichtet. Bull wusste, dass sie mit den übrigen Agenten des Systems vernetzt waren, ihre Syntrons unaufhörliche Datenströme auf ihre

Netzhäute projizierten – eine kaum zu bewältigende Flut, trotz der strikten Vorauswahl der Softwarefilter. »Wir denken, dass er noch lebt«, fuhr Jocimb fort, »zumindest folgern wir das aus den Umständen. Wir haben nirgends in den Resten des Transmitters und seinem näheren Umkreis organische Reste gefunden, weder von Rhodan noch von anderen Personen. Er muss also entführt worden sein.«

»Zu welchem Zweck? Und von wem?«

»Bei ersteren müssen wir derzeit passen«, gestand der Liga-Agent ein. Um seine Augen hatte sich Fältchen gebildet. »Aber das Wer können wir dir beantworten.«

Im Holo des Urwalds erschien ein Ferrone. Ein unauffälliger Mann, etwa 1,60 groß und stämmig, von mittlerem Alter.

»Das ist er!«, rief Bull. »Der Typ, der Perry abgeschleppt hat!«

»Und der ihn aller Wahrscheinlichkeit nach entführte.« Jocimbs Tonfall verfiel in einen monotonen, professionellen Singsang. »Lor-timkan. 67 Jahre alt. Angehöriger des Stammes der Lorar, der in der Ebene ein paar hundert Kilometer östlich der Hauptstadt siedelt. Sohn eines niederen Stammesfürsten. Interessierte sich schon früh für die Geschichte seines Volkes, später auch für die anderer galaktischer Völker. Studierte unter anderem an der Hohen Schule des Thorts und den Universitäten von Berkeley auf Terra und von Trade City auf Olymp. Hat sich im letzten Jahrzehnt als der bekannteste Historiker der Ferronen profiliert. Er ist ein Mann, der für das gemeine Volk schreibt, nicht für seine Standeskollegen. Er hat mindestens zehn Männer in die Palastwache eingeschleust, vielleicht auch noch mehr. Sie sind mit ihm durch den Transmitter gegangen.«

»Und was könnte er für ein Motiv haben? Lor-timkan zählt zur Elite der Ferronen, Jocimb! Er war zu dem Empfang eingeladen, das allein ist schon Beweis genug. Warum sollte ein Mann wie er alles fortwerfen, seinen Rang, sein Ansehen, seine Aufgabe?«

»Das wüssten wir auch gerne«, sagte der Liga-Agent. »Ein

politisches Motiv liegt natürlich auf der Hand. In den letzten Jahren ist hier im System eine nicht zu unterschätzende Bewegung entstanden, die die Loslösung von Terra verlangt. Viele Ferronen haben Angst, dass die enge Beziehung zur Liga Freier Terraner sie in den Strudel galaktischer Großmachtpolitik reißt. So unglaublich das klingt, den Leuten hier steckt der halutische Angriff von vor über 50.000 Jahren noch in den Knochen.«

»Gehört Lor-timkan zu diesen Isolationisten?« Er verlagerte sein Gewicht einen Moment lang nach rechts, zuckte aber zurück, als eine neue Schmerzwelle ihn überrollte.

»Dafür konnten wir keine Belege finden, weder in seinen öffentlichen Äußerungen, noch bei der Befragung von Freunden und Bekannten.« Jocimb schlug die Beine übereinander. »Aber ich persönlich halte es eher für unwahrscheinlich. Lor-timkan hat sich ein Leben lang mit politischen Zusammenhängen beschäftigt. Er kann unmöglich so naiv sein und glauben, dass er mit einer Entführung Entscheidungen von derartiger Tragweite bestimmen kann. Und außerdem hat er noch keine Forderungen gestellt – obwohl bereits mehrere Stunden vergangen sind.«

Einige Augenblicke lang hingen nur die Rufe der Urwaldtiere des Holos und das kaum wahrnehmbare Flüstern der Agenten, die unablässig Rückfragen stellten und Anweisungen gaben, im Raum.

»Hoffen wir, dass er sich meldet«, ergriff Bull schließlich das Wort. »Dann haben wir wenigstens einen Anhaltspunkt.« Gegen seinen Willen war seine Stimme belegt. Er fragte sich, ob Perry noch lebte. Sicher, sie hatten schon unzähligen Gefahren getrotzt, aber Bull gelang es nicht, den Gedanken an die Wahrscheinlichkeit zu verscheuchen. Irgendwann würde sie gegen sie wirken. Ein Softwarebug im Syntron eines Autopiloten, ein Materialfehler, eine Verkettung unglücklicher Umstände – oder ein armer Irrer, der ohne äußeren Anlass durchdreht …

»Aber was ist mit dieser Ferronin? Sie ist Perry auch gefolgt. Ist sie tot?«

»Gut möglich«, sagte Jocimb. »Wir haben keine Spuren von ihr am Explosionsort der Thermogranate gefunden. Auch im übrigen Palast war sie nicht zu finden – und wenn sie dort gewesen wäre, hätte die Palastwache sie erwischt, das garantiere ich dir.« Der Agent machte eine hilflose Handbewegung. »Sie muss durch den Transmitter gegangen sein. Entweder gehört sie zu Lor-timkan oder sie hat den Sprung gemacht, um Perry zu retten. Wenn Letzteres zutrifft, dürften die Entführer kurzen Prozess mit ihr gemacht haben.«

Bull nickte nachdenklich. Nein, in dem Blick der Frau hatte keine Feindseligkeit gelegen. »Was denkst du, Jocimb: Gehört sie zu ihnen?«

»Unwahrscheinlich. Wir haben herausgefunden, dass sie sich unter falschem Namen auf den Empfang eingeschmuggelt hat, aber wir konnten keine Verbindung zu Lor-timkan oder den Isolationisten feststellen. Wenn du mich fragst, war sie eine Art Groupie, eine Stammeslose, die ein winziges Stück vom Glanz des Unsterblichen einfangen wollte.«

Bull wünschte, er könnte aufstehen und in dem Raum auf und ab gehen. Oder jemanden anschreien. Einfach irgendetwas anderes tun als mit paradiesischer Leichtigkeit in einem Antigravfeld zu schweben. Aber der Schmerz hielt ihn zurück. Und der Anstand: Jocimb und seine Leute taten, was sie konnten.

»Und was nun?«, seufzte er.

»Oh, ganz einfach: Wir machen weiter.« Der kleine Liga-Agent lächelte zuversichtlich. Bull war, als ob Jocimb die Entführung als eine sportliche Herausforderung begriff. »Offiziell habt ihr den Empfang wegen Verdauungsproblemen vorzeitig verlassen – eine der ferronischen Spezialitäten ist euch nicht gut bekommen. Derweil ermitteln wir im Hintergrund. Unserer Einschätzung nach befindet sich Rhodan noch irgendwo im Wega-System.«

»Und was macht euch da so zuversichtlich?«

»Er wurde mit Hilfe eines alten Käfigtransmitters entführt. Diese Geräte wurden den Ferronen vor langer Zeit von der Superintelligenz ES geschenkt, zum Dank für ihre Hilfe. Seit dieser Zeit bedienen sich die Ferronen dieser Geräte, um zwischen den verschiedenen Planeten und Monden ihres Heimatsystems hin- und herzuspringen. Und die Transmitter sind trotz ihres für unsere Begriffe antiquiert wirkenden Äußeren von phänomenaler Zuverlässigkeit: In den vielen Jahrtausenden ist kein einziger Unfall bekannt geworden, der auf ein Versagen oder eine Fehlfunktion eines der Geräte zurückgeht.«

»Ah ja?« Bull schluckte einen bissigen Kommentar herunter. Was fiel Jocimb ein, ausgerechnet *ihm* einen Vortrag über dieses Thema zu halten?

»Aber der entscheidende Punkt ist folgender«, sagte der Liga-Agent hastig. Er spürte Bulls Ungeduld. »Das Transmitternetz bildet ein geschlossenes System. Trotz aller Bemühungen von Ferronen und Terranern ist es bis heute nicht gelungen, einen der Transmitter auseinander zu nehmen und zu untersuchen. Die Geräte sind mit einem höchst effizienten Selbstvernichtungsmechanismus ausgestattet. Und noch etwas ist nicht gelungen: sie mit Transmittern anderer Herkunft zu koppeln. Ein Reisender hat mehrere Tausend Zielstationen zur Auswahl – aber sie alle befinden sich im Wega-System und sind öffentliche Stationen oder in der Hand der verschiedenen ferronischen Stämme. Wäre Lor-timkan mit Rhodan in einer von ihnen herausgekommen, wäre uns das nicht entgangen.«

»So weit, so gut«, warf Bull ein. »Aber wenn Perry in keiner der Stationen rematerialisiert ist, wo steckt er dann?«

»In einer uns unbekannten Station.« Der Liga-Agent stand auf. Es hielt ihn nicht mehr auf dem Sitz. Bull bedachte ihn mit einem neidischen Blick. »Die Geschichte der Ferronen reicht viele Jahrtausende zurück. Viel Wissen wurde von Generation zu Generation weitergegeben, aber viel geriet auch in Vergessenheit. Warum sollte gerade das Transmitternetz eine Ausnahme machen? Unsere Leute haben recherchiert.

Man hat bereits mehrmals einzelne Transmitterstationen entdeckt, zum letzten Mal vor ungefähr achthundert Jahren. Zwei gestrandete Terraner stolperten in der Bekesh, der einzigen Wüste Ferrols, durch Zufall darüber.«

»Und Lor-timkan, der Historiker, stieß bei seinen Forschungen auf weitere!« Bulls Oberkörper ruckte ungeachtet der Schmerzen hoch.

»Genau«, stimmte Jocimb zu. »Aber das ist noch nicht alles, er lernte auch, die Käfigtransmitter zu manipulieren. Das Gerät im Roten Palast war eines der bekannten, es wurde regelmäßig von Beamten des Thorts genutzt. Lor-timkan muss es auf ein anderes Empfangsgerät umprogrammiert haben.«

Neue Zuversicht stieg in Bull auf. Der Feind hatte jetzt einen Namen. Und sie wussten, wo sie zu suchen hatten. Sie mussten nur ... seine Euphorie verflog so unvermittelt wie sie gekommen war. »So sehr ich deinem scharfen Verstand nur Respekt zollen kann, Jocimb, frage ich mich: Was bringt uns das? Das Wega-System ist riesig. 42 Planeten und was weiß ich wie viele Monde, es müssen hunderte sein. Wie sollen wir Perry dort finden? Die energetische Ortung wird uns nicht weiterbringen, Transmitter sind weit verbreitet, ein oder mehrere Sprünge der Entführer gehen darin völlig unter. Und sonst? Die Bevölkerung kann uns nicht weiterhelfen. Lor-timkan und seine Leute haben es geschafft, Perry aus dem Roten Palast heraus zu entführen. Sie werden nicht so dumm sein und sich anderen verraten.«

Bull schlug die Hände hart zusammen. Nur die Syntronsteuerung des Antigravfelds verhinderte, dass er sich dabei in Drehung versetzte. »Und außerdem hast du etwas übersehen: Das Transmitternetz mag in sich geschlossen sein. Aber wer sagt, dass die Entführer es überhaupt noch benutzen? Sie können Perry längst in ein Raumschiff verfrachtet haben und aus dem System verschwunden sein. Die Wega ist ein Handelskreuz, abertausende von Raumern starten und landen hier stündlich. Es ist hoffnungs...«

»Das glaube ich nicht«, schnitt ihm eine durchdringende Frauenstimme das Wort ab.

Die Liga-Agenten, die eben noch in die Orakel ihrer individuellen Datenströme gestarrt hatten, schnellten übergangslos aus ihren Sitzen. Einen Augenblick später zeigten ein halbes Dutzend Handstrahler auf die Person, die im Türrahmen erschienen war.

Es war eine Frau, eine Ferronin – und es war die dickste Angehörige dieses stämmigen Volkes, die Bull jemals erblickt hatte. Sie füllte den Türrahmen, der mühelos zwei nebeneinander stehenden Terranern Platz bot, beinahe vollständig aus. Ihr Körper war von einer undurchsichtigen, aber hauchdünnen Robe bedeckt. Der Stoff verbarg ihre Konturen, Bull hatte das Gefühl, eine violette Wand vor sich zu haben. Und da war noch etwas: Die Frau schwebte. Ihre Füße verharrten eine Handbreit über dem Boden.

»Was willst du hier?«, rief Bull. »Wie kommst du hier herein?«

Die Frau grinste. »Durch die Tür. Siehst du das nicht?« Und noch bevor der Terraner zu einer Erwiderung ansetzen konnte, fuhr sie fort: »Und allein die Tatsache, dass mir das möglich ist, sollte für dich Anlass genug sein, mich hereinzulassen – es ist zugig hier, und ich hasse es zu frieren.«

Bull starrte die Frau mit offenem Mund an. Eigentlich hätte er sie auf der Stelle der Palastwache übergeben sollen. Nach dem, was passiert war, war höchste Vorsicht angeraten. Aber andererseits ... die Ferronin hatte Mut – und ein Mundwerk, das mit ihrer Körperfülle mithalten konnte.

Der Terraner gab den Agenten ein Handzeichen. Widerwillig ließen sie die Strahler sinken, steckten sie aber nicht weg.

»Na also, warum nicht gleich so?« Die Frau schwebte auf ihrem Antigravfeld in den Raum. Sie blieb vor Bull stehen. »Um auf deine erste Frage zurückzukommen: Wenn meine Informanten nicht alle guten Sumpfgeister verlassen haben, habt ihr ein Problem. Und ich ...«, die Ferronin lächelte selbstbewusst in die Runde, »... ich habe die Lösung.«

5.

Rhodan erwachte frierend. Noch bevor er die Augen geöffnet hatte, wusste er, dass er sich nicht mehr auf Ferrol befand – oder in einem Gebäude, das von Ferronen erbaut worden war. Die hitzeverwöhnten Bewohner des Wega-Systems hätten niemals in einer ihrer Behausungen Temperaturen zugelassen, die einen Terraner frieren ließen.

Er öffnete die Augen.

Der Terraner lag auf einem Boden ihm unbekannten Materials. Seine Härte wurde nur von einer hastig hingeworfenen Decke abgemildert, die streng roch. *Schlammbüffel,* regte sich eine längst vergessen geglaubte Erinnerung in ihm. Ein Vorgänger des jetzigen Thorts hatte ihn einmal zu einem Ausritt auf den mächtigen, aber dummen Tieren eingeladen, es musste ein halbes Jahrtausend her sein. Die Büffel waren Giganten, genmanipulierte Wesen, die einzig dem Thort vorbehalten waren. Sie übertrafen an Größe noch terranische Elefanten. Sie waren über die Steppe im Norden Thortas geritten, als sie flinke, winzig anmutende Tiere attackierten. Was den Angreifern an Stärke fehlte, machten sie durch kluges Vorgehen wett. Nur die Furcht erregende Wut der ansonsten phlegmatischen Schlammbüffel hatte sie vor dem Ansturm des Rudels gerettet …

Und wer rettet mich diesmal?, dachte Rhodan und richtete sich langsam auf.

Sein Schädel pochte, als wäre er gegen eine Stahlwand gelaufen. Aber er wusste es besser. Noch einmal sah er den leuchtenden Transmitterbogen vor sich, die beiden Ferronen in Uniformen der Palastwachen, die sich ihm in den Weg gestellt hatten – und die dunkelblaue Faust, die auf ihn zugerast war.

Rhodan untersuchte den Raum. Er war rund und fensterlos, der Terraner schätzte seinen Durchmesser auf drei oder vier Meter. Die Wände waren ebenso fugenlos wie die Decke und der Boden. Er zog die Decke beiseite, um sicher zu gehen, dass sich darunter kein Zugang verbarg. Rhodan zögerte einen Augenblick, dann schlang er den Stoff um seine Schultern. Er brauchte die Wärme, und der Schlammbüffelduft spendete ihm trotz seiner Strenge auf sonderbar anmutende Weise Zuversicht. Es war die Vertrautheit, erkannte er, denn er spürte, dass dieser Raum weder von Menschen noch von Ferronen erbaut worden war.

Rhodan begann im Kreis zu gehen. Er musste wieder warm werden, außerdem fiel es ihm leichter zu denken, wenn er sich bewegte. Man hatte ihn entführt, so viel stand fest. Der Ferrone, der ihn beim Empfang des Thorts beschwatzt hatte, hatte ihn in eine Falle gelockt. Und er war kein Einzeltäter. Mehrere andere Ferronen, Palastwachen oder Männer in Uniformen der Wache, waren an der Entführung beteiligt gewesen. Aber was war ihr Motiv? Rhodan verbot sich, darüber zu spekulieren. Ohne Anhaltspunkt konnte er nur danebentippen. Und außerdem war es müßig, Mühe auf die Frage zu verwenden: Die Entführer wollten etwas von ihm, sonst hätten sie ihn getötet. Sie würden ihm ihre Motive bald mitteilen.

Er irrte sich.

Es sollte mehrere Stunden dauern, bevor ein Teil der fugenlosen Rundwand mit einem leisen Zischen zur Seite glitt. Stunden, in denen Rhodans Durst in der trockenen Luft immer mehr wuchs.

Seine Entführer mussten es darauf angelegt haben. Der Mann, der in den Raum trat, hielt ein durchsichtiges Glas mit Wasser in der Hand. Hinter ihm konnte Rhodan in den wenigen Sekunden, bevor die Tür sich wieder schloss, einige Ferronen in schneeweißen Uniformen sehen.

»Entschuldigen Sie bitte, Terraner, ich habe vorhin vergessen, mich vorzustellen«, sagte der Ferrone übergangslos. Es war der Mann, der ihn beim Empfang angesprochen hatte. Er hatte seine Stammesschürze inzwischen gegen eine Uniform der Palastwache eingetauscht. »Ich heiße Lor-timkan.« Der Ferrone sprach Rhodan wieder in Englisch, seiner Muttersprache, an. Eigentlich hätte es den Terraner erleichtern sollen, vertraute Töne zu hören, aber das tat es nicht. Lor-timkans perfektes Englisch erinnerte ihn nur daran, mit was für einem gewandten Gegner er es zu tun hatte – ein Effekt, der nicht unabsichtlich zustande kam, vermutete er.

»Sie müssen großen Durst haben. Hier, trinken Sie!« Der Ferrone streckte ihm das Glas entgegen.

Rhodan nahm es und trank ohne zu zögern. Lor-timkan wollte ihn nicht töten, nicht jetzt, und außerdem hätte sein Zellaktivatorchip, dem er die Unsterblichkeit verdankte, eventuelle Giftstoffe neutralisiert.

»Was wollen Sie von mir, Lor-timkan?«, fragte Rhodan, nachdem er das Glas geleert hatte.

»Können Sie sich das nicht denken?«, entgegnete der Ferrone. Er hielt einige Schritte Abstand zu Rhodan. Gerade genug, dass der Terraner ihn nicht mit einem Sprung fassen konnte. Aber Rhodan hegte nicht die Absicht, Gewalt anzuwenden. Lor-timkan war ein Mann des Geistes; wollte er ihn bezwingen, musste es ihm auf dieser Ebene gelingen.

»Offen gestanden, nein«, sagte Rhodan. »Wieso erzählen Sie es mir nicht?«

»Wie Sie wünschen.« Der Ferrone räusperte sich, dann verkündete er: »Dies ist die Stunde der Genugtuung für die Kinder von Tanos, Perry Rhodan.« Lor-timkan benutzte die alte lemurische Bezeichnung für die Wega, die in den ferronischen Sprachgebrauch übergegangen war.

»Genugtuung? Wofür? Ich habe Ihnen nichts getan …«

»Sie haben uns nichts getan?«, schnitt der Ferrone ihm das Wort ab. Sein hellblaues Gesicht verfärbte sich dunkel. »Und was ist mit der Ausbeutung, die Sie uns seit Jahrtausenden antun? Ihrem Dominanzstreben in allen Bereichen, sei es Wirtschaft, Kultur oder Technik? Die Penetranz, mit dem Ihr Volk versucht, uns seine Maßstäbe aufzuzwingen? Es grenzt an ein Wunder, dass wir Ferronen uns ein gewisses Maß an Eigenständigkeit erhalten konnten!«

»Ich weiß nicht, wovon Sie reden«, warf Rhodan ein.

»Nein? Dann sagen Sie mir, Rhodan: Stammen nicht unsere beider Völker von denselben Ahnen ab?«

»Ja«, sagte Rhodan. Worauf wollte der Ferrone hinaus? Jedes Kind wusste, dass die Erde schon einmal eine raumfahrende Zivilisation hervorgebracht hatte. Ein Gutteil der raumfahrenden Völker der Milchstraße stammte von ihr ab.

»Sie und ich, wir sind Nachfahren der Lemurer – der ersten Menschheit, die ein riesiges Sternenreich errichtet hatte, nur um vor über 50.000 Jahren dem Ansturm der halutischen Bestien zu erliegen. Die wenigen Überlebenden sanken auf ein Niveau, das sich nur noch marginal von dem Dahinvegetieren von Tieren unterschied. Ferrol versank im ewigen Dunkel des nuklearen Winters – aber wir überlebten, dank unserer Zähigkeit. Glauben Sie nicht, dass wir es verdienen, auf derselben Stufe wie die Terraner zu stehen?«

»Natürlich, niemand hat das je bestritten«, sagte Rhodan ausweichend. Dieser Mann war tatsächlich ein Irrer, aber kein harmloser, wie Rhodan ursprünglich geglaubt hatte.

»Sparen Sie sich Ihre unverbindlichen Floskeln, die Realitäten sind anders. Terraner und Ferronen – beide Völker gingen nach dem halutischen Angriff durch eine radioaktive Hölle, die Haluter hatten mit schmutzigen Bomben gearbeitet.« Lor-timkan schwieg einige Augenblicke lang. Rhodan widerstand dem Impuls, sich einzuschalten. Der Ferrone musste sich Dinge von der Seele reden. »Doch was war das Ergebnis? Die Terraner überstanden die Strahlenbelastung beinahe unbeschadet. Ein Lemurer, der neben Ihnen stünde, würde mühelos als Angehöriger des selben Volkes durchgehen. Und mehr noch: Die Bomben, die ihr Terraner in deiner Jugend in eurer grenzenlosen Dummheit aufeinander geschleudert habt, setzten in manchen von euch parapsychische Gaben frei. Diese Individuen, ihr nanntet sie Mutanten, konnten kraft ihres Geistes frei fünfdimensionale Energien nutzen.«

Lor-timkans Knöchel waren weiße Spitzen, die aus dem Blau seiner zu Fäusten zusammengeballten Hände hervorstachen. »Und was ist mit uns geschehen? Der radioaktive Fallout veränderte unsere Körper, zugegeben zu unserem Vorteil, wir sind unserer Heimat nahezu perfekt angepasst. Aber unsere Gehirne? Bis heute gibt es keinen Ferronen, der fünfdimensionale Zusammenhänge begreifen kann. Die fünfte Dimension, und damit auch die interstellare Raumfahrt, ist uns für immer verschlossen. Ich frage Sie: Ist das gerecht?«

Rhodan zuckte die Achseln. »Bei allem Verständnis für die Leiden der Ferronen ... was Sie schildern ist der Lauf der Dinge. Eine höhere Macht dahinter zu vermuten, ist unsinnig.«

»Ist es das?«

Rhodan erhaschte zum ersten Mal einen Blick auf die tief in ihren Höhlen liegenden Augen des Ferronen. Sie funkelten.

»Eine erstaunliche Aussage für einen Mann, der seine Unsterblichkeit einer unbegreiflichen höheren Macht verdankt.« Der Ferrone winkte ab. »Aber wenn Sie es so wünschen, wir brauchen keine höheren Mächte zu bemühen, um die Ungerechtigkeit Ihres Volkes zu belegen. Was seid ihr Terraner schon anderes als heimtückische Diebe? Diebe, die zugegeben so erfolgreich vorgegangen sind, dass sie ihre Version der Geschichte haben durchsetzen können. Aus eigener Kraft habt ihr es gerade einmal zum Mond der Erde geschafft. Und wären Sie und Ihre Begleiter dort nicht auf das gestrandete Arkonidenschiff gestoßen und hättet ihr nicht seine überlegene Technik an euch gerissen – Ihr Volk wäre längst in seiner selbst geschaffenen atomaren Hölle verglüht.«

»Wir haben die Technik der Arkoniden nie zu etwas anderem als zu den besten Zwecken eingesetzt«, versetzte Rhodan. Die Beschuldigungen des Ferronen trugen langsam den Wall seiner Beherrschung ab.

»Habt ihr das? Unsere eigene Technik war der euren damals weit überlegen. Von unserer Nanotechnologie konntet ihr nur träumen! Aber die von euch importierte arkonidische Technik hat unsere Wirtschaft zerstört. Erst in den letzten Jahren konnte sie sich wieder erholen.«

»Sie haben vergessen, dass das Wega-System zu einem der wichtigsten Warenumschlagplätze der Galaxis aufgestiegen ist – dank Terra.«

Lor-timkan schnalzte abschätzig. »Nein, *trotz* Terra. Was könnte Ferrol sein, stünde es nicht unter der Herrschaft Terras?«

»Das ist ein Irrtum«, sagte Rhodan, »Ferrol hat noch nie zu Terra gehört, weder zum früheren Solaren Imperium noch zur jetzigen Liga Freier Terraner. Ferrol und das Wega-System haben mit der Liga aus freien Stücken einen Assoziationsvertrag geschlossen. Ihr seid keine Kolonie Terras.«

»Nur dem Namen nach«, beharrte Lor-timkan. »Selbst wenn wir den Vertrag kündigten, könnten wir uns nie von der Übermacht Terras befreien.«

Rhodan seufzte. »Lassen wir das, diese Diskussion könnten wir unendlich weiterführen.« Der Terraner versuchte, den Ferronen mit einem durchdringenden Blick aufzuspießen. Vergeblich, Lor-timkans Augen lagen zu tief in ihren schützenden Höhlen. »Sagen Sie mir jetzt endlich, wieso Sie mich hier festhalten. Wollen Sie Ihre verqueren politischen Forderungen durchsetzen, das Rad der Geschichte zurückdrehen?«

»Nein, so vermessen bin ich nicht. Ich könnte jeden Tag ein Stück Ihres Körpers abtrennen lassen und es an die terranische Regierung schicken, es würde nichts nützen. Selbst das Schicksal eines Unsterblichen verblasst neben den Beharrungskräften der galaktischen Politik. Nein, was geschehen ist, ist geschehen.« Lor-timkan drehte den Kopf und fixierte Rhodan. Und diesmal erblickte er die Augen des Ferronen. Sie glänzten vor Erregung. »Aber da ist noch etwas, was Sie und Ihresgleichen uns gestohlen haben: die Unsterblichkeit.«

»Was … was?« Rhodan wich unwillkürlich einige Schritte zurück. Hatte er Lor-timkan überschätzt?

Der Ferrone schnalzte traurig. »Ich sehe, wir verstehen einander immer noch nicht. Ich will Ihnen nicht Ihre persönliche Unsterblichkeit nehmen, ich weiß, dass das unmöglich ist.« Lor-timkan spielte auf den Zellaktivatorchip an, der in Rhodans Schulter implantiert war. Er strahlte eine genau auf ihn abgestimmte fünfdimensionale Strahlung aus, die seine Zellalterung verhinderte. Der Chip hätte weder Lor-timkan noch irgendeinem anderem Lebewesen genutzt. »Nein«, fuhr der Ferrone fort, »behalten Sie ihre ach so wertvolle Unsterblichkeit – auch wenn Sie sie uns geraubt haben.«

»Was meinen Sie damit?«

»Liegt das nicht auf der Hand? Haben Sie sich nie gefragt, wieso ES unser Heimatsystem als Schauplatz für das Galaktische Rätsel auswählte, an dessen Ende das Geschenk der Unsterblichkeit stand? Die Antwort lautet natürlich: Weil die Unsterblichkeit den Ferronen zugedacht war. Durch einen unglücklichen Zufall – die radioaktive Strahlung, die uns der Fähigkeit des fünfdimensionalen Denkens beraubte – wurde sie uns vorenthalten, denn nur Wesen, die höhere Dimensionen begreifen, konnten das Rätsel lösen.«

Rhodan starrte den Ferronen fassungslos an.

Lor-timkan fuhr fort: »Ich will, dass mein Volk bekommt, was ihm zusteht. Und Sie, Rhodan, sind der Schlüssel dazu – Sie werden uns das ganze Ausmaß des Galaktischen Rätsels enthüllen. Allein die Tatsache, dass es ein Teil der Transmitter, die ES uns geschenkt hat, vergessen war, bis ich meine Forschungen begann, belegt, dass noch längst nicht alle Fragen gelöst sind. Ja, noch nicht einmal bekannt sind. Sie werden uns die ganze Wahrheit sagen, Rhodan. Und sollte das nicht genügen, werden wir herausfinden, wie viel ES die Existenz seines terranischen Lieblings wert ist!«

Ohne ein weiteres Wort drehte sich der Ferrone um und verließ den Raum.

Dieser Auftritt, sagte sich Rhodan in Gedanken, *er war geplant. Er will dich einschüchtern. Denk daran: Die Angst vor der Folter ist schlimmer als die Folter selbst.*

Aber es half nichts. Er konnte das Funkeln in Lor-timkans Augen nicht vergessen. Lor-timkan glaubte jedes seiner Worte. Er würde nicht zögern, seine Drohungen wahr zu machen, im sicheren Wissen, für eine gerechte Sache einzutreten.

Rhodan zog die Decke noch fester um die Schultern. Es schien kälter geworden zu sein. Der herbe Duft nach Schlammbüffel drang in seine Nase. Er dachte wieder an den Ausflug in die Steppe vor einem halben Jahrtausend. Die Räuber hatten einen der Büffel eingekreist und von der übrigen Gruppe ausgesondert. Alleine hatte das Tier trotz seiner Größe keine Chance gehabt. Als es nach einem der flinken Räuber ausschlug, war es gestolpert. Und als sich die Staubwolke legte, mussten Rhodan und die übrigen Teilnehmer des Ausflugs hilflos mit ansehen, wie die Ferronen, die auf seinem Rücken geritten waren, von dem Rudel zerrissen wurden. Der Thort hatte die Mitnahme von Strahlern und Schutzschirmen verboten, um den archaischen Charakter des Ausritts nicht zu verderben.

Und wer rettet mich diesmal?, fragte sich Rhodan erneut.

Er erhielt keine Antwort.

6.

Der Rote Palast blieb hinter ihnen zurück. Seine Kuppeln und Dächer schrumpften und versanken schließlich in dem endlosen Konglomerat, zu dem die Hauptstadt Thorta in den letzten Jahrhunderten angewachsen war. Mehrere Dutzend Millionen Ferronen lebten dort unten – Bull hatte irgendwo im Systemnetz aufgeschnappt, dass es über hundert Millionen sein mussten – und täglich kamen neue Bewohner hinzu. Der Sog der Hauptstadt war übermächtig, zahllose Ferronen hofften, dass sich hier ihr Los zum Besseren wenden würde.

Der Gleiter beschleunigte weiter, immer neue Viertel taten sich vor Bulls Augen auf. Der Terraner versuchte den Durchmesser der Stadt zu schätzen, es mussten mindestens zweihundert Kilometer sein. Zweihundert Kilometer – was für eine winzige Entfernung es schien. Er und Rhodan lebten schon lange ein Leben, in der sich das Lichtjahr als kleinstes vernünftiges Längenmaß etabliert hatte. Und die 27 Lichtjahre, welche die Erde von der Wega trennten, waren ein Sprung von einer so läppischen Größe, dass man ihn kaum noch wahrnahm. Und doch, alles sprach dafür, dass Rhodan irgendwo in diesem Mikrokosmos unter ihm verborgen wurde, auf Ferrol oder einem der anderen Planeten und Monde der Wega. Es war ein Mikrokosmos von solch gewaltigen Dimensionen, dass die Suche nach dem Freund aussichtslos erschien, ein törichtes Unterfangen, das nur scheitern konnte …

»Du machst dir Sorgen«, stellte Tar-serque neben ihm fest. In ihrer Stimme schwang eine Sanftheit mit, die Bull der Stammesmutter nicht zugetraut hätte.

Er nickte.

»Das verstehe ich«, sagte sie. »Aber ich versichere dir, wir werden ihn finden. Rechtzeitig.«

Bull zuckte die Achseln. »Dein Optimismus ist erstaunlich. Woher nimmst du ihn nur?« Er zeigte aus dem Fenster des Gleiters auf eines der Industriegebiete Thortas, das sie gerade überflogen. Der Heilungsprozess seiner Haut war so weit fortgeschritten, dass er vorsichtige Bewegungen beinahe schmerzfrei durchführen konnte. »Er könnte überall dort unten sein. Im Keller einer Industriebrache, im Haus eines anti-terranisch eingestellten Fürsten oder was weiß ich wo. Wie sollen wir ihn jemals finden?«

Tar-serque machte mit einem ihrer voluminösen Arme eine wegwerfende Handbewegung. »Wo immer er auch steckt, er muss irgendwie dorthin gekommen sein, also gibt es eine Spur. Und jemand hat ihn dorthin gebracht. Lor-timkan kann es nicht alleine bewerkstelligt haben, also gibt es Komplizen, Mitwisser – und wir werden sie finden. Aber zuerst knacken wir das Transmitternetz.«

»Ich weiß nicht, ich habe meine Zweifel an dieser Theorie. Wenn es unter euch Ferronen wirklich noch das Wissen – wie verstreut und bruchstückhaft auch immer – um weitere Transmitter gäbe, hätte es doch längst jemand zusammengesetzt.«

»Ja: Lor-timkan.« Die Malan grinste. »Das beweist die erfolgreiche Entführung. Und was er kann, kann ich schon lange.«

»Draußen in der Provinz, in …«, er suchte einen Augenblick nach dem Namen »… in Khélar?« Bull hasste sich für seinen Pessimismus, aber ihm wollten Jocimbs Bedenken nicht aus dem Kopf gehen. Der Liga-Agent hatte heftig gegen Bulls Ausflug protestiert. Tausende von Agenten, die Sicherheitskräfte und die Flotte der Ferronen fahndeten bereits nach Rhodan. Was wollte er, Bull, schon ausrichten? Und das in seinem Zustand? Bull hatte ihm keine Argumente entgegenzusetzen gehabt, außer dass er nicht untätig dasitzen konnte, während sein Freund in Gefahr schwebte. Und Bull hatte sich durchgesetzt – mit demselben Dickkopf, mit dem er sich damals auf der Erde in das Team der Astronauten vorgearbeitet hatte, das zum Mond flog.

Tar-serque schüttelte bejahend den Kopf. »Eben dort. Du musst deine terranische Brille für einen Augenblick abnehmen. Wir Ferronen scheinen für euch alle gleich: kleine, blauhäutige, stämmige Wesen, euch selbst ähnlich und doch wieder fremd. Aber dem ist nicht so, diese Geschlossenheit existiert nur nach außen. Geh nur in eine Maglev-Station und frag die Leute, was sie sind. Und sie werden sagen: Sicha, Meeir, Rasbol oder was weiß ich – aber niemals Ferrone. Und wieso?« Die Malan warf Bull einen auffordernden Blick zu. Als dieser nichts sagte, fuhr sie fort: »Dazu musst du unsere Geschichte verstehen. Als die Überlebenden des halutischen Angriffs aus ihren Tiefbunkern krochen, zählte der Einzelne nichts. Die Gemeinschaft war alles, nur in ihr konnte der Einzelne überleben. Und allzu oft nur auf Kosten einer anderen Gemeinschaft. Diese Erfahrung steckt uns bis heute in den Knochen, jeder von uns ist zuerst Stammesmitglied und erst dann Ferrone.«

Sie hatten die letzten Ausläufer Thortas hinter sich gelassen. Der Pilot, ein älterer Ferrone in einer farbenprächtigen Uniform, drehte nach Norden ab und gab Vollschub.

»Du weißt ja, dass der Thort quasi als Hüter des Galaktischen Rätsels fungierte. Von Thort zu Thort wurden Legenden über ›die Wesen, die länger als die Sonne leben‹ weitergegeben. Über Leute wie dich …« Die Ferronin entblößte ihre Zähne zu einem breiten Grinsen. Bull fragte sich, ob sie die alten Mythen ihres Volkes verachtete oder ob es ihre Strategie war, mit der Tatsache fertig zu werden, mit einem der unsterblichen Wesen der Überlieferung im Gleiter zu sitzen. »Und jetzt frage ich dich: Glaubst du im Ernst, die Thorts hätten ein Monopol auf unsere Geschichte? Nein, jeder kleine Fürst, die winzigste Sekte hat ihre eigene Überlieferung, über die man eifersüchtig wacht.«

»Und du willst sie anzapfen? Da bin ich gespannt.«

»Das darfst du sein«, entgegnete die Ferronin. »Wenn du mich entschuldigst? Wichtige Anrufe …« Ein Verzerrerfeld baute sich flimmernd um sie auf. Bis zur Landung des Gleiters tätigte die Malan in seinem Schutz einen steten Strom von Visiphongesprächen.

Unter ihnen zog inzwischen die dichte Blätterdecke eines tropischen Urwalds dahin. Nur hin und wieder sah Bull Gruppen von Gebäuden oder Siedlungen. Was er nicht sah, waren Straßen. Offenbar reisten die wenigen Ferronen, die in dieser Gegend siedelten, per Gleiter oder Transmitter. Schließlich tauchte vor dem Gleiter ein großer Meeresarm auf, der wie ein überdimensionaler Dolch in das Land stach. Das veränderte Triebwerksgeräusch teilte Bull mit, dass sie zur Landung ansetzten. Er ignorierte das aufflammende Brennen im Nacken und schob den Kopf noch weiter gegen die Scheibe. Er erblickte ein Landefeld, einige Holzhäuser und einen gerodeten Platz, der von einer Reihe von Baumstämmen umgeben war, wahrscheinlich ein Sportplatz.

Das Verzerrerfeld erstarb. Die Malan hob den Arm, um ihm aufmunternd auf den Schenkel zu klopfen, besann sich aber im letzten Moment eines Besseren. »Dann wollen wir mal!«, rief sie aufmunternd und schwebte zur geöffneten Luke des Gleiters hinaus. Bull folgte ihr kopfschüttelnd. Er hatte sie noch nie ihre Füße benutzen sehen. Konnte die Ferronin überhaupt laufen?

Er wusste es nicht. Fest stand dagegen, dass er selbst es derzeit nicht konnte. Die Spezialisten hatten versucht, ihm diesen Ausflug zu verbieten. Die neugewachsene Haut seiner rechten Körperhälfte war noch viel zu empfindlich, um die Belastung zu überstehen, hatten sie prophezeit – und Folgeschäden in einem Ausmaß, dass Bull die Einzelheiten sofort wieder aus seinem Gedächtnis verbannt hatte. Aber er hatte sich nicht beirren lassen, und am Ende hatte man sich auf einen Kompromiss geeinigt: Bull verließ die Palastklinik, aber auf einem Antigravfeld schwebend und von einem schützenden Prallfeld eingehüllt.

Die Malan hatte kehrtgemacht und blickte vom Landeplatz zu ihm hinauf. »Beeilung, der Herr«, mahnte sie. »Und ich bitte um Haltung. Vergiss nicht, wir wollen Eindruck schinden!«

Bull schwebte aus dem Gleiter. »Ist das dein Ernst?« Er deutete auf sich, dann auf die dicke Ferronin und schließlich auf den eiförmigen Medoroboter, der ihm in einigen Schritten Abstand überall hinterherschwebte. »Wir können froh sein, wenn die Leute sich nicht vor Lachen wegschmeißen!«

Die Stammesmutter schnalzte abfällig und schwebte weiter. Bull betätigte hastig die einfache Handsteuerung seines Schirmprojektors und schloss zu der Ferronin auf. Mit Tarserque gleichauf zu bleiben war keine leichte Aufgabe, aber Bull war entschlossen, sie zu meistern.

Das Trio Ferronin, Terraner und Medoroboter schwebte in die Siedlung. Sie bestand aus einfachen Häusern, Hütten eigentlich, errichtet aus Stangen, die Bull entfernt an Bambus erinnerten. Zusammengehalten wurden die Konstruktionen offenbar nur von aus Pflanzen hergestellten Strängen. Bull überraschte es nicht. Die Ferronen waren ein traditionsverbundenes Volk – und ein pragmatisches: Er war sich sicher, dass sich hinter dem primitiven Äußeren Hightech verbarg.

Die Wände der Hütten, einfache Pflanzenmatten, waren hochgerollt. Bull warf einen kurzen Blick auf die Anzeige seines Syntrons. Sie zeigte über 50 Grad Celsius. Wahrscheinlich entrollten die Bewohner die Matten nur, wenn Stürme heraufzogen. Eine verstörende Stille lag über der Siedlung. Außer dem Schreien und Pfeifen der Tiere, das aus dem nahen Wald drang, war nichts zu hören.

»Wo sind die ganzen Leute?«, fragte Bull. Die Hütten schienen vollständig verlassen.

»Oh, sie warten auf uns, nein, auf dich, den Unsterblichen«, sagte Tar-serque. Die Malan strahlte eine Selbstsicherheit aus, die fast körperlich zu spüren war. Bull schien es, als ob die Malan ähnliche Unternehmungen, Vorstöße in die innersten Zirkel eines fremden Stammes schon unzählige Male unternommen hatte – und stets das bekommen hatte, was sie wollte.

Dann sah Bull die Ferronen. Sie hatten sich auf der freien Fläche versammelt, die er aus dem Gleiter heraus für einen Sportplatz gehalten hatte. Es mussten mehrere hundert Personen sein. Entweder lebten sie in den Hütten sehr eng aufeinander oder es waren noch weitere Ferronen aus der Nachbarschaft angereist.

Sie waren alle nackt.

Bull warf der Malan einen fragenden Blick zu. »Das gehört dazu«, beschied sie ihm. »Aber mach dir keine Sorgen, du kannst bleiben wie du bist.« Bull verzichtete auf den Hinweis, dass er unter dem milchigen Schirmfeld bereits nackt war, seine Haut vertrug noch nicht die Berührung von Stoff. Aber selbst ohne die Brandverletzung hätte er es sich nicht leisten können, seine ungeschützte Haut der Wega preiszugeben, die jetzt beinahe im Zenith stand. Dem Terraner fehlte die in Jahrzehnttausenden gewachsene Anpassung an die gleißende Riesensonne.

Als die Ferronen die beiden Ankömmlinge sahen, teilte sich die Menge schweigend. Bull und Tar-serque traten auf den Platz. Hinter ihnen schloss sich der Kreis wieder, der Medorobot blieb ausgeschlossen. Bull war es recht, die Maschine war ihm ohnehin nur eine ständige Erinnerung daran, dass er gerade jetzt, als es um das Leben seines besten Freundes ging, allenfalls bedingt einsatzfähig war.

Aus dem grasbewachsenen Platz ragte eine ebenfalls mit Gras bedeckte Plattform. Sie reichte Bull ungefähr bis zu den Knien. Auf der Plattform standen zwei Ferronen, ein Mann und eine Frau. Sie waren wie die übrigen nackt, aber in ihr kupferfarbenes Haar waren unzählige kleine Spiegel geflochten, die das Licht der Wega reflektierten. Bull konnte ihre Gesichter nicht erkennen, so stark glitzerten die Spiegel, aber ihre ausgemergelten Körper verrieten ihm, dass sie alt waren. Die beiden Alten verneigten sich in Richtung der Ankömmlinge. Tar-serque erwiderte die Geste, dann zog sie an der Schlaufe ihres Umhangs. Er glitt zu Boden und enthüllte den über und über tätowierten Körper der Malan. Bull musterte sie verstohlen von der Seite. Ihr Körper wirkte fester als er erwartet hatte.

Die Frau auf der Plattform sagte etwas. Sie hob die Stimme kaum, aber in der Stille, die über dem Platz lag, konnte Bull sie klar hören – aber nicht verstehen. Sie sprach eine Variante des Ferronischen, die ihm fremd war.

Die Malan beherrschte sie offenbar, schien es aber nicht für nötig zu befinden, das Gesagte zu übersetzen. »Komm!«, wies sie Bull nur an und schwebte zu der Plattform. Bull blieb keine andere Wahl als ihr zu folgen.

Sie blieben am Rand der Plattform stehen. Bull konnte jetzt aus zusammengekniffenen Augen die Gesichter der beiden Ferronen, die er für Priester hielt, sehen. Er las Ehrfurcht in ihnen – Ehrfurcht vor ihm, dem Mann, der länger als die Sonne lebte.

Der länger als die Sonne leben könnte, korrigierte Bull in Gedanken. *Und wer weiß? Perry ist vielleicht schon tot.*

Die Priesterin ergriff wieder das Wort. Ihre Ansprache richtete sich offenbar an die versammelten Ferronen, aber mehrmals zeigte sie auf Bull und anschließend auf die Sonne. Die Malan geruhte immer noch nicht, für ihn zu übersetzen. Vielleicht durfte sie die Zeremonie nicht stören, aber Bull glaubte eher daran, dass sie einfach keine Lust dazu hatte.

Der Priester machte sich derweil mit verschiedenen Gerätschaften zu schaffen. Er zog aus einem in den Rasen der Plattform eingelassenen Behältnis einen Krug und etwas, was Bull an eine Presse erinnerte. Dann nahm er von einem Haufen korkenzieherartig gewundener Zweige einen Ast, schob ihn in die Presse und betätigte die Kurbel. Dunkelgrüner, dickflüssiger Pflanzensaft rann in den Krug. Der Mann presste ein knappes Dutzend Zweige aus, dann war der Krug bis beinahe an den Rand gefüllt.

Fast im selben Moment beendete die Priesterin ihre Ansprache. Bull schien es kein Zufall, der Eindruck eines seit langer Zeit eingespielten Ablaufs war überwältigend.

Der Priester hob das Gefäß mit dem Pflanzensaft über den Kopf, der Sonne entgegen. Trillernder Jubel erhob sich von der Menge und verstummte wie abgeschnitten, als der Priester das Gefäß wieder senkte. Die Priesterin hatte in der Zwischenzeit einen rostigen Dreifuß aus einer anderen in die Erde gegrabenen Aussparung geholt und stellte ihn auf. Er war krumm und gebrechlich, erinnerte Bull eher an Teile eines Gleiterwracks oder havarierten Raumschiffs als an eigens für diesen Zweck hergestellte Gegenstände. Der Priester passte das Gefäß vorsichtig in den Ring an der Spitze des Dreifußes.

Dann zogen die beiden Ferronen zwei runde Rasenstücke beiseite. Blendende Helligkeit ließ Bull den Kopf zur Seite drehen. Als er mit fast vollständig zugekniffenen Augen wieder nach vorne blickte, erkannte er, dass unter dem Gras zwei polierte Metallflächen oder Spiegel verborgen gewesen waren. Sie reflektierten das Sonnenlicht und bündelten es auf dem Gefäß.

»Tar-serque, was geht hier vor?«, zischte Bull leise. Er spürte, wie Wut sich in ihm aufbaute. Sie verschwendeten hier nur ihre Zeit, bis jetzt hatte niemand auch nur den Versuch gemacht, mit ihm zu sprechen. Was sollte diese verfluchte Zeremonie?

Die Malan gab ihm durch ein scharfes Schnalzen zu verstehen, dass er schweigen sollte.

Dampf, der aus dem Gefäß stieg, zeigte an, dass der Pflanzensaft kochte. Vorsichtig darauf achtend nicht in den Bereich des gebündelten Lichts zu geraten, nahm der Priester das Gefäß vom Dreifuß. Die Priesterin streckte ihre Arme zum Himmel und richtete ihre Worte direkt an die Sonne.

Bull verstand endlich. Sie waren Sonnenanbeter! Er dachte daran, was ihm die Malan über die ferronische Geschichte erzählt hatte. Die Überlebenden des halutischen Angriffs, die am Ende des nuklearen Winters seit Generationen zum ersten Mal wieder die Sonne sahen. Die Riesensonne – die doppelt, ja dreimal so groß wie Sol am Himmel über Ferrol zu hängen schien. Wenn ihre Scheibe den Horizont berührte, schien sie den Planeten verschlingen zu wollen. Und dann die Überlieferung der Unsterblichkeit, von »Wesen, die länger als die Sonne leben« – es wäre ein Wunder gewesen, hätten die Ferronen die Sonne nicht verehrt.

Aber was hatte das mit ihm zu tun?

Bull konzentrierte seine Aufmerksamkeit auf den Priester. Die Worte der Priesterin konnte er ohnehin nicht verstehen. Der Mann hatte einen hölzernen Stab genommen und rührte in dem Pflanzensaft herum, der jetzt klarer und dünnflüssiger schien. Und dann, mit einer schnellen Handbewegung, die allen übrigen entgehen musste, gab er dem Saft ein Pulver hinzu.

Tar-serque wandte sich an ihn. »Jetzt bist du dran.«

Bull wollte protestieren, aber die Stammesmutter war bereits zwei Schritte nach vorne geschwebt und empfing das Gefäß aus der Hand des Mannes. Dann drehte sie sich um und kam vor Bull zum Halten. »Trink!«, flüsterte sie und hielt ihm das Gefäß auffordernd entgegen. »Trink, aber behalte den letzten Schluck im Mund, ganz gleich, was geschieht.«

Schrilles Trällern, unterlegt von rhythmischen Schlägen, verschluckte ihre Worte. Bull zögerte, dann nahm er das Gefäß. Sein Zellaktivator würde schädliche Stoffe neutralisieren – und was den Geschmack anging: Sein Gaumen hatte im Lauf der Jahrtausende die verschiedensten Speisen gekostet. Er glaubte nicht, dass ihm noch etwas den Atem verschlagen konnte.

Bull trank.

Der Geschmack überraschte ihn. Er hatte etwas Säuerliches, erinnerte ihn gleichzeitig an Gummi. Er leerte das Gefäß in einem Zug, aber als er merkte, dass der Saft zur Neige ging, behielt er den letzten Schluck im Mund.

Die Verabreichung des Safts war offenbar zugleich Höhe- und Endpunkt der Zeremonie gewesen. Die Stammesmutter gab das Gefäß zurück, und die beiden Priester säuberten es und machten sich daran, die Utensilien wieder in ihren Behältnissen unterzubringen. Tar-serque bedeutete ihm mit einer Kopfbewegung, ihr zu folgen. Die beiden schwebten über den Platz und durch den Kanal, den die Menge ihnen freimachte. Tar-serque bückte sich ächzend nach ihrem Umhang und warf ihn lässig über die Schulter.

Der Medoroboter erwartete sie zwischen den Hütten und schloss sich ihnen leise summend an. Bull nahm ihn kaum wahr. In seinem Mund *kribbelte* es. Der Pflanzensaft verlor seinen flüssigen Zustand und verfestigte sich zusehends. Für Bull fühlte es sich an, als ob seine gesamte Mundhöhle verklebte. Er rollte mit den Augen und deutete auf seinen Mund.

»Ja, ich weiß, es kitzelt«, sagte die Malan. Ihrer Stimme fehlte der gewohnte Befehlston. »Aber ich bitte dich, halte durch. Wenn wir im Gleiter sind, erkläre ich dir alles.«

Der Weg, der Bull vorhin wie ein kaum nennenswerter Spaziergang erschienen war, fühlte sich jetzt für den Terraner wie eine endlose Tortur an. Das Kribbeln steigerte sich zu einem Ziehen. Bulls Zunge erfühlte kleine Klümpchen – und sie bewegten sich. Sie waren kaum aus der Sicht der Ferronen verschwunden, da beschleunigte Bull. Das Antigravfeld beförderte ihn innerhalb weniger Augenblicke zum Gleiter. Quälend lange Sekunden verstrichen, bis der Pilot die Tür geöffnet hatte, dann stürzte Bull in die Polster. Den stechenden Schmerz, den seine verbrannte Haut durch den Körper jagte, als er hart gegen das Imitatleder stieß, ignorierte er, er musste endlich ausspucken.

Er tat es, dann zapfte er ein Glas Wasser aus dem Servo und spülte sich den Mund aus.

Die Malan erschien in der Tür. »Bei allen Plagen der Galaxis!«, herrschte Bull sie an. »Was, zum Teufel, sollte dieser Unsinn? Was war das?«

Die voluminöse Frau beugte sich kommentarlos zwischen die Sitze, suchte einige Augenblicke den Gleiterboden ab und richtete sich anschließend mit einem zufriedenen Grunzen wieder auf. Sie hielt etwas in der Hand, das wie ein Stück Papier aussah. »Ferronische Nanotechnologie«, verkündete sie stolz. »Man weiß nie, zu was die winzigen Teufel gut sind.«

Bull riss ihr den Zettel aus der Hand. Er war hauchdünn und entfaltete sich zu überraschender Größe. Der Terraner erkannte die eleganten Schwünge der ferronischen Standardschrift.

»Es war im dritten Jahr der großen Dürre«, las er. »Khéshyage führte seine Herde auf die Weide, als er stolperte und in ein Loch fiel, das sich über Nacht geöffnet hatte … «

»Was ist das?«, fragte er und ahnte schon die Antwort.

»Was wohl?«, antwortete die Stammesmutter. »Unser erstes Fragment der Überlieferung. Oder hast du geglaubt, man würde mit dem Megaphon verkünden, was man Jahrtausende lang eifersüchtig gehütet hat?«

7.

Übergangslos stand sie vor ihm.

Rhodan hatte noch einige Zeit vergeblich darauf gewartet, dass Lor-timkan oder ein anderer der Entführer erschien. Dann hatte er sich in die Decke eingewickelt und auf den harten Boden gelegt. Schlaf zu suchen, sagte ihm die Vernunft, war das Beste, was er tun konnte. Eine Flucht war aussichtslos, und er würde jedes Quäntchen Konzentration und Wachheit brauchen, die er aufbringen konnte, um gegen den Ferronen zu bestehen.

Die Kälte war mühelos durch die dünne Kombination gedrungen, die er für den Empfang angelegt hatte, und auch die Decke vermochte ihn nicht auf Dauer zu wärmen. Die Unterkühlung ließ wirre Träume in ihm aufsteigen. Er fand sich in einer verkehrten Welt wieder, in der Ferronen und Terraner die Rollen getauscht hatten, und er, Rhodan, Lor-timkans Part übernommen hatte. Einige Augenblicke lang erfüllte ihn das Gefühl, ein Freiheitskämpfer zu sein, für eine gerechte Sache einzutreten. In einem anderen Traum rang er mit Lortimkan. Verbissen rollten die beiden Kontrahenten über den Boden, versuchten einander zu erwürgen, die Augen auszukratzen. Schließlich bekam Rhodan das dicke, büschelige Haar des Ferronen zu fassen. Er zog mit aller Macht daran – und hielt eine Biomolmaske in den Händen. Bulls Gesicht grinste ihn an. »Darauf wärst du nie gekommen, was?«, sagte er und lachte und lachte und lachte …

Und zwischen den Episoden sah Rhodan immer wieder Mondra. Ihre grünen warmen Augen, ihr sanftes, aber energisches Kinn, ihr offenes Lachen, wenn er einen Scherz gemacht hatte. Aber Mondra war vor über einem Jahrzehnt mit dem Fernraumschiff SOL auf eine Expedition aufgebrochen, war viele Millionen Lichtjahre entfernt …

Rhodan ruckte hoch. Die Frau, die vor ihm stand, war nicht Mondra Diamond. Sie war … »Was machst du hier?«, fuhr Rhodan sie auf Ferronisch an.

»Nach dir sehen«, antwortete die Ferronin nach einem fast unmerklichen Zögern.

Rhodan erhob sich steif und musterte die Frau. Es war die Dienerin vom Empfang, kein Zweifel. Sie trug immer noch die von einfachen Knoten gehaltene Schürze einer Palastdienerin. Und da war dieses unregelmäßige Zucken ihrer Mundwinkel. Als wollte sie den Mund öffnen und mit etwas herausplatzen, brächte es aber nicht über sich – oder als ob sie Angst hätte, und diese Furcht nur mühsam zu beherrschen vermochte.

Was kann das sein?, fragte sich Rhodan. *Sie hat mich schon vorhin beim Empfang so seltsam angesehen. Wusste sie, was kommen würde?*

»Wie kommst du hier herein? Gehörst du zu ihnen …?« Rhodan deutete auf die Stelle der Wand, an der sich vor einigen Stunden die Tür geöffnet hatte. Er hatte das leise Zischen, mit dem sie aufgeglitten war, um der Ferronin Zutritt zu gewähren, nicht gehört. Aber das musste nichts bedeuten. Er hatte geschlafen.

»Die Entführer?« Die Frau winkte ab. »Die sind mir egal. Aber das Problem ist, du bist ihnen ganz und gar nicht egal. Du musst hier weg!«

Rhodan konnte sich ein Auflachen nicht verkneifen. »Danke für den Hinweis. Aber wie, schlägst du vor, soll das gehen? Ich bin allein und unbewaffnet, an einem fremden Ort. Willst du mich hier an den Haaren herausziehen?«

»Nein«, antwortete sie. »Ich weiß etwas Besseres. Bist du bereit?«

»Ja, aber …«

Sie hörte ihn nicht mehr. Die Ferronin hatte sich, kaum

hatte er den Mund geöffnet, umgedreht und rannte jetzt auf die blanke Wand zu.

Was tut sie da?, dachte Rhodan. Einige Herzschläge später erhielt er die Antwort: Die Frau rannte durch die Wand.

Rhodan blieb der Warnschrei in der Kehle stecken. Er schloss die Augen, drückte die Lider fest aufeinander, und öffnete sie wieder. Seine Sinne mussten ihn getäuscht haben.

Aber die Frau war verschwunden, nur der herb-süße Duft des Öls, das sie wie alle Dienerinnen des Empfangs aufgetragen hatte, hing noch in der Luft. Die Wand war so fugenlos und unversehrt wie zuvor. Rhodan fuhr mit den Fingern über die Oberfläche. Nichts, sie war von nahezu perfekter Glätte.

Er hatte nichts anderes erwartet. Denn selbst wenn eine Tür nur für den Bruchteil einer Sekunde zur Seite geglitten wäre, hätte er es bemerkt. Nein, die Frau war tatsächlich *durch* die Wand verschwunden.

Eine Erinnerung regte sich. Wesen, für die Materie kein Hindernis war. Undeutliche Bilder stiegen in ihm auf, aber sie entglitten ihm, sobald er versuchte, sie zu fassen zu bekommen.

Hinter ihm ertönte ein leises Zischen. Rhodan wirbelte auf dem Absatz herum – und erblickte die Ferronin, die im Türrahmen stand.

»Schnell!«, rief sie. »Wir haben nicht viel Zeit!«

Mit wenigen Sätzen war Rhodan bei ihr und durch die Tür. Zwei der Entführer lagen regungslos am Boden, neben ihnen eine armlange Metallstange. Sie trugen immer noch die schneeweißen Uniformen der Palastwachen. Rhodan drehte den Kopf erst nach links, dann nach rechts. Der Korridor war leer. Der Terraner beugte sich über einen der Entführer.

Er blutete am Hinterkopf, dort, wo die Ferronin ihn mit der Stange erwischt hatte. Ein schneller Blick bestätigte ihm, dass die zweite Wache das Schicksal des Mannes teilte.

»Was soll das?«, hörte er die Ferronin rufen. »Wir müssen weg, jeden Augenblick können die Übrigen kommen!«

»Kann sein«, entgegnete Rhodan, »aber erst müssen wir noch etwas erledigen.« Er strich über den Stoff der Uniform. Er war so leicht wie der des Anzugs, den er trug, fühlte sich aber viel widerstandsfähiger an. Und vielleicht hatte der Thort der Uniform auch noch technische Spielereien spendiert, aber das würde bis später warten müssen. Er riss den Magnetsaum der Jacke auf und pellte den Bewusstlosen aus dem Kleidungsstück.

»Nimm du den anderen!«, befahl er der Ferronin. Zu seiner Überraschung gehorchte sie ihm ohne zu widersprechen.

Kurz darauf hatten der Terraner und die Ferronin die Uniformen über ihre eigene Kleidung gestreift. Rhodan ging es dabei nicht um die Tarnung – als er an sich hinuntersah und die viel zu kurzen Ärmel und Hosenbeine bemerkte, konnte er ein Grinsen nicht unterdrücken – nein, es ging ihm um Wärme. Eine überflüssige Schicht Kleidung konnte man jederzeit ablegen, fehlende Kleidung zu beschaffen dagegen konnte sich als unmöglich erweisen.

Rhodan bückte sich ein letztes Mal und hob die Waffe des Mannes auf. Es war ein Kombilader, der wahlweise töten oder lähmen konnte. Der Griff war für menschliche Vorstellungen zart ausgefallen, würde sich aber perfekt in die kurzfingrigen Hände der Ferronen einpassen. Ein mechanischer Schalter regelte die Umschaltung zwischen tödlicher und lähmender Wirkung. Rhodan erkannte erleichtert, dass er bereits auf Paralyse gestellt war. Die Entführer trachteten ihm nicht nach dem Leben, noch nicht.

Er merkte, dass die Ferronin ihn anstarrte. »Worauf wartest du? Nimm seine Waffe!« Er zeigte auf den zweiten Bewusstlosen.

»Wozu? Ich will nicht töten«, sagte sie.

»Diese Waffen töten nicht zwangsläufig«, entgegnete Rhodan. Er beugte sich vor und nahm die zweite Waffe, überprüfte, dass sie auf Lähmung gestellt war, und drückte sie der Frau in die Hand. Die ungelenke Art, mit der sie den Kombilader hielt, verriet ihm, dass sie zum ersten Mal eine Waffe in der Hand hielt. »Gut, wohin jetzt?«, fragte er.

»Die Transmitterstation, durch die ich gekommen bin, ist in dieser Richtung.« Sie zeigte nach links.

Rhodan nickte. Sie musste seinen Entführern durch den Transmitter gefolgt sein. Er fragte sich, wieso sie noch am Leben war. Er hätte an Stelle der Entführer dafür gesorgt, dass ihm niemand folgen konnte. Wahrscheinlich hatten sie das – und sich blind darauf verlassen, dass ihre Vorsichtsmaßnahmen, ganz gleich, ob es sich dabei eine Umprogrammierung des Transmitters oder vielleicht seine Zerstörung gehandelt hatte, funktionierten.

»Weißt du, wo wir uns befinden? Oder was für eine Station das ist?«

»Nein, ich habe mich versteckt, in einem Nebenraum.« Sie suchte seinen Blick. »Ich hatte … Angst, verstehst du?«

Er nickte.

»Außerdem dachte ich mir, dass es eine gute Idee wäre, eine Weile zu warten. Anfangs waren sie noch nervös und überwachsam, aber mit jeder Stunde wurden sie sorgloser …« Sie ließ den Satz in der Luft hängen.

Rhodan betäubte mit zwei kurzen Paralysatorschüssen die Männer. »Das sollte ihren Schlaf verlängern. Ich schlage vor, wir gehen nach rechts. Ich gehe davon aus, dass sie den Transmitterraum für den Fall bewachen, dass doch noch Verfolger auftauchen. Und wer weiß? Vielleicht liegt diese Station inmitten einer Siedlung und wir finden sofort Hilfe.«

Die Ferronin schüttelte unsicher den Kopf. Eine bejahende Geste, aber trotzdem schien es, als hätte sie plötzlich der Mut verlassen. Rhodan konnte es ihr nicht verdenken.

»Komm!«, rief er und rannte los. Rhodan hoffte, dass ihre Selbstsicherheit zurückkehren würde, sobald sie wieder handelten.

Nach etwa fünfzig Schritten mündete der Korridor in einen weiteren Gang. Rhodan entschied sich aus einem unbestimmten

Gefühl heraus nach rechts weiterzugehen. Sie wussten nichts über die Anlage, eine Richtung war so gut wie die andere.

Sie begegneten niemandem. Rhodan fragte sich, was der Zweck der Anlage sein konnte. Nirgends sah er Spuren von Benutzung oder von Bewohnern. Hinweisschilder oder Markierungen, die mit Hilfe menschlicher Sinne wahrnehmbar gewesen wären, fehlten völlig. Es gab nur die Korridore, die sich perfekt glichen. Etwa drei Meter breit und hoch und fugenlos – Letzteres, war sich Rhodan sicher, schloss aber nicht die Existenz von Türen aus. Versuchshalber verlangsamte er sein Tempo, blieb alle paar Schritte kurz stehen. Gleich beim vierten Stopp hatte er Erfolg: Eine Tür gab den Durchgang in einen Nebenraum frei.

»Was kann das sein?«, fragte die Ferronin und bestätigte damit seine Vermutung, dass die Anlage nicht ferronischen Ursprungs war.

Rhodan und die Ferronin traten ein. Vor ihnen öffnete sich eine Halle, in deren Mitte eine Anzahl von Aggregaten brummend ihre Arbeit verrichtete. Voluminöse Rohre verliefen in verschiedene Richtungen.

»Ich weiß es nicht«, log Rhodan. Ähnliche Aufgabenstellungen führten zu ähnlichen Lösungen. Dem Terraner war die Technik fremd, aber er hatte eine Vermutung – eine Vermutung, die, sollte er sie äußern, seine Retterin nur noch weiter verunsichert hätte. Er hoffte, dass ihr die terranische Mimik und Körpersprache nicht vertraut genug war, um ihm seine Enttäuschung anzumerken.

»Gehen wir!«

Die beiden rannten weiter. Nach einiger Zeit gelangten sie an einen breiteren Korridor. Rhodan bog ohne zu zögern in ihn ein. Sie mussten zu einem Ausgang, und je größer der Korridor, desto größer war auch die Chance, zu einem Versorgungszugang zu gelangen.

Von den übrigen Entführern hatten sie noch nichts gesehen. Nur einmal hatten sie Stimmen gehört, vielfach verzerrt und im Gewirr der Korridore hin- und hergeworfen. Von diesem Zeitpunkt an hatten sie sich auf Zeichensprache verlegt oder geflüstert. Viel zu sagen gab es ohnehin nicht. Nicht, solange sie in Gefahr schwebten – aber danach ... Rhodan fielen dutzende von Fragen ein, die er der Ferronin stellen wollte.

Nach einigen Minuten zeigte sich, dass sie die richtige Richtung gewählt hatten: Sie gelangten in einen Hangar. Rhodan schätzte seine Höhe auf mindestens fünfzig Meter. Am gegenüberliegenden Ende erkannte er die Umrisse eines riesigen Schotts, die ersten Fugen, die er bisher mit bloßem Auge hatte ausmachen können.

Die Ferronin zog ähnliche Schlüsse. »Ein Hangar! Schade, dass keine Fluggeräte in ihm stehen. Aber dafür sind wir gleich hier raus!« Sie rannte ohne sich umzusehen zu dem Schott. Die Aussicht, den Entführern zu entkommen, hatte sie unvorsichtig werden lassen.

Sie hatte Glück, kein Paralysator- oder Strahlerschuss streckte sie nieder. Die Ferronin fuhr auf der Suche nach einem Öffnungsmechanismus mit den Händen über die Metallfläche. Als Rhodan nicht an ihrer Seite erschien, drehte sie sich um. »Was ist? Wieso hilfst du mir nicht? Nur noch dieses Schott und wir sind draußen!«

Rhodan schüttelte langsam den Kopf, hob den Arm und zeigte auf eine Sichtluke einige Meter zur Rechten des Schotts. Der Blick der Ferronin folgte seinem Finger, dann lief sie an die transparente Fläche.

Draußen strahlte die Sonne auf eine leblose Kraterlandschaft. Die Schatten schienen unwirklich exakt, eine Folge der fehlenden Atmosphäre dieser Welt. Rhodan erinnerte der Anblick an den irdischen Mond. Als er als erster Mensch seinen Fuß auf den Trabanten gesetzt hatte, war ihm seine Oberfläche als ein Wunderland aus Fels und Staub erschienen. Er hatte bald gelernt, dass sich dieses Wunder an unzähligen Stellen des Universums wiederholte, wenn auch seine Farben und die Beschaffenheit der Felsen endlos variierten. Wollten Lebewesen in diesen Wüsten existieren, brauchten sie die entsprechende Ausstattung, Schutzanzüge.

Er trat neben die Ferronin. »Ich hatte es schon befürchtet«, sagte er leise. »Diese Halle vorhin – die Aggregate darin waren Lebenserhaltungssysteme. Und die braucht man nur im Weltraum und auf lebensfeindlichen Welten. Ich fürchte, wir sind auf einem der Monde des Wega-Systems gestrandet.«

Die Ferronin straffte sich. »Das wäre auch zu einfach gewesen, nicht? Dann bleibt uns nur noch ein Ausweg ...«

»Der Transmitter«, ergänzte Rhodan. »Schnell! Es grenzt an ein Wunder, dass sie mein Verschwinden noch nicht bemerkt haben!«

Wieder rannten sie los. Gemeinsam gelang es ihnen, den Weg, den sie gekommen waren, zurückzugehen. Nur einmal schlugen sie die falsche Richtung ein, bemerkten ihren Irrtum aber rechtzeitig.

Die beiden Wachen lagen immer noch betäubt vor Rhodans ehemaliger Zelle. »Sie haben uns noch nicht bemerkt«, flüsterte Rhodan. »Dann haben wir noch eine Chance, durch den Transmitter zu gehen!«

Sie gingen weiter. Die Ferronin übernahm die Führung, Rhodan blieb dicht hinter ihr, bereit, bei der ersten Bewegung abzudrücken. Nach einigen Minuten blieb die Ferronin abrupt stehen. »Hier ist es«, flüsterte sie. »Siehst du ihr Zeichen?«

Einige Meter vor ihnen hing an der makellosen Wand in Augenhöhe ein Stück Folie. Rhodan kniff die Augen zusammen und erkannte eine Planetenlandschaft, kein Symbol von Lor-timkans Gruppe, sondern nur ein hastig improvisiertes Wegzeichen – und der Beweis dafür, dass den Entführern diese Anlage ähnlich fremd sein musste wie Rhodan.

Rhodan nickte. »Gibt es noch einen weiteren Zugang?«

»Nein«, kam die Antwort. »Aber das ist auch nicht nötig. Warte hier, ich bin gleich zurück.« Die Ferronin nickte ihm aufmunternd zu, trat zur Seite – und verschwand in der Wand.

Rhodan streckte den Arm aus und fuhr mit der Hand über die Stelle, durch die sie verschwunden war. Sie fühlte sich nicht anders an als die übrige Wand. Wie immer seine Retterin es anstellte – sie tat es nicht, indem sie die Materie, die sie durchquerte, veränderte, sondern sich selbst.

»Es sind vier von ihnen«, ließ ihn ein Flüstern herumfahren. Die Ferronin war hinter ihm wieder aus der Wand getreten. »Zwei halten sich hinter dem Transmitter auf, damit man sie vom Eingang aus nicht sieht, zwei stehen direkt hinter dem Eingang.« Sie hob den Kombilader. »Ich übernehme die beiden hinten, du die am Eingang. In Ordnung?«

»Ja.« Rhodan nickte.

»Gut. Zähl bis fünf, dann komm durch die Tür.« Sie verschwand wieder.

Rhodan betätigte ein Sensorfeld am Lauf der Waffe. Fünf Sekunden später stand er unter der Fotofolie und wartete darauf, dass sich die Tür automatisch öffnete.

Ein Zischen zeigte an, dass die Tür zur Seite glitt. Mit dem Reflex des geübten Kämpfers rollte er durch die Öffnung, kam zwei Mannslängen weiter wieder auf die Beine und drückte den Auslöser des Kombiladers. Der fächerförmige Paralysestrahl erfasste die beiden überraschten Wachen. Noch bevor sie nach ihren Waffen greifen konnten, stürzten sie gelähmt zu Boden. Zwei dumpfe Schläge aus dem hinteren Teil des Raums teilten ihm mit, dass die Ferronin ebenfalls Erfolg gehabt hatte.

Aus dem Korridor hörte er Rufe und schnelle Schritte. Die übrigen Entführer mussten gemerkt haben, dass etwas nicht stimmte. Rhodan stürzte auf den Gang, riss die Fotofolie herunter, überprüfte, dass der Klebstoff keine Spuren hinterlassen hatte und rannte zurück in den Transmitterraum. Hinter ihm schloss sich automatisch die Tür. Er knüllte die Folie in eine Uniformtasche. Die fehlende Markierung würde ihnen einige Sekunden erkaufen.

Die Ferronin stand bereits an der Steuerungskonsole des

Transmitters, ihre Finger flogen über die Kontrollen. »Über ein Dutzend Stationen sind voreingestellt«, verkündete sie. »Aber die Namen sagen mir nichts.«

»Was ist mit anderen Stationen?«

»Schon versucht. Die Konsole verweigert die Annahme. Ich wähle eine der voreingestellten.«

Rhodan wollte protestieren, aber das Dröhnen schwerer Schritte, das durch die geschlossene Tür drang, belehrte ihn eines Besseren. »In Ordnung!«

Die beiden kletterten in den geöffneten Käfig des uralten Transmitters. Über ihnen baute sich der Leuchtbogen des Transportfelds auf. Die Ferronin neben ihm begann wieder zu zittern. Erneut hatte sie ihre Selbstsicherheit verlassen.

Die Schritte wurden lauter und brachen dann ab. *Sie stehen vor der Tür!,* dachte Rhodan. *Noch ein paar Augenblicke …*

Er wandte sich an die Frau. »Da ist noch etwas, was ich fragen wollte.«

»Ja?« Ihre Stimme war brüchig.

In der Wand entstand ein Spalt.

»Wie heißt du eigentlich?«

»Ne… Neniver.«

Dann versank die Welt um sie.

8.

Reginald Bull las.

Der Terraner lag wieder in seinem Krankenzimmer im Palast des Thorts. Auf seinen Wunsch hatte man den Raum verändert. Bull schwebte jetzt nicht mehr in unsichtbaren Energiefeldern, sondern saß halb aufrecht in einem Bett aus organischen Materialien. Die Bettwäsche, ihre Füllung, die Matratze – alles war aus den Haaren, Federn oder Schuppen ferronischer Tiere oder Pflanzenfasern gefertigt. Der Thort persönlich hatte dafür gesorgt, dass sie von erlesenster Qualität waren, aber dennoch konnten sie ein Antigravfeld nicht ersetzen: Bulls Eigengewicht drückte ihn gegen die Matratze, mit jeder Bewegung rieb seine Haut am Stoff.

Es tat weh, aber Bull begrüßte den Schmerz. Er war der Ansicht, dass man es spüren sollte, wenn man gerade dem Tod von der Schippe gesprungen war. Es erinnerte einen daran, wie viel Glück man gehabt hatte – und daran, das nächste Mal besser aufzupassen.

Das Holo an der gegenüberliegenden Wand zeigte jetzt eine Straßenszene aus Thorta, keine Archivaufnahmen, live eingespielte Bilder. In Intervallen von mehreren Minuten wechselte die Kamera. Im Augenblick spielte sich vor Bulls Augen gerade eine Marktszene ab: Ferronen, die ungerührt ihre Einkäufe tätigten, als ob nichts geschehen wäre.

Das ist es ja auch nicht, dachte er. *Sie wissen nicht, was los ist. Und selbst wenn sie es wüssten, was für einen Unterschied würde es für sie machen?*

Das Buch, das er in den Händen hielt, war großformatig und schwer, geschützt von einem dicken ledernen Einband. Es erinnerte ihn an die unförmigen Wälzer, die er als Kind manchmal in Ritterfilmen gesehen hatte. Der Alchimist der Burg hatte immer eines besessen. Er hatte schon damals den Verdacht gehabt, dass diese Bücher nur leere, unbeschriebene Seiten enthielten – was sie mit dem gemein hatten, das er jetzt in der Hand hielt.

Denn bis auf den ledernen Einband bestand das Buch aus einer Unzahl von Nanomaschinen und einem Syntron. Schlug man es auf, blickte man auf leere, erwartungsvolle Seiten. Doch diese füllten sich, sobald man einen Satz, ein Wort oder auch nur eine Silbe sagte. Der Syntron nahm die Äußerung auf, analysierte sie, suchte aus dem systemweiten Intranet, aus den Bibliotheken und Datenbanken der Ferronen Informationen zusammen, bewertete sie, reduzierte sie auf ihre Grundaussagen und stellte sie auf den Seiten des Buches dar, als Texte, Bilder und Holoclips, die abliefen, sobald sie ein Finger berührte.

Bull hatte den Band aufgeschlagen und »Wega-System« gesagt, und er hatte die Silben kaum ausgesprochen, als die Doppelseite sich bereits mit Texten und Bildern füllte.

Eine neue Welt tat sich für ihn auf. Bull hatte geglaubt, er kenne das Wega-System und seine Bewohner, doch er musste feststellen, dass seine Vorstellungen antiquiert waren. Vielleicht war es aus Sentimentalität geschehen – immerhin war das System der Wega das erste fremde Sonnensystem gewesen, das seine Augen erblickt hatten –, vielleicht auch nur aus Bequemlichkeit. Doch sein Bild der Ferronen und ihrer Welt war auf dem Stand von vor dreitausend Jahren stehen geblieben: ein hilfsbereites, etwas umständliches und bis auf seine blaue Haut überwältigend menschenähnliches Volk, das in seinen primitiven Raumschiffen zu einigen Planeten und Monden seines Heimatsystems vorgestoßen war.

Mit jeder Minute, die Bull über die Ferronen las, bezweifelte er mehr, dass dieses Bild je zugetroffen hatte. Das System der Wega bot einer Vielfalt von Wesen und Lebensarten eine Heimat, die überraschte. Da waren natürlich die Ferronen selbst. Die Nachkommen der lemurischen Siedler hatten sich nahezu über das gesamte System ausgebreitet. Ferrol, ihr Heimatplanet, war ebenso dicht besiedelt wie die Erde. Auch auf den anderen Planeten der Lebenszone, Pigell, dem sechsten, einer dampfenden Dschungelwelt, Reyan, dem siebten, der Industriewelt des Systems, und Rofus, dem neunten Planeten, mit seinen gewaltigen Gebirgen und Wüsten hatten sich die Ferronen niedergelassen.

Bull blätterte um. Der Syntron hatte anhand seiner Augenbewegungen verfolgt, welche Teile der Doppelseite der Terraner intensiver betrachtet hatte, und hatte bereits vertiefende Informationen aufbereitet. Noch während Bull das Blatt ergriff, formierten sich die Nanomaschinen der Seite, um die Inhalte anzuzeigen. Bull spürte ein Kitzeln zwischen den Fingerspitzen.

Doch mit den Welten der Lebenszone hatten sich die Ferronen nicht zufrieden gegeben. Mehrere Monde des 42-Planetensystems hatten sie bereits planetengeformt, dort für sie erträgliche Lebensbedingungen geschaffen. Dabei machten sie freizügigen Gebrauch galaktischer Hightech aus unterschiedlichsten Quellen. Die Ferronen mochten nicht in der Lage zu sein, fünfdimensionale Zusammenhänge zu begreifen, aber sie waren klug genug, zu verstehen, dass das auch andere für sie erledigen konnten. Zahllose Raumstationen und ausgehöhlte Asteroiden ergänzten das Planetenformingprogramm.

Aber die Ferronen waren nicht die einzigen Intelligenzen, denen die Wega ihr warmes Licht spendete. Bulls Blick fiel auf eine Fußnote. Er blätterte weiter, und der Syntron, dem die Aufmerksamkeit des Terraners nicht entgangen war, reagierte umgehend.

Auch Terranerabkömmlinge siedelten im Wega-System. Auf Ablon, dem marsähnlichen zehnten Planeten, siedelten Menschen, viele von ihnen die Nachkommen von Marsianern. Carpa, der elfte Planet, war zu einem Abbild Terras geformt worden – aber nicht auf Veranlassung der Ferronen, sondern durch das Engagement eines galaxisweiten Konsortiums mit Sitz auf der Handelswelt Olymp. Schließlich lebten Menschen auch auf Rustoner, einem Mond des Wasserstoff-Methan-Ammoniak-Riesen Gol, dem vierzehnten Planeten.

Gol … unter seiner Oberfläche hatte sich eine geheime Station verborgen, eine der wichtigsten Etappen auf dem Weg zur Unsterblichkeit. Sie waren dort auf Energiewesen gestoßen, deren Herkunft sie nie hatten ergründen können. Ähnliches galt für die Hoodhirs, die Maahk-Nachkommen, die den Gol-ähnlichen fünfzehnten Planeten bevölkerten. Man nahm an, dass sie Nachkommen von Schiffbrüchigen waren, aber das Wrack war nie gefunden worden.

Und da war noch Pigell, die Dschungelwelt. Bull hatte sie einmal besucht, 50.000 Jahre vor der Zeitenwende, als er und Rhodan mit ihrem damaligen Flaggschiff von einer Zeitmaschine der Meister der Insel zurückgeschleudert worden waren. Die urzeitliche Welt hatte vor Leben, auch intelligentem, gewimmelt: Vernunftbegabte Echsen hatten dort ihre Heimat gehabt, ebenso wie eine Gruppe von Paddler-Abkömmlingen und körperlose Geisterwolken.

Und irgendwo dort draußen war Rhodan verschollen. Bull hoffte, dass sein Freund auf einer der für Menschen geeigneten Welten festgehalten wurde, nur dann hatte er eine Chance zur Flucht – und Bull wusste, dass Rhodan selbst die winzigste Chance ergreifen würde.

Der Terraner ließ das Buch sinken. Sein Blick fiel auf die Holowand. Die Kameraperspektive hatte gewechselt. Mehrere Dutzend Ferronen saßen im Schatten dichter Bäume zusammen. Er konnte nicht hören, was sie sagten – er hatte die Lautstärke heruntergeregelt, um sich auf das Buch zu konzentrieren –, aber mehrere Männer und Frauen sprachen gleichzeitig, versuchten einander zu übertönen. Eine Familienstreitigkeit? Oder eine Stammesangelegenheit, die man beizulegen versuchte? Bull konnte nur spekulieren. Die Ferronen trugen eine Vielzahl unterschiedlicher Kleidungsstücke, eine einfache Zuordnung zu den verschiedenen Stämmen war zumindest ihm unmöglich.

Seine Gedanken blieben bei der Stammesstruktur der Ferronen hängen. Immer mehr erschien ihm das Stammesdenken der Schlüssel zur Mentalität der Bewohner des Wega-Systems. Ihre scheinbare Umständlichkeit, die er bislang einer überbordenden Bürokratie zugeschrieben hatte, wertete er nun – nach langen Gesprächen mit der Stammesmutter Tar-serque – in einem anderen Licht. Es war der Konkurrenzkampf der Stämme untereinander, der dem Leben auf Ferrol zuweilen eine Langsamkeit verlieh, die Terranern den letzten Nerv kosten konnte. Die Rivalität – und das feine Austarieren der Einzelinteressen innerhalb der einzelnen Stämme. Beide Phänomene hatten ihren Ursprung im Überlebenskampf der Ferronen im Anschluss an den halutischen Angriff. Der Einzelne hatte der Gruppe bedingungslose Treue geschuldet, aber im Gegenzug hatte er sich Anspruch auf die Loyalität der Gemeinschaft erworben. Dieses Denken war bis heute noch tief in den Ferronen verwurzelt.

Ein verhaltenes Summen zeigte an, dass er einen Besucher hatte.

»Kann reinkommen«, nickte Bull.

Der Palastsyntron öffnete die Tür. Tar-serque glitt hinein. »Und? Geht es dir besser, Terraner?« Ehe Bull antworten konnte, fiel ihr Blick auf das geöffnete Buch in seinem Schoß. »Ah, du beschäftigst dich mit ferronischer Geschichte. Das ist gut. Man muss wissen, mit wem man es zu tun hat, wenn man etwas erreichen will.«

Bull nickte. »Ja, es öffnet einem die Augen.« Er richtete sich weiter auf. Den brennenden Schmerz, der seine rechte Seite entlanglief, ignorierte er. Gegenüber der Malan war es nicht klug, eine Schwäche zu zeigen. »Gut, dass du kommst. Da ist etwas, was ich nicht verstehe. Seit bald dreitausend Jahren steht euch die überlichtschnelle Raumfahrt offen. Wieso habt ihr Ferronen nie versucht, Welten außerhalb eures Heimatsystems zu besiedeln?«

Die Stammesmutter schwebte näher ans Bett. »Ich bin überrascht, dass du darauf noch nicht selbst gekommen bist. Der Stamm, dem wir angehören, bedeutet uns alles. Dort draußen ist nichts, was für uns von Bedeutung wäre.«

»Das habe ich, glaube ich, langsam verstanden«, sagte Bull. »Aber wie kommt es dann, dass ihr überhaupt andere Welten eures Systems besiedelt habt?«

»Nun, wir empfinden das gesamte System von Tanos als unsere Heimat. Und du darfst nicht vergessen: Als die Ersten unseres Volkes Ferrol den Rücken kehrten, verfügten sie nur über eine primitive Technik, gerade ausreichend, um den Planeten zu verlassen – und den Kontakt mit der Urheimat aufrechtzuerhalten.«

Sie schwieg einige Augenblicke, dann sagte sie: »Aber ich muss mich korrigieren. Ich hatte beinahe vergessen, dass es tatsächlich Gemeinschaften unseres Volkes gab, die unserer Heimat den Rücken gekehrt haben – vor vielen tausend Jahren, noch bevor es zum Kontakt mit euch Terranern kam. Es waren gesamte Stämme, die in städtegroßen Raumschiffen aufbrachen, Gebilden, die nur einen Bruchteil der Lichtgeschwindigkeit erreichen. Die Ersten von ihnen müssten bald zu ihren Zielsystemen gelangen.«

»Habt ihr nicht versucht, sie zu finden und Kontakt mit ihnen aufzunehmen? Mit der Technik, die euch heute zur Verfügung steht, könntet ihr ihre Reise auf wenige Stunden abkürzen.«

»Darüber haben wir lange beraten«, sagte Tar-serque, »aber am Ende haben wir es nicht getan. Diese Stämme haben sich dazu entschlossen, ihre eigenen Welten zu schaffen. Wir haben kein Recht, sie ihnen wegzunehmen. Alles, was sie seit Generationen geleistet haben, würde durch unser Eingreifen entwertet.«

Bull musterte die Stammesmutter einige Sekunden lang.

Ihre spröde Art überdeckte oft, dass sich in ihrem massigen Körper ein feinfühliger Geist befand. »Du hast Recht«, sagte er schließlich. »Aber entschuldige meine Ablenkung. Du bist bestimmt nicht gekommen, nur um mit mir über eure Geschichte zu diskutieren, oder?«

»Nein, ich will dir natürlich die neuesten Erfolgsmeldungen überbringen.« Sie ahmte ein terranisches Grinsen nach. Bull hielt es für passabel. »Bist du bereit?«

Er nickte.

»Nun, ich habe meine Fühler in Richtung der Lorar ausgestreckt, des Stammes, dem Lor-timkan angehört. Sein eigener Stamm ist der logische Anknüpfpunkt für ihn – wo sonst hätte er leichter Helfer finden können als dort? – und damit auch für uns.«

Bull beäugte sie skeptisch. »Mag sein, aber nicht jeder, der mit ihm zu tun hatte, ist automatisch verdächtig. Der Mann ist eine Berühmtheit, eine hochgeachtete Persönlichkeit. Tausende müssen mit ihm Kontakt gehabt haben.«

Tar-serque wischte mit einem fleischigen Arm durch die Luft, als wollte sie Bulls Einwurf zur Seite fegen. »Stimmt, aber von diesen Tausenden sind einige in den letzten Wochen und Tagen spurlos verschwunden. *Das* macht sie verdächtig, findest du nicht?«

»Ja, aber was nützt uns das? Sie sind weg, wir können sie uns nicht vorknöpfen – und ich glaube nicht, dass einer von ihnen so dumm ist, verräterisches Material für uns zurückzulassen.«

»Die Leute sind ungeschickter, als man denkt«, hielt sie dagegen. »Es lohnt sich für uns auf jeden Fall, dem Ganzen nachzugehen. Aber mir ist noch etwas anderes wichtig: Auf jeden, der verschwunden ist, müssen mehrere andere kommen, die noch an Ort und Stelle sind. Männer und Frauen, die an der Logistik der Aktion beteiligt waren – und solche, die Lor-timkan erfolglos auf seine Seite zu ziehen versucht hat, aber aus falsch verstandener Solidarität mit niemandem darüber gesprochen haben. Sie müssen wir finden!«

»Und wie sollen wir das anstellen?« Bull gestand sich ein, dass die zur Schau getragene Selbstsicherheit der Malan ihn zum Widerspruch reizte.

»Überlass das mir«, beschied sie ihm. »Eine Menge Leute auf diesem Planeten und in diesem System stehen in meiner Schuld – und noch mehr würden einiges dafür geben, damit ich in *ihrer* Schuld stehe.«

Sie griff in eine der weiten Taschen ihres Umhangs. »Hier, in der Zwischenzeit kannst du dir mit deinen Agenten das ansehen.« Sie legte ein Bündel Folien auf das Bett, griff dann in eine andere Tasche und zog einen glitzernden Speicherkristall heraus. Sie platzierte ihn auf den Folien.

»Was ist das?«, fragte Bull.

»Weitere Bruchstücke unserer Überlieferung – von allen möglichen Stämmen erpresst, erbettelt, gespendet, erkauft und ergaunert.«

»Deine Leute arbeiten nicht an ihnen?«

»Natürlich«, die Malan stemmte die Arme in die Hüften. »Aber vielleicht fehlt uns der nötige Abstand zu dem Material. Ihr Terraner könntet in kurzer Zeit auf Ideen kommen, die uns Ferronen nie in den Sinn kämen.«

Bull blätterte durch die Folien. Sie waren über und über mit ferronischen Buchstaben bedruckt, nur hin und wieder fand er Grafiken, alte Gemälde, ja sogar Höhlenmalereien.

»Das war's. Ich melde mich später wieder.« Tar-serque wandte sich wie üblich ab, ohne eine Antwort abzuwarten.

»Einen Augenblick!« Bulls Ruf ließ sie innehalten. Sie drehte sich wieder um. Die Bewegung erinnerte den Terraner an einen auf einem Drehgelenk gelagerten Kegel, so exakt war sie.

»Ich habe noch eine Frage.«

»Ja?«

»Wieso hilfst du uns eigentlich? Was gewinnst du bei diesem Spiel?«

Tar-serque schwebte auf das Bett zu und hielt erst an, als sie seinen Rand berührte. Bull war der Ferronin noch nie so nah gewesen. Ein süß-herber Duft ging von ihr aus. Bull fragte sich, ob alle Ferronen so rochen. Er wusste es nicht, wie so vieles anderes, was dieses Volk anging, das so menschenähnlich anmutete.

»Weil ich glaube, dass Lor-timkan die falschen Schlüsse aus unserer Geschichte gezogen hat, auch wenn er ein Mann ist, der wahrscheinlich viel intelligenter ist als ich. Er glaubt, dass die Rivalität, die Konkurrenz unter den Stämmen uns Ferronen groß gemacht hat. Für ihn gibt es nur zwei Zustände im Leben: den des Siegers und den des Verlierers. Deshalb kann er nicht anders als euch Terraner als Konkurrenten zu sehen, die es zu bezwingen gilt.«

»Und was glaubst du?«

»Ich glaube, dass andere Dinge unser Volk unendlich haben profitieren lassen. Kooperation. Handel. Der Austausch von Ideen. Mit euch Terranern und anderen Völkern. Tötet Lor-timkan aber Rhodan, wäre die Kooperation mit euch auf unabsehbare Zeit unmöglich. Das will ich verhindern.« Sie schwebte zur Tür, ohne sich von Bull abzuwenden. Die Tür glitt zur Seite. Als sie im Türrahmen stand holte sie schnaubend Luft und grinste. »Und außerdem: Wozu hat man Beziehungen, wenn man sie nicht spielen lässt?«

Die Tür schloss sich hinter ihr.

9.

Es war ihr achter oder neunter Transmittersprung, Neniver konnte es nicht genau sagen, zu oft hatte sich der Vorgang bereits wiederholt.

Sie und Rhodan bildeten inzwischen ein aufeinander eingespieltes Team, dessen Vorgehen ebenso einfach wie riskant war: zuerst die Materialisation in einer der voreingestellten Stationen, die Waffen entsichert und schussbereit. Rhodan hatte seinen Kombilader auf Strahlenwirkung umgestellt, nicht um zu töten, sondern um, falls nötig, die Schutzschirme ihrer Verfolger überwinden zu können.

Neniver glaubte es ihm. Sie vertraute diesem Mann, wie sie noch niemandem vertraut hatte. Sie fragte sich wieso. War es sein Verhalten? Rhodan war umsichtig, gelassen und gleichzeitig zutiefst entschlossen, seine Ziele zu erreichen. Aber er war kein Mann, der über Leichen ging. Er verdiente ihr Vertrauen. Aber da war noch mehr. Das Gefühl, sich diesem Menschen bedingungslos anvertrauen zu können, war bereits da gewesen, *bevor* sie ihn kennen gelernt hatte.

Nach der Materialisation machten sie sich an eine rasche Untersuchung der jeweiligen Station. Konnte man vom Transmitter der Station auch zu anderen, Neniver bekannten, Gegengeräten reisen? Gab es eine Besatzung oder Bewohner? Existierten Kommunikationsanlagen, die sie bedienen konnten? Und, die letzte Hoffnung: Befanden sie sich auf einem Planeten mit atembarer Atmosphäre, konnten sie die Station vielleicht verlassen und zu einer Siedlung vorstoßen?

Die Antwort, die sie bislang auf diese Fragen erhalten hatten, war ein klares Nein.

Rhodan gab ihr ein Handzeichen. Neniver sprang von der

Plattform des Transmitters und folgte dem Terraner. Sie lief geduckt, mit kurzen, schnellen Schritten, einer Art der Fortbewegung, die ihr inzwischen zur zweiten Natur geworden war.

Sie traten auf den Korridor. Er war leer. Sie atmete auf, spürte, wie ein Teil der Spannung von ihr abfiel.

»Was ist der Zweck dieser Stationen?«, fragte sie. »Sie sind alle gleich.«

Eigentlich war das nicht richtig, keine der Stationen, die sie bisher besucht hatten, war mit den übrigen identisch gewesen. Sie variierten in vielerlei Hinsicht: Grundriss, Größe, Aufteilung der Räume und Korridore und vielem mehr. Aber Rhodan verstand, was sie meinte.

»Ja, sie scheinen alle von denselben Wesen erbaut worden zu sein. Vielleicht von ES selbst oder von einem seiner Hilfsvölker.« Er zuckte die Achseln. »Ich frage mich, welchem Zweck sie dienen sollten. Sie wirken irgendwie halbfertig. Der Rohbau steht sozusagen, die Lebenserhaltungssysteme funktionieren – nur eingezogen ist niemand.«

ES … zum ersten Mal hörte sie den Namen des Geisteswesen aus seinem Mund. Sie spürte ein Ziehen in ihrer Magengrube. Es war ein gutes Gefühl.

»Wir haben keinen Hinweis auf das Alter der Anlagen«, entgegnete sie. »Vielleicht treffen ihre Bewohner erst noch ein.«

»Möglich.« Rhodan wirkte nicht überzeugt.

Sie arbeiteten sich durch die gleichförmigen Korridore, wechselten einander Deckung gebend in der Führungsarbeit ab. Von Zeit zu Zeit verharrten sie an einer Stelle, warteten darauf, dass ein Türsensor auf sie reagierte, um die Räume dahinter zu durchsuchen. Aber schon bald hielten sie nur noch selten an, nachdem sich auch in dieser Station das übliche Muster bestätigte: fast ausschließlich nackte, leere Räume, die darauf warteten, dass sie jemand in Besitz nahm und ihnen einen Daseinszweck gab.

Neniver hatte inzwischen ein Gefühl für den Aufbau der Anlagen entwickelt. Sie hätte ihre Entscheidungen nicht in Worten begründen können, trotzdem wusste sie, in welche Richtung sie zu gehen hatten.

Nach ungefähr zehn Minuten und einer langen Reihe von Kreuzungen und Abzweigungen gelangten sie an die Peripherie der Station. Neniver erkannte es an der leichten Wölbung der Wand. Die Stationen waren rund, sie mussten vor einer Außenwand stehen. Sie bogen auf einen Ringkorridor ein, und nach etwa fünfzig weiteren Schritten gelangten sie an ein Schott. Daneben war in der Wand eine Sichtluke eingelassen. Sie war rund und gerade groß genug, dass einer der beiden durch sie blicken konnte.

Rhodan hob die Hände links und rechts neben den Kopf, um seine Augen vom Kunstlicht der Station abzuschirmen, und drückte sie gegen das durchsichtige Material.

Er stieß einige kurze, harte Laute aus – Neniver konnte sie nicht verstehen, interpretierte sie aber als Flüche – und gab die Scheibe frei.

Neniver blickte hindurch. Zuerst sah sie nur dichten Nebel, dann gab ein Windstoß den Blick frei auf eine Welt im Zwielicht. Ein Tal erstreckte sich in einiger Entfernung von der Station, der Flusslauf war von niedrigen, merkwürdig bleichen Pflanzen bewachsen.

»Was hast du?«, fragte sie. »Da draußen ist Leben.«

»Schon, aber was für welches! Ich kenne diese Art von Halblicht, von Vegetation – das dort draußen ist ein Gemisch aus Wasserstoff, Methan und Ammoniak, wir würden keine zehn Schritte weit kommen.« Er winkte ab. »Was soll's, wenigstens ist das ein Indiz dafür, dass wir uns noch im Wega-System befinden.«

»Du meinst, dass da draußen ist Hoodhir?« Hoodhir war der fünfzehnte Planet der Wega, ein jupiterähnlicher Riese, auf dem die Nachkommen von schiffbrüchigen Maahks lebten.

Rhodan nickte. »Ich sehe keinen Grund, wieso dieser Teil des Transmitternetzes aus dem System herausführen sollte. Nur nützt uns das wenig. Die Hoodhirs könnten ebenso gut in einem anderen Universum existieren, so unerreichbar sind sie für uns.« Der Terraner ließ sich gegen die Wand sinken und schloss die Augen. Er wirkte erschöpft, die schneeweiße Uniform, die er trug, zeigte an mehreren Stellen graue Flecken. Ihr Kragen war mit dem Blut ihres ursprünglichen Eigentümers verschmutzt. Neniver fragte sich, woher die Flecken kamen, sie hatte bisher keine Spur von Schmutz in den Stationen feststellen können.

Zögernd setzte sich Neniver auf den Boden. *Gönn dir Ruhe,* befahl sie sich in Gedanken, *dieser Raum ist ein ebenso gutes Versteck wie jeder andere. Du brauchst eine Pause.*

Aber das allein genügte nicht. Der Speichel in ihrem Mund hatte sich in eine zähflüssige Masse verwandelt, die an Zähnen und Zunge klebte. Sie musste endlich trinken.

»Du hast Durst«, hörte sie Rhodans Stimme. Es war keine Frage, sondern eine Feststellung.

Sie schüttelte zustimmend den Kopf.

»Ich auch«, sagte Rhodan. Bildete sie sich ein, dass seine Stimme rauer geworden war?

»Damit fällt unser Plan flach, die Entführer auszusitzen«, fuhr er fort. Sie hatten erwogen, sich auf einer der Stationen für einige Tage zu verstecken. Aber das war unmöglich, solange sie kein Wasser fanden.

Sie sagte nichts. Er sprach nur aus, was sie beide dachten.

Eine Zeit lang schwiegen die beiden. Rhodan schloss die Augen, sein Atem wurde flacher. Neniver glaubte gerade, er wäre eingeschlafen, als er plötzlich fragte: »Wie machst du das?«

»Was … was meinst du?«, entgegnete sie, obwohl sie wusste, was er meinte.

»Dieses durch die Wände gehen. Wie stellst du das an?«

»Ich weiß es nicht«, sagte sie. »Ich habe es vorhin zum ersten Mal getan.«

»Als du zu mir in die Zelle kamst?«

»Nein, das war das zweite Mal. Es war so ...« Sie rutschte neben ihn und lehnte sich gegen die Wand. Erst jetzt, als sie etwas zur Ruhe kam, merkte sie, wie erschöpft sie war. »Im Palast bin ich in den Transmitter, um dir zu folgen. Aber im Augenblick vor der Entmaterialisation kam mir ein Gedanke: Sie würden mich sehen. Ich würde in der Gegenstation herauskommen, und sie würden mich sehen und ...« Sie beendete den Satz nicht.

»Ich bekam Angst, furchtbare Angst. Und als ich rematerialisierte, sprang ich aus dem Transmitterkäfig. Ich wollte nur weg, verschwinden. Ich sah die Entführer, sie wandten mir den Rücken zu. Einer von ihnen musste gehört haben, wie ich auf dem Boden aufgekommen bin. Er drehte sich um, es gab keinen Ort, wo ich mich hätte verstecken können. Ich rannte schneller, gegen die nackte Wand, wieso, weiß ich nicht, und dann ... dann stand ich plötzlich im Nebenraum.«

Neniver hatte die Beine angezogen und ihren Kopf zwischen die Knie gesteckt. Sie wagte es nicht, Rhodan anzusehen. Er würde ihr nie glauben. Wieso sollte er auch? Der Terraner mit seiner unermesslichen Lebenserfahrung würde nie eine derart absurde Geschichte schlucken ...

»Da war einmal ein Mann, vor beinahe tausend Jahren«, flüsterte Rhodan. »Er war allein, im Dschungel. Sein Proviant war erschöpft, er hatte sich verirrt. Da hörte er ein Knacken. Es war eine Raubkatze, sie hatte die leichte Beute gerochen. Langsam, ihrer Sache sicher, kam sie auf ihn zu. Ihr Instinkt trog sie nicht, der Mensch konnte ihr nicht entkommen. Sie war schneller als er, behänder, kräftiger. Der Mann schloss mit seinem Leben ab. Er dachte an seine Schwester, den Menschen, der ihm am nächsten stand, stellte sich ihr Haus vor, ihre warmen Züge ... und plötzlich stand er vor ihr. Er hatte kraft seines Geistes viele tausend Kilometer zurückgelegt.« Rhodan hielt kurz inne. »Der Mann hieß Ras Tschubai. Er war ein Mutant; radioaktive Strahlung hatte ihm die Gabe der

Teleportation geschenkt, ohne dass er bis zu diesem Augenblick der Todesangst von ihr geahnt hätte. Er erhielt später einen Zellaktivator und als Angehöriger des Mutantenkorps war er für lange Zeit einer meiner engsten Gefährten.«

Zögernd hob sie den Kopf. Er glaubte ihr!

»Was dir passiert ist, ist extrem ungewöhnlich, aber nicht unmöglich. Du solltest dankbar sein, dass du diese Gabe besitzt. Sie hat dir das Leben gerettet – und wahrscheinlich auch mir.«

Sie widersprach nicht.

Rhodan stand auf. »Kannst du weiter?«

»Ja, ich glaube schon.«

Die beiden machten sich auf den Weg zurück zum Transmitterraum. Immer wieder hielten sie jetzt an, um neue Räume zu untersuchen. Weniger in der Hoffnung auf Kommunikationsanlagen als auf Wasser. Es gab eine künstliche Atmosphäre in der Station, also war sie für Lebewesen gedacht. Und Sauerstoffatmer brauchten Wasser.

Sie fanden keines.

Schließlich gelangten sie in den Transmitterraum. Rhodan hielt abrupt an, als er den Raum betrat.

»Was ist?«, fragte Neniver, die im Korridor wartete, bis Rhodan den Raum untersucht hatte. »Sind sie da?«

»Nein«, er gab ihr ohne sich umzudrehen ein Handzeichen. »Aber ich glaube, sie waren es.«

Neniver folgte ihm in den Raum. Rhodan sog hörbar die Luft ein. »Riechst du es auch?«, fragte er.

Sie schnupperte. Ja, in den allgegenwärtigen Plastikduft mischte sich etwas anderes … es roch nach Lebewesen. Sie schüttelte bejahend den Kopf. »Es riecht anders. Sie müssen hier gewesen sein.«

»Besser wir beeilen uns. Vielleicht sind sie noch in der Station.«

Neniver eilte an die Steuerkonsole. Sie hatte den Transmitter schon gleich nach ihrer Ankunft daraufhin überprüft, ob er auch andere als die voreingestellten Empfangsstationen annahm. Er tat es nicht, genauso wenig wie die Geräte, die sie zuvor benutzt hatten. Sie waren in einem Kreis gefangen. Einem fünfdimensionalen Kreis, bestehend aus ungefähr einem Dutzend Transmittern und zugehörigen Stationen. Und irgendwann würden sie ihre Reise in die falsche Richtung fortsetzen und ihren Verfolgern direkt in die Arme laufen …

»Irgendwelche Vorlieben?«, fragte sie und deutete auf die Liste der ansteuerbaren Stationen.

Rhodan schüttelte den Kopf. »Wir wissen nichts über sie. Eine ist so gut wie die andere.«

»In Ordnung.« Neniver wählte eine Station aus und folgte dann Rhodan auf die Abstrahlplattform.

Unwillkürlich hielt sie die Luft an, als der Abstrahlbogen aufflammte. Nur einen Herzschlag … und sie und Rhodan standen im Empfangsgerät.

Rhodan sprang von der Plattform, schaute sich um und lief anschließend mit der Waffe im Anschlag auf den Korridor.

Sie ging an die Steuerkonsole. Ihre Finger flogen über den Touchscreen und gaben den Namen einer Station am Raumhafen Thortas ein, die sie kannte. Die Buchstaben leuchteten dreimal auf. *Und blieben.*

Neniver keuchte. Der Transmitter hatte ihre Eingabe angenommen. Nur ein paar Schritte trennten sie von Thorta …

»Und, haben wir diesmal Glück?«, drang Rhodans Stimme von der Tür herüber.

»N-nein«, hörte sie sich sagen. »Einen Augenblick dachte ich, es würde funktionieren. Aber nein, es geht nicht.«

Rhodan schöpfte keinen Verdacht. »Dann komm. Bevor Lor-timkan und seine Männer aus dem Transmitter treten …«

Neniver folgte ihm. Ihr Blick fixierte sich auf Rhodans Rücken. Die Korridore, die leeren Räume, die sich vor ihnen auftaten – sie nahm sie kaum wahr.

Wieso hast du das getan?

Sie wusste es nicht.

Er wäre gerettet gewesen. Wieso?

Sie konnte es nicht sagen. In ihr war ein übermächtiges Gefühl aufgestiegen, dass alles verloren wäre, kehrte Rhodan jetzt nach Thorta zurück.

»Ist alles in Ordnung mit dir?« Rhodan hatte angehalten.

»Ja«, entgegnete Neniver. »Es ist nur der Durst.«

Rhodan nickte. »Halt durch, wir müssen gleich an der Peripherie sein. Dort können wir Halt machen. Oder wer weiß? Vielleicht können wir sogar die Station verlassen.«

Sie setzten ihren Weg fort.

Es ist noch zu früh, dachte Neniver. *Noch nicht …*

Die Rundung der Wand zeigte an, dass sie den Rand der Station erreicht hatten. Wenige Augenblicke später hatten sie ein Schott gefunden. Neben ihm war eine Sichtluke eingelassen.

Rhodan sah hindurch und stieß einen Schrei aus – einen Freudenschrei!

»Da draußen, dieses Gebirge! Ich kenne dieses Gebirge!«, rief er. Der Terraner fuhr mit der Hand entlang des Schotts. Nach einigen Augenblicken hatte er Erfolg, die Metalltür glitt zur Seite. Er trat in die Schleusenkammer und winkte ihr zu. »Worauf wartest du noch?«

Sie stellte sich neben ihn. In der engen Kammer berührten sie sich beinahe. Neniver stellte überrascht fest, dass der Gedanke sie nicht ekelte.

»Hol noch einmal tief Atem, draußen dürfte die Luft viel dünner sein«, sagte Rhodan, dann öffnete sich schon die äußere Schleuse.

Rhodan behielt Recht. Einige Augenblicke lang wurde ihr schwarz vor Augen, als ihre Lungen versuchten genügend Sauerstoff aus der dünnen Luft zu ziehen. Als sie wieder sehen konnte, zeigte Rhodan auf einen Gipfel am Horizont. Seine schneebedeckte Spitze war unmöglich schlank und gewunden, jeder Windhauch, so schien es, musste ausreichen, sie umzuwerfen. Die Felsen erinnerten sie an eine Schlange.

»Dort werden wir Hilfe finden!«, verkündete Rhodan.

Der Terraner und die Ferronin machten sich an die Überquerung des Geröllfelds, das sich vor der Transmitterstation erstreckte.

Als Neniver vorsichtig einen Fuß vor den anderen setzte, fühlte sie ein Ziehen an ihrer Hüfte. Ein vertrautes Ziehen. Unvermittelt lief eine Welle von Wärme durch ihren Körper, sperrte den kalten Wind aus.

Bald, spürte sie, bald würde es so weit sein.

10.

Es war sinnlos.

Lor-timkan sank unwillkürlich noch tiefer in den Feldstuhl. Abermilliarden von Nanorobotern reagierten ohne spürbaren Zeitverlust, gruppierten sich neu, verstärkten die Lehne, bildeten zusätzliches weiches Gewebe auf der Sitzfläche.

Der Ferrone saß in seinem »Kommandozentrum«, dem Raum, von dem aus er seit Jahren den großen Tag geplant hatte. Den Tag, der gestern gekommen war, der bis ins Detail wie von ihm geplant geendet hatte – und der sich nun als das Vorspiel zu seiner größten Niederlage entpuppt hatte.

Rhodan war verschwunden.

Lor-timkan hatte mit allem gerechnet, hatte zu keinem Zeitpunkt die Möglichkeit eines Scheiterns außer Acht gelassen. Er wusste, wenn es ihm nicht gelungen wäre, Rhodan von dem Empfang wegzulocken, hätte er keine Möglichkeit gehabt, den Terraner in seine Gewalt zu bringen. Zu gering waren seine Mittel, als dass ein anderer Weg als eine List verbunden mit einer schnellen, gezielten Gewaltanwendung in Frage gekommen wäre.

Der Ferrone löste sich aus dem Stuhl und ging auf und ab. Der Schwarm der Nanoroboter verteilte sich zu einem kaum sichtbaren Film an der Wand, bereit, sich für seinen Herrn neu zu formieren, sollte er ihrer Dienste bedürfen. Der Raum, der wie beinahe alle anderen Räume der Transmitterstation ursprünglich vollkommen leer gewesen war, hatte sich im Lauf der Jahre in ein aus allen Nähten platzendes Archiv verwandelt. Mehrere Syntroniken konkurrierten mit unzähligen Speicherchips um den knappen Platz, wurden aber fast vollständig von uralten Dokumenten und Lor-timkans eigenen Aufzeichnungen begraben. Kopien von Stammesbüchern, den Chroniken, die zum Teil bis in die Zeit vor der kriegerischen Epoche reichten, der Ära, in der sich die Ferronen in blutigen Bruderkriegen beinahe selbst auslöschten, beanspruchten eine Ecke des Raums für sich. Von Lor-timkans eigenhändig beschriebene Blätter lagen überall verstreut – Gedächtnisprotokolle von tausenden von Gesprächen, die der Ferrone mit Fürsten und Priestern, Stammesmüttern und Fachkollegen, einfachen Bauern und Handwerkern geführt hatte.

Zusammengesetzt ergaben die zahllosen Wissensfragmente ein Bild, das Lor-timkans Leben verändert hatte: Das Galaktische Rätsel, die Serie von Prüfungen, die das Geisteswesen ES im Wega-System installiert und für deren Bewältigung die Unsterblichkeit gewunken hatte, war noch lange nicht gelöst. Rhodan und seine Begleiter waren einem Teil von ihm auf die Spur gekommen und hatten sich, wie Lor-timkan widerstrebend eingestehen musste, geschickt und zielstrebig durch das Labyrinth von ES bewegt. Indizien für ein größeres Ausmaß des Rätsels existierten in großer Zahl, sah man nur genauer hin. Da war beispielsweise die technische Zentrale auf dem zweiten Mond von Groll, dem dreizehnten Planeten der Wega, in unmittelbarer Nachbarschaft zu der Station, in der Lor-timkan sein Hauptquartier aufgeschlagen hatte. Man hatte sie schon vor Jahrtausenden entdeckt, allerdings ohne die richtigen Schlüsse zu ziehen.

Schon früh im Laufe seiner Nachforschungen war Lor-timkan auf zwei Begriffe gestoßen, die ihn nicht mehr losgelassen hatten: »Kep-uney« und »Schattennetz«. Anfangs schienen sie nichts miteinander zu tun zu haben, aber das war ein Trugschluss. Aus zahllosen Quellen hatte Lor-timkan eine Legende zusammengesetzt, die längst vergessen war – oder die vielmehr von den Thorts erfolgreich unterdrückt worden war.

Aus gutem Grund. Kep-uney war ein Rebell gewesen, der

einzige Mann, der es jemals vermocht hatte, die Macht der Thorts ernsthaft zu gefährden. Diese herrschten unumschränkt über das Transmitternetz, das den Ferronen von ES geschenkt worden war, und damit über Ferrol und die übrigen Planeten des Systems. Kep-uney war durch Zufall auf weitere Transmitter gestoßen, die man bald das Schattennetz genannt hatte. Das Schattennetz hatte ihn unangreifbar gemacht. Doch der regierende Thort, ein ebenso kluger wie gewissenloser Mann, hatte Kep-uney mit Hilfe einer List in seine Gewalt gebracht. Lor-timkan hatte nicht herausfinden können, was mit dem Rebellen geschehen war, fest stand nur, dass er die Stationen des Schattennetzes nicht verraten hatte, denn der Thort hatte sie nicht in seine Gewalt gebracht.

Lor-timkan war erfolgreicher gewesen. Lange hatte er über den wenigen Hinweisen gebrütet, die er den Dokumenten entnehmen konnte, aber schließlich hatte er Glück gehabt und eine Station ausfindig gemacht. Sie war sein Tor zum Schattennetz gewesen, ein System aus insgesamt 14 Stationen, das nur wenige Berührungspunkte zu dem bereits bekannten Netz besaß: Nur eines der Geräte ließ sich von Transmittern außerhalb des Schattennetzes ansteuern und ein weiterer erlaubte den Übergang in das den Ferronen bekannte Transmitternetz. Über den Zweck des Schattennetzes konnte Lor-timkan nur Vermutungen anstellen. Vielleicht hatte ES mit seiner Hilfe weitere Prüfungen für das Galaktische Rätsel installieren wollen, vielleicht war das Schattennetz ein System, das es seinen Beauftragten erlaubt hatte, das Wega-System unerkannt zu observieren.

Was immer das Geisteswesen geplant hatte, Lor-timkan stellte das Schattennetz jetzt vor nahezu unlösbare Probleme. Rhodan war verschwunden – und er musste durch den Transmitter der Station geflohen sein. Rhodan hatte die Wachen, die Lor-timkan im Transmitterraum postiert hatte, mit Paralysatorschüssen betäubt, anschließend den Transmitter aktiviert, war durch ihn getreten und hatte geistesgegenwärtig daran gedacht, seine Zielkoordinaten zu löschen. So erklärte sich der Ferrone zumindest den Hergang, denn den Wachen war es nicht möglich gewesen, ihren Angreifer zu identifizieren, so schnell war der Überfall erfolgt. Lor-timkan hatte sie für ihr Versagen nicht gerügt. Die Männer hatten seine Anweisungen befolgt und ihre Aufmerksamkeit auf den Transmitter gerichtet, um eventuelle Verfolger abzuwehren. Dass ein bewaffneter Rhodan durch die Tür stürzen würde – damit hatte niemand rechnen können.

Nur, wie konnten sie den Terraner jetzt finden?

Jede der Stationen umfasste mehrere hundert Räume. Oder vielleicht noch mehr: Wer immer ihre Erbauer gewesen waren, sie hatten dafür gesorgt, dass ihren Bauwerken ihre Geheimnisse nicht ohne weiteres entrissen werden konnten. Lor-timkan hatte mehrfach versucht, die Stationen mit modernen terranischen oder arkonidischen Geräten zu erfassen, ohne Erfolg. Die Taster zeigten lediglich Phantasiewerte an – ebenso wie die Individualorter, mit denen sie sich auf die Suche nach Rhodan gemacht hatten.

Lor-timkan blieb nur, sich auf die wenigen Männer zu verlassen, die ihm zur Verfügung standen. Aber zwei von ihnen, die er als Wachen vor Rhodans Zelle postiert hatte, waren noch nicht einmal aus der Bewusstlosigkeit erwacht. Die Suche nach Rhodan schien aussichtslos. Der Terraner konnte sich jahrelang vor ihnen verbergen, falls er Wasser und Lebensmittel fand. Lor-timkan konnte das nicht ausschließen. ES war alles zuzutrauen, auch dass er zugunsten seines terranischen Lieblings eingriff.

Und wer weiß?, dachte der Ferrone. *Vielleicht hat er das ja bereits getan? Wie hat Rhodan sonst entkommen können?*

Lor-timkan hatte nichts dem Zufall überlassen. Der Raum, in dem er Rhodan hatte einsperren lassen, war sorgfältig ausgewählt worden. Er war einer der wenigen, die innen keinen Öffnungsmechanismus besaß – oder der defekt war, denn der Ferrone konnte sich nicht vorstellen, dass ES in seinen Anlagen Zellen eingeplant hatte. Und welchem Zweck konnte ein Raum, der sich von innen nicht öffnen ließ, sonst dienen? Sie hatten den bewusstlosen Rhodan sorgfältig durchsucht, mit Spürsensoren durchleuchtet. Mit Ausnahme des Zellaktivatorchips und eines Mikrogravitators, der die für Rhodan ungewohnt hohe Schwerkraft Ferrols milderte, waren sie auf keine technischen Geräte gestoßen. Und Lor-timkan zweifelte ihre Messungen nicht an: Die Sensoren stammten aus den Beständen des terranischen Liga-Diensts.

Rhodan hatte nicht mehr besessen als die dünne Kombination am Leib und die alte Schlammbüffeldecke, die sie ihm hingeworfen hatten – und dennoch war er entkommen.

Rhodan musste die beiden Posten überrascht haben, so viel stand fest. Er hatte sie mit einer Stange niedergeschlagen und dann mit ihren eigenen Waffen betäubt. Anschließend hatte er ihnen ihre Uniformen ausgezogen – Rhodan konnte nicht um ihre Eigenschaften wissen, sonst hätte er sich mit einer einzigen begnügt – und ihre Kombilader an sich genommen.

Wie hatte er es nur angestellt?

Lor-timkans Schritte wurden schneller, kürzer. Der Ferrone bemerkte es nicht.

Hatte er die beiden Posten dazu gebracht, die Tür zu öffnen? Nein, das war ausgeschlossen. Der Raum war absolut schalldicht; selbst wenn er mit der Stange, die er unmöglich hatte besitzen können, gegen die Tür oder Wand gehämmert hätte, die Wachen hätten es nicht gehört.

Was blieb sonst?

Die Posten. Hatten sie versagt? Hatten sie ihrer Neugierde nachgegeben und die Tür geöffnet, um einen Blick auf den legendären Unsterblichen zu erhaschen? Er konnte es nicht mit letzter Sicherheit ausschließen, aber es erschien ihm unwahrscheinlich. Einer der Posten war Lor-chenur gewesen, ein junger Mann seines eigenen Stammes, der sich in den Monaten vor der Entführung immer mehr zu seiner rechten Hand entwickelt hatte. Lor-chenur war von einem aufrichtigen Idealismus beseelt, der Lor-timkan immer wieder in seiner Absicht bestärkt hatte. Zudem hatte sich der junge Ferrone als fähiger Organisator erwiesen. Lor-chenur hatte gehandelt, wo viele andere, denen er sich anvertraut hatte, unentschlossen gezaudert oder sogar offen ihre Missbilligung geäußert hatten – offen natürlich nur gegenüber Lor-timkan, die Stammessolidarität hatte sie daran gehindert, die Pläne den Behörden oder womöglich dem Liga-Dienst zu verraten. Einen Stammesbruder zu verraten galt bei den Ferronen immer noch als ein unaussprechliches Vergehen.

Nein, Lor-chenurs Zuverlässigkeit war über jeden Zweifel erhaben. Außerdem sprach simple Logik für ihn. Angenommen, die Posten hätten die Tür geöffnet und wären von Rhodan angegriffen worden, ihre Körper hätten *in* dem Raum liegen müssen, nicht *vor* ihm, im Korridor. Und außerdem hätten die beiden, sobald sich die Tür öffnete, ohnehin mit einer Attacke rechnen müssen. Wie hätte Rhodan die beiden jungen, bewaffneten Ferronen überwältigen können?

Lor-timkan hatte inzwischen mit vielen kleinen Tritten einen kreisförmigen Gang durch sein Archiv freigelegt. Er lief jetzt im Laufschritt. Er spürte, wie sein Puls zulegte. Lor-timkans Gedanken bewegten sich derweil ebenso im Kreis wie sein Körper. *Wie?* fragte er sich immer und immer wieder und kam auf keine Antwort. Was geschehen war, war unmöglich. Niemand hätte aus dem Raum entkommen können, kein Sterblicher …

Der Ferrone hielt abrupt an. Ein neuer Gedanke stieg in ihm auf, ein unbestimmtes Gefühl war es zuerst. Und als Lor-timkan verstand, versuchte er den Gedanken zurückzudrängen, es nicht zuzulassen, dass er sich in Worte formte. Vergeblich.

Perry Rhodan ist kein Sterblicher!

Er hatte es gewusst, seit er im Stammeskreis das Lesen gelernt hatte, aber erst jetzt ging ihm seine ganze Bedeutung auf. Rhodan war kein Sterblicher, er war nicht mit den Maßstäben, die man an gewöhnliche Wesen anlegte, zu messen. Doch bis zu diesem Augenblick hatte Lor-timkan das unbewusst getan. Sicher, Rhodan hatte es vermocht, sich und einigen Gefährten von ES die Unsterblichkeit zu sichern, aber bislang war es dem Ferronen als Zufall erschienen. Rhodan war einfach zur rechten Zeit am rechten Ort gewesen, der Anführer einer abgerissenen Bande von Barbaren, die dank ihrer Bauernschläue ein Beiboot der Arkoniden an sich gerissen hatte, nur um es kurz darauf gegen ein Schlachtschiff einzutauschen, das sie den echsenhaften Topsidern abnahmen. Und mit der Unsterblichkeit hatte sich das Muster wiederholt. Rhodan und seine Terraner hatten sich genommen, was ihnen nicht zustand – nicht besser als die Gardalor-Füchse in Lor-timkans Heimat, die erschöpften Raubtieren die eben erst in gefahrvollem Kampf gerissene Beute unter der Nase wegschnappten.

Aber was ist, wenn Rhodan die Unsterblichkeit zusteht?

In der langen Zeit, die Lor-timkan sich mit der ferronischen Geschichte und dem Galaktischen Rätsel beschäftigt hatte, war ihm der Gedanke noch nie in den Sinn gekommen – und das trotz der zahllosen Überlieferungen der Ferronen von »Wesen, die länger als die Sonne leben«. Lor-timkan hatte sie stets als Aberglauben aufgefasst, als eine Denkart, die in den Dunklen Jahrtausenden nach dem halutischen Angriff ihren Sinn gehabt hatte, aber für jeden einigermaßen intelligenten Ferronen als Wunschvorstellung durchschaubar war. Die Überlieferung war Lor-timkan nur eine, wenn auch bewegende Quelle gewesen, aus denen er die harten Fakten extrahiert hatte.

Doch was war, wenn die Überlieferungen wörtlich zu nehmen waren? Wenn die Wesen, die länger als die Sonne lebten, tatsächlich Götter waren, Wesen, die unendlich weit über gewöhnlichen Sterblichen wie ihm standen? Wenn Rhodan zurecht zu diesen Wesen zählte?

Ein Klumpen bildete sich in Lor-timkans Magen, strahlte

fordernde, harte Wellen durch seinen Körper. Hatte er einen Gott gelästert? Sich an Dingen vergriffen, die nicht für ihn und seinesgleichen bestimmt waren?

Er nahm seine Runden wieder auf. Sein Blick streifte über das Papier, die Folien, die Syntrons und Speicherkristalle. War er all die Jahre blind gewesen? Sollte er umkehren, solange er noch konnte, und Rhodan ziehen lassen?

Er wusste es nicht. Er spürte nur, dass er an einem Scheideweg angekommen war. Wie in Trance fanden seine Füße ihren Weg, trugen ihn immer weiter, im Kreis.

Nach einiger Zeit – Lor-timkan wusste nicht zu sagen, wie viel Zeit vergangen war, eine oder viele Stunden – zeigte ihm ein Zischen an, dass jemand den Raum betrat. Lor-timkan drehte sich um.

Es war Iin-belet, der Älteste seiner Helfer. Er war beinahe hundert Jahre alt und ging stets leicht gebeugt. Aber der flüchtige Beobachter täuschte sich: Iin-belet verfügte über einen eisernen Willen und Körperkräfte, die sich mit denen eines Schlammbüffels messen konnten. Doch jetzt schien Iin-belet in sich zusammengesunken, sein Gesicht hatte sich vor Erregung verdunkelt.

»Was ist los?«, fragte Lor-timkan.

»Rhodan … er …« Iin-belet konnte den Satz nicht zu Ende bringen.

»Was ist mit ihm? Habt ihr ihn gefunden?«

»Nein«, entgegnete der Ältere. »Ich komme wegen Lor-chenur. Er … er ist tot.«

Lor-timkans Augen weiteten sich. *Lor-chenur? Das darf nicht sein!* Er starrte sein Gegenüber wortlos an.

»Der Schlag, den Rhodan ihm versetzt hat, war zu hart«, fuhr Iin-belet fort. »Wir konnten ihn in keine Klinik bringen, man fahndet sicher bereits nach uns. Wir vermuten, dass er eine Gehirnblutung erlitt.« Er brach ab. Was gab es noch zu sagen? Sie hatten sich aufgemacht, das ewige Leben zu erobern. Doch der Tod war schneller gewesen.

Der Knoten in Lor-timkans Magen meldete sich erneut. Aber diesmal versuchte der Ferrone, das Pochen nicht zu unterdrücken. Er hieß den Schmerz willkommen, denn er signalisierte den Zorn des Gerechten.

Ein Gott willst du sein, Perry Rhodan? Ein Mörder bist du!

Lor-timkan ging zu dem Älteren und legte ihm die Hand auf die Schulter. »Komm!«, sagte er. »Wir haben keine Zeit zu verlieren.«

Arm in Arm traten die Ferronen auf den Korridor. Lor-timkan wusste, dass er zumindest in einem Recht behalten hatte: Es war Zeit, seinen Plan zu ändern …

11.

Was waren es für Berge!

Neniver war im Gebirge aufgewachsen, zwischen den steilen Hängen der Sicha-Berge, mit ihren tief eingeschnittenen Hochtälern, deren Gründe im Winter monatelang kein Sonnenstrahl berührte. Es war ein Gebiet Ferrols, das selbst in diesem Zeitalter, in denen die Ferronen sich dank der Technik der Terraner und anderer galaktischer Völker zu Herrschern über die Natur aufgeschwungen hatten, nur spärlich besiedelt war. Allenfalls die Pole und die Gipfel des angrenzenden Hètar-Gebirges waren noch verlassener. Und trotz der Hightech beklagten die Sicha und Hètar jedes Jahr Opfer. Ferronen erstickten unter Lawinen, verloren in Schneestürmen die Orientierung oder erfroren, wenn sie sich unvorsichtig in Regionen vorwagten, die ihnen nicht bestimmt waren.

Doch im Vergleich zu den gewaltigen Fels- und Eistürmen, die sich überall herum um die beiden Flüchtenden in den Himmel schoben, schienen die Sicha-Berge unbedeutende Verwerfungen, Produkte einer gezähmten Schöpfung, eine liebliche Parklandschaft. Die Schlangenberge dagegen … Um die umgebenden Gipfel auch nur zu erahnen, musste Neniver den Kopf ganz in den Nacken legen. Rhodan hatte ihr gesagt, dass die höchsten von ihnen über 10.000 terranische Meter maßen. Sie hatte seine Angaben in ihr eigenes Längenmaß umgerechnet, aber die Zahl war so absurd hoch gewesen, dass sie einige Zeit gebraucht hatte, sie als das zu akzeptieren, was sie war: eine Tatsache.

Meist verwehrten graue Wolken ihnen den Blick auf die Bergspitzen, aber immer wieder fegten Winde die Barrieren beiseite. Sie entblößten glitzernde Eisflächen, so blendend, dass sie sie nur mit zusammengekniffenen Augen ansehen konnten.

Ihr Ziel lag unterhalb eines dieser Gipfel, des sonderbarsten von allen. Die Bergspitze glich einer gewaltigen, gletscherweißen Schlange, die sich über den Fels ringelte. An mehreren Stellen ragte sie über die Felsflanken hinaus, als müsste sie jeden Augenblick abbrechen. Doch das war in Jahrtausenden nicht geschehen. Rhodan hatte ihr erklärt, dass eine geologische Anomalität der Grund dafür war, dass das Gestein dieser »Schlange« ungleich härter war als das des eigentlichen Berges – und dass eines Tages die Schlange herabstürzen würde. Dann nämlich, wenn die Erosion das weichere Gestein, auf dem sie ruhte, zermürbt hatte.

Unterhalb des Gipfels, dort, wo eines Tages die Schlange ihr Grab finden würde, erstreckte sich die Hügelzone, kleine Gipfel, die nur drei- oder viertausend terranische Meter erreichten. Dahinter begann die Große Südliche Wüste von Rofus, des ersten fremden Himmelskörpers, den die Ferronen aus eigener Kraft besiedelt hatten, eine viele tausend Kilometer durchmessende Zone des Todes, die niemals Niederschläge sah.

Rhodan war schon einmal auf Rofus gewesen. Er hatte es ihr erzählt, als die Transmitterstation hinter ihnen geblieben war. Vor beinahe dreitausend Jahren, als er und seine Gefährten die echsenhaften Topsider aus dem Wega-System verjagt hatten und sich anschließend die Unsterblichkeit gesichert hatten. Unter der Vorbergzone lag ein Fort, ausgestattet mit 25 Transmittern, das man um eine Anlage von ES herum errichtet hatte. Rhodan war mit Hilfe der Geräte nach Ferrol vorgestoßen, das zu jenem Zeitpunkt von den Topsidern besetzt gewesen war …

Rhodan wusste nicht, was aus dem Fort geworden war. Er erinnerte sich daran, dass man die Transmitter aus ihm entfernt und über das gesamte System verteilt hatte. Vielleicht fungierte es jetzt als Museum oder als Zentrum einer neu entstandenen Stadt, vielleicht hatte man das Fort auch eingemottet, und es wartete darauf, dass ein neuer Krieg es aus seinem Schlaf riss. Der Terraner war sich nur sicher, dass es zumindest noch in Teilen existieren musste. ES baute und plante nicht für Jahre oder Jahrzehnte, sondern für Jahrtausende.

Neniver blieb stehen und sah sich um. Die beiden Flüchtlinge standen auf einem schneebedeckten Kamm, dem sie bereits den ganzen Tag gefolgt waren. Links und rechts fielen die Bergflanken steil ab. Wie tief, war kaum festzustellen, denn in dieser gigantischen Landschaft fehlte es an vertrauten Gegenständen, Bäumen, Häusern oder ähnlichem, die ihnen einen Anhaltspunkt für den Maßstab gegeben hätten. Halb rechts vor ihnen, jetzt teilweise in Wolken, ragte der Schlangenberg in den Himmel. Hinter ihnen lag die Transmitterstation, aus der sie geflohen waren. Wo genau, konnte Neniver nicht sagen, sie hatten das perfekt in die Umgebung eingepasste Außenschott der Anlage schon nach kurzer Zeit aus den Augen verloren.

»Ist etwas?«, fragte Rhodan.

Der Terraner stand zwei, drei Schritte hinter ihr. Neniver hatte schon kurz nach dem Aufbruch die Führung übernommen. Sie, die Bergbewohnerin, hatte ein Gespür, mit dem der Unsterbliche nicht mithalten konnte. Sie sah es dem Schnee an, ob er passierbar war, sie fand zielsicher die verharschten Abschnitte, die ihnen eine vergleichsweise komfortable Überquerung der Schneefelder erlaubten. Anfangs hatte Neniver gezögert, voranzugehen, aber Rhodan hatte darauf bestanden. »Wenn wir überleben wollen, müssen wir das Beste aus unseren Fähigkeiten machen. Und hier draußen hast du die bessere Nase«, hatte er gesagt und sich demonstrativ hinter sie gestellt.

Sie winkte ab. »Nein, nur eine kurze Pause.«

Rhodan nickte. »Gut, kann ich auch gebrauchen.«

Neniver musterte den Terraner. Das Schneeweiß seiner Uniform hatte sich in ein schmutziges Grau verwandelt. Neniver musste nicht an sich hinuntersehen, um zu wissen, dass ihre Uniform der seinen glich. Anfangs hatte sie sich gewundert, woher die Flecken auf dem Stoff stammten. Aber gleich in der ersten Nacht in den Bergen hatten sie ihnen das Leben gerettet: Die Nanoroboter, aus denen das Gewebe bestand, hatten den Temperatursturz offenbar antizipiert. Noch in den verschiedenen Transmitterstationen hatten sie damit begonnen, Staubpartikel zu absorbieren und in das Gewebe zu integrieren. Der ursprünglich hauchdünne Stoff, gedacht für ein tropisches Klima, hatte sich in einen schützenden Panzer verwandelt, der selbst die eisigen Winde der Schlangenberge abzuhalten vermochte.

Nur, es war ein Schutz, der sich nicht auf Köpfe, Hände und Füße erstreckte. Rhodan und Neniver hatten die Decke zerrissen, die der Terraner in seiner Zelle vorgefunden hatte, und sich die Fetzen um die ungeschützten Stellen gewickelt. Zumindest waren sie mit dieser Ausstattung auf den zahlreichen Geröllfeldern und Felsflächen, die sie zu überqueren hatten, nahezu perfekt getarnt.

»Auch hungrig?«, fragte der Terraner und grinste.

Neniver erwiderte die Geste. Sie mochte den Sinn für Ironie, den Rhodan an den Tag legte. War ihnen gestern noch der Durst als schlimmstes Problem erschienen, hatte sich die Lage heute völlig gewandelt. Wasser gab es in Form von Schnee im Überfluss, aber Nahrung … hier, weit oberhalb der Baumgrenze, wuchsen nur noch ungenießbare Moose.

»Ja«, sagte Neniver wahrheitsgemäß. »Ich werde immer hungriger.« Wieder spürte sie das Ziehen in ihrem Leib. Es war zu ihrem ständigen Begleiter geworden, einem Gefährten, der sie wärmte, sie antrieb. Sie glaubte unter dem dicken Stoff der Uniform bereits einen Wulst zu erahnen. Es würde nicht mehr lange dauern. Und Rhodan war hungrig. Ein Hochgefühl ergriff von ihr Besitz, wie sie es nur einmal im Leben verspürt hatte. Bald …

Sie marschierten weiter. Nach einer knappen Stunde endete der Kamm. Neniver hielt an, musterte sorgfältig die Umgebung und deutete nach links. »Hier. Wir müssen hier hinunter.«

Rhodan erhob keine Einwände, auch wenn der Weg sie scheinbar weiter weg von ihrem Ziel führte. Er vertraute ihr.

Gegen Mittag hatten sie den Talboden erreicht. Sie tranken von dem Bach in seiner Mitte, überquerten das blaugrün glitzernde Wasser an einer felsigen Stelle und machten sich an den Aufstieg. Weiter in Richtung des Forts, das Rhodan vor Jahrtausenden zuletzt betreten hatte.

Neniver drehte den Kopf zur Seite. »Erinnerst du dich eigentlich?«

»Was meinst du damit?«

»Dieses Fort, zu dem wir marschieren«, fuhr Neniver fort ohne anzuhalten. »Du warst vor einer halben Ewigkeit dort – und trotzdem hast du es nicht vergessen. Ich frage mich, wie das ist, ob du dich an *alles* in den Jahrtausenden erinnern kannst.« Neniver sah Rhodan nicht an. Es fiel ihr leichter, sich ihn als einen Unsterblichen vorzustellen, wenn sie ihn nicht sah. In der schmutzigen Uniform, mit den Lumpen an Händen und Füßen wirkte er wie ein gewöhnliches Lebewesen, so verletzlich wie sie selbst.

»Ich fürchte, da fragst du den Falschen«, sagte Rhodan nur.

Als er nicht weitersprach, konnte Neniver der Versuchung nicht widerstehen, sich umzuwenden. Was meinte er?

Rhodan hatte die Zähne zu einem Lächeln entblößt. »Woher soll ausgerechnet ich das wissen? Wenn ich etwas vergessen habe, kann ich ja nicht davon wissen, sonst hätte ich es ja nicht vergessen.« Das Lächeln verschwand. »Nein, im Ernst, natürlich tue ich das nicht, niemand erinnert sich an alles, was er erlebt oder gesehen hat. Oder tust du das?«

Neniver machte eine verneinende Geste. Sie erinnerte sich an mehr als Rhodan ahnte. Aber nicht an alles.

»Aber im Lauf der Zeit haben zahllose Leute darüber spekuliert, ob meine Erinnerung, die eines Unsterblichen, anders ist, als die eines gewöhnlichen Menschen«, fuhr Rhodan fort. »Manche glauben, dass eines Tages die Kapazität meines Gehirns erschöpft sein müsse, es einfach nichts mehr aufnehmen könne. Nun, davon habe ich noch nichts bemerkt.« Rhodan zuckte die Achseln. »Die zweite Theorie, die viele Anhänger gefunden hat, ergibt sich beinahe aus der ersten. Da ich offensichtlich immer noch in der Lage bin, neue Eindrücke zu verarbeiten, muss mein Gehirn eben ältere vergessen, um Platz zu schaffen. Für die Leute, die das glauben, bin ich eine armselige Kreatur. In ihren Augen habe ich die Unsterblichkeit damit erkauft, dass ich fortlaufend vergesse – und in letzter Konsequenz wäre ich folglich nicht unsterblich. Denn wenn ich mich zum Beispiel nur ein Jahrhundert zurückerinnere, reiche ich als bewusstes Wesen auch nicht weiter zurück.«

Sie hatten einen waagrechten Felsvorsprung erreicht und hielten an, um Atem zu schöpfen. Rhodan hatte ihr gesagt, dass die Atmosphäre von Rofus dichter war als die der Erde und er nur deshalb in diesen Höhen überleben konnte. Neniver selbst hatte sich schnell an die dünnere Luft gewöhnt, die Jahre in den Sicha-Bergen hatten sie mit einem höheren Lungenvolumen ausgestattet. Sie ließ ihren Blick über die Berge und Schluchten wandern, ohne ein Anzeichen der Entführer oder von Besiedlung festzustellen.

Sie fragte: »Und? Glaubst du, diese Leute haben Recht?«

Rhodan zuckte die Achseln. »Nein. Ich glaube, sie überschätzen einfach, was ich bin. Auch wenn ich biologisch nicht altere, bin ich physiologisch nur ein gewöhnlicher Mensch – und ticke genauso wie einer. Ich erinnere mich an die Dinge, die mir etwas bedeuten. An den Augenblick, als die erste Stufe der STARDUST zündete, um mich und Bully und Clark und Eric zum Mond zu tragen zum Beispiel. Oder an den Tag, an dem ich die Nachricht erhielt, dass meine zweite Frau Mory und unsere Tochter Suzanne bei einem Kolonistenaufstand ums Leben gekommen sind. Den Moment, als Erde und Mond durch den Sonnentransmitter gingen, um der Herrschaft der Laren und Überschweren zu entkommen. An diese Dinge erinnere ich mich – aber frag mich nicht, was ich vor einer Woche zum Abendessen hatte. Ich habe es vergessen.«

Schweigend standen sie noch einige Minuten auf dem Fels, dann marschierten sie weiter. Neniver blickte an sich hinunter. An ihrer Hüfte war die Wölbung jetzt nicht mehr zu übersehen. Zumindest für sie, die sie spürte, wie sie heranwuchs. Rhodan würde sie kaum bemerken. Und selbst wenn er es täte, würde er sie wahrscheinlich als den Abdruck eines Fetzens der Decke deuten, die sie unter die Uniform gestopft hatte. Ihr war heiß. Ihr Puls hatte sich beschleunigt, hämmerte das Blut in einem hektischen Rhythmus durch die Adern, der nicht durch die Anstrengung des Aufstiegs gerechtfertigt war.

Sie hörte Rhodans Stimme hinter ihrem Rücken. »Eigentlich gleicht meine Erinnerung der eines gewöhnlichen Menschen, nur dass sie viel weiter zurückreicht. Du weißt doch, wie das ist, wenn man sich manchmal an längst vergessen geglaubte Dinge erinnert. Man sieht, hört oder riecht etwas und plötzlich ist die Erinnerung zurück. Wie gestern, als ich durch die Sichtluke der Station die Schlangenberge sah. Unvermittelt kam alles zurück: das Fort, unser Anflug über die Berge, die Ungewissheit, die uns alle erfüllte. Mir fiel sogar ein, wie der Kommandant des Forts hieß: Hopthmar. Allerdings weiß ich nicht, welchem Stamm er angehörte. Er hat es uns nicht gesagt.«

Neniver entgegnete nichts. Es fiel ihr immer schwerer, sich auf ihre Umgebung und das, was Rhodan sagte, zu konzentrieren. In ihrem Innern öffnete sich eine Welt. Und es war Zeit, sie zu teilen …

»Aber manchmal bleibt die Erinnerung auch unbestimmt«, sagte Rhodan. Ihr Schweigen schien ihm nichts auszumachen. »Deine Gabe, durch Wände zu gehen, zum Beispiel. Ich habe sie schon einmal gesehen, mehrfach sogar. Nur wo und wann war es? Ich komme einfach nicht darauf. Mein Gefühl sagt mir aber, dass es lange her ist. Sehr lange.«

»Du musst dir Zeit geben, dann kommst du bestimmt darauf«, sagte Neniver und beschleunigte ihre Schritte, um nicht weiter über das Thema sprechen zu müssen.

Rhodan blieb nicht zurück, schwieg aber. Eine Zeit lang hörte sie nur noch sein Keuchen in ihrem Rücken. Schließlich erreichten sie einen weiteren Kamm. Der Schlangenberg wirkte größer, näher, aber wichtiger noch war für die beiden Flüchtenden, dass der Kamm beinahe genau auf den Gipfel zeigte. Ihnen kam ein glücklicher Zufall zustatten: Die Schlangenberge verliefen in südwestlicher-nordöstlicher Richtung, und die Station, von der sie aufgebrochen waren, lag ungefähr im Südwesten des Schlangenbergs. Sie brauchten nur eine Hand voll der tief eingeschnittenen Täler und Schluchten zu durchschreiten, den Rest der Zeit konnten sie auf den Kämmen bleiben.

Neniver und Rhodan blieben einige Augenblicke auf dem Kamm stehen. Ihr entging nicht, dass Rhodan leicht gebeugt stand, seine Schultern die straffe, unbeugsame Haltung verloren hatten. Die Strapazen des Marschs und der Hunger setzten ihm zu. Neniver registrierte es mit Zufriedenheit. Er würde willkommen heißen, was sie ihm zu geben hatte.

Rhodan zeigte mit einer in Lumpen gehüllten Hand nach vorne. »Siehst du die Felsen da? Vielleicht finden wir dort eine Höhle, in der wir über Nacht unterschlüpfen können.«

Neniver schüttelte zustimmend den Kopf. Nicht mehr lange und die Sonne würde untergehen. Ohne eine wind- und wettergeschützte Stelle hatten sie nur geringe Aussichten, die Nacht zu überleben.

Der Marsch über den Kamm dauerte mehr als doppelt so lange, wie Neniver geschätzt hatte. Der Schnee war von ungleicher Konsistenz, stellenweise war er pulvrig, ein eiskalter Sand, in den sie bis zu den Hüften einsanken. Andere Abschnitte waren zu Eisflächen gefroren, die eine trügerisch dünne Pulverschneeschicht bedeckte. Neniver musste sie in großen Bögen um das Eis herumführen, was mehrere Ab- und

Aufstiege durch Tiefschnee bedeutete – und die Gefahr, Lawinen auszulösen.

Schließlich gelangten die beiden Flüchtenden an die von Rhodan bezeichnete Stelle. Eine Hand voll Felsspitzen ragte aus dem Eis und Schnee hervor, hob sich gegen den sich blutrot verfärbenden Himmel ab. Sie kletterten zur windabgewandten Seite. Hier lag kein Schnee. Rhodan übernahm mit fahrigen Bewegungen die Führung. Der Terraner war am Ende seiner Kräfte. Neniver folgte ihm mit unwirklicher Leichtigkeit. Der Gedanke, dass auch sie erschöpft sein müsste, stieg in ihr auf, wurde aber vom fordernden Hämmern ihres Pulses hinweggefegt. Gleich. Gleich war es so weit.

»Hier ist eine Höhle!«, rief Rhodan zu ihr gewandt und verschwand zwischen den Felsen, ohne abzuwarten, ob sie ihm folgte.

Neniver legte die Distanz mit einigen großen Sprüngen zurück. Die Luft, deren Temperatur jetzt schnell unter den Gefrierpunkt sank, schien ihr erfrischend. Sie duckte sich in den Felsspalt, in dem Rhodan verschwunden war.

Erst nach einigen Augenblicken sah sie den Terraner. Ihre Augen mussten sich an das Halbdunkel gewöhnen, außerdem ließ ihn seine Kleidung beinahe mit dem Fels verschmelzen. Rhodan hatte beide Knie angezogen und die Arme um die Beine gelegt.

»Was ist? Worauf wartest du noch?«, fragte er, seine Augen waren zwei helle Punkte.

Es war wie eine Aufforderung für Neniver. Ihre Hände fuhren hinunter zum Saum der Uniformjacke, zogen ihn hinauf.

Rhodan keuchte. »Was tust du da? Bist du verrückt geworden? Wir haben unter Null …« Er brach ab.

Neniver beachtete ihn nicht. Nur noch ein kurzer Moment, dann würde seine Furcht vorüber sein. So war es bei ihr selbst gewesen, so war es bei unzähligen anderen davor gewesen und so würde es auch bei Rhodan sein. Ihre Linke schloss sich um das Fleisch, spürte seine warme Festigkeit.

Sie hielt es Rhodan entgegen. »Iss von mir«, flüsterte sie.

Der Terraner wich zurück, er starrte auf die Knolle des Fleisches, das in ihrer Handfläche lag. Den dünnen Gewebefaden, der ihn mit ihrer Hüfte verband. Rhodan stieß mit dem Rücken gegen die Wand der Höhle.

Neniver machte einen, zwei Schritte auf ihn zu, langsam, im festen Glauben daran, dass Rhodan verstehen würde. Spürte er nicht, dass das Fleisch nur die besten Absichten hatte?

»Iss von mir«, wiederholte sie. »Iss und du wirst verstehen.«

Und dann geschah, was unvermeidlich war: Der Terraner erlag dem Willen des Fleisches. Er streckte die zitternde Hand aus, nahm das Fleisch aus ihrer Hand und aß.

12.

Jemand folgte ihr.

Der Verdacht benötigte Stunden, ja Tage, um in Sic-lyeirs Bewusstsein einzusickern. Ein Fremder, der sich an ihre Fersen heftete, hier in Sic-horum, der Stammeshauptstadt? Unmöglich … oder?

Sic-lyeir zwang sich weiterzugehen, ohne sich umzublicken. Vor dem Schaufenster eines Ladens machte sie Halt und gab vor, die Waren zu mustern. Einen Moment lang glaubte sie die Silhouette ihres Verfolgers zu sehen – kein Sicha, dazu war er zu hochgewachsen, er musste aus den Ebenen stammen –, dann wandte er sich ab, verschwand zwischen den Marktständen der Hirten, die wie jeden Wochenersten von den Hochweiden gekommen waren, um ihre Erzeugnisse zu verkaufen.

Sie überlegte, ob sie um Hilfe rufen sollte. Ihre Stammesbrüder und -schwestern würden sie nicht verweigern. Der Stamm stand für die seinen ein, diese eherne Regel galt immer noch. Doch es galt noch eine zweite: Missbrauche die Stammessolidarität nicht. Tu zuerst das deine, dann erst fordere die Hilfe des Stammes ein.

Und Hilfe wobei? Ihr Verfolger war ein Schemen, ein flüchtiger Schatten, den sie nur durch den kaum hörbaren, scharrenden Rhythmus seiner Sohlen oder verschwommene Reflektionen auf polierten Metall- oder Verbundoberflächen wahrnahm. Sie hätte den Mann – wenn er überhaupt einer war, selbst darin war sie sich nicht sicher – nicht erkannt. Und aus der Ebene zu kommen, vielleicht sogar aus dem verhassten Thorta, und schlanker und größer als ein Sicha zu sein war kein Verbrechen – schon seit langer Zeit nicht mehr.

Sic-lyeir blieb nur abzuwarten und nicht in ihrer Aufmerksamkeit nachzulassen. Und sollte der Fremde ihr tatsächlich zu nahe kommen … Nun, sie war nicht hilflos. Der Nypol, das traditionelle Messer der Sicha war ihr ständiger Begleiter. Ein Strahler, der in die handbreite kurze Klinge eingelassen war, sorgte dafür, dass der Nypol zu mehr als nur einem Stück Stammesfolklore taugte.

Sie spürte ein Ziehen im Unterarm.

Sic-lyeir hob den Arm an, die geöffnete Handfläche auf ihr Gesicht gerichtet. Innerhalb weniger Augenblicke bildete sich ein grauer Film, bedeckte die hellblaue Haut ihrer Handfläche und Finger. Es war, als ob unsichtbare Spinnen ein undurchdringliches Netz sponnen. Sic-lyeir wusste, dass es sich bei den Spinnen um Millionen von Nanorobotern handelte.

»Hochverehrte, wo bleibt Ihr nur?« Auf dem Handflächendisplay war das Portrait einer jungen Ferronin erschienen. Sie hatte ihr kupferfarbenes Haar zu mehreren Nestern zusammengerollt, der Frisur der Naringar, der Wochen, bevor der erste Schnee die Pässe in das Stammesgebiet der Sicha abriegeln würde.

»Spar dir die Anrede, Tassul.« Sie warf einen Blick auf die Uhrzeitangabe, die ihre Partnerin eingeblendet hatte. »Ich habe verstanden. Bin gleich da, in Ordnung?« Sie wollte den Arm senken, um die Verbindung zu unterbrechen, dann sagte sie: »Oh, übrigens, eins deiner Nester hat sich gelöst.« Sic-lyeir sah noch, wie ihre Partnerin sich überrascht über die intakte Frisur fuhr, dann entwoben die Nano-Spinnen bereits kribbelnd das Display.

Sic-lyeir sah sich noch einmal suchend um, ermahnte sich, vernünftig zu sein und ihren mysteriösen Verfolger zu vergessen und machte sich auf den Weg zum Studio.

Wenige Minuten später traf sie dort schwer atmend ein. Straßen im eigentlichen Sinn gab es in der Altstadt Sic-horums nicht, nur horizontale Gassen und steile, in den Fels gehauene Treppen. Innerhalb des alten Mauerrings, und ihr gemeinsames Studio lag mehrere hundert Höhenmeter über dem Markt unmittelbar an der Mauer, kam man am schnellsten zu Fuß voran.

»Ah, sind wir gerannt?« Sic-tassul strich sanft über die Schultern ihrer Partnerin, um ihrer Begrüßung die Schärfe zu nehmen. »Komm schnell, Hèt-zamar ist bereits hier.«

Sic-lyeirs schüttelte bestätigend den Kopf und trat in den großen Arbeitsraum des Studios. Er maß ungefähr 20 auf 20 Schritte. Seine Mitte füllte ein riesiger Tisch aus, aus dessen Platte sich das Modell einer Planetenlandschaft erhob. Über dem Modell, getragen von einem Antigravfeld, schwebte ein älterer Ferrone in einem gefütterten Stammesanzug. Er bemerkte Sic-lyeirs Eintreten nicht.

Die Ferronin spürte ein Brennen im Magen. Ihr rätselhafter Verfolger war schlagartig vergessen. Hèt-zamar war gekommen! Sie hätte nie zu hoffen gewagt, dass ein gefeierter Künstler wie er ihrer Einladung folgen würde.

»Gefällt es Ihnen?«, sagte sie, lauter als beabsichtigt. Sie getraute sich nicht, die vertraute Form der Anrede zu verwenden.

Hèt-zamar flüsterte der Haussyntronik eine Anweisung zu und kam sanft neben dem Tisch auf. »Nun, was ich bislang gesehen habe, finde ich höchst bemerkenswert«, entgegnete er.

Die Ferronen begrüßten einander. Hèt-zamar gehörte dem Stamm der Hètar an, die das Gebiet im Norden der Sicha bewohnten. Hètar war, auch wenn das kaum vorstellbar schien, ein noch unwirtlicherer Lebensraum als die Sicha-Berge. Hoch über der Baumgrenze hatten die Hètar in der Vorzeit eine Kultur entwickelt, die völlig ohne den Werk- und Brennstoff Holz auskam und es ansonsten gewohnt war, sich alles Übrige, was ihr fehlte oder sie begehrte, durch Gewalt ihren Nachbarn abzupressen. Der Fortschritt hatte auch vor diesem Teil Ferrols nicht halt gemacht, aber auch wenn der Einzug galaktischer Hightech die alte Rückständigkeit beseitigt hatte, zwischen den Hètar und den Sicha war ein gewisses Misstrauen geblieben, das für die Ewigkeit bestimmt schien. Umso höher war die Geste einzuschätzen, die Hèt-zamars Besuch bedeutete.

Sic-tassul ergriff das Wort. »Wir wollen Ihre Zeit nicht verschwenden, kommen Sie.« Sie führte den Ferronen zum Tisch. »Das, verehrter Hèt-zamar, ist, wie Sie mit Sicherheit erraten haben, unser neuestes Themarium. Ein Projekt, das in seinem Ehrgeiz alle unsere bisherigen in den Schatten stellt.«

Sic-lyeir trat wortlos neben die beiden. Sie ließ ihrer Partnerin den Vortritt. Sic-lyeir störte sich nicht daran. Sic-tassul schuf die Grundlagen, die physische Struktur ihrer Werke, sie selbst gab ihnen den schöpferischen Funken, die Seele. Beide Frauen wussten, dass sie aufeinander angewiesen waren. So war es schon immer gewesen, seit die beiden Findelkinder im Stammesheim der Sicha aufgewachsen waren.

»... ich ausschließlich mit ferronischen Materialien«, erklärte Sic-tassul gerade. »Thortas beste Nano-Schmieden beliefern uns. Das macht es uns möglich, schnell Änderungen umzusetzen, sollte das künstlerische Konzept es verlangen. Bei technischen Mängeln reagieren unsere Lieferanten innerhalb kürzester Zeit. Und das ...«

Sic-lyeirs Aufmerksamkeit driftete ab. Sie hatte den Ausführungen ihrer Partnerin schon hunderte Male gelauscht. Als sie die Unterstützung des Stammes für ihr erstes Themarium ersucht hatten, waren sie auf Kalindirs, dicht behaarten, stämmigen Verwandten der Schlammbüffel der Ebene, von Bergdorf zu Bergdorf geritten, hatten die Stammesmütter nur mit Hilfe einer pixeligen, zweidimensionalen Animation und der Begeisterung für ihre Idee für ihr Projekt gewonnen. Mehr als ein Jahr hatten die beiden Frauen auf ihre Kampagne verwandt, aber am Ende hatte ein klares Votum der Mütter gestanden – die Sicha zollten von jeher Zähigkeit Respekt, vielleicht weil sie darin ihre eigene Sturheit wiedererkannten. Sic-lyeir und Sic-tassul hatten das Studio zu ihrer Verfügung erhalten, und die folgenden zwei Jahre hatte der Stamm für ihren Lebensunterhalt gesorgt.

»... keine Holographie. Szenenwechsel sind durch die verwendeten Nanoroboter zwar deutlich langsamer, aber ich glaube die Vorteile überwiegen.« Sic-tassul strich über eine

Sensorfläche. Das Relief der Landschaft fiel in sich zusammen. Einige Sekunden lang glich die Oberfläche des Thematiums einer unruhigen See, nur dass es im aufgewühlten Schlagen keine Richtung, keine Wellen gab, die der Wind vor sich her trieb. Dann stießen zwei Sporne aus der Oberfläche, wuchsen in die Höhe und Breite und nahmen die Kontur von Ferronen an. Kurz darauf waren sie von Sicha-Hirten nicht mehr zu unterscheiden. »Unser Werk kann man riechen, fühlen, ertasten – und ich wage zu behaupten, dass selbst die ausgefeilteste 3D-Technik nicht an das herankommt.«

Hèt-zamar streckte den Arm aus und strich über den Unterschenkel einer der Nano-Figuren. Mit einem schnellen Ruck riss er ein Stück der vorgeblichen Hirtentracht ab. Der Stoff zersetzte sich innerhalb kürzester Zeit, als die Nanoroboter auf unsichtbaren Pfaden in das Themarium zurückkehrten. Er wog den Kopf anerkennend, dann sagte er: »Es ist eine außergewöhnliche Erde, die ihr formt. Aber sagt mir, zu *was* formt ihr sie?«

»Zu unserem Abbild«, antwortete sie. »Dem unseres Volkes.«

»Und das bedeutet …?« Hèt-zamar versteifte sich. Das erste Themarium der beiden Ferroninnen hatte den mehrmonatigen erfolgreichen Widerstand Sic-horums gegen ein Invasionsheer der Hètar gefeiert. Die erfolglose Belagerung war der Anfang vom Ende der Dominanz der Hètar über die Sicha gewesen.

»Das bedeutet, dass wir von vorne anfangen, noch vor dem Angriff der Haluter.« Sie hatte den Satz noch nicht zu Ende gebracht, als das Themarium bereits ein neues Szenario bildete. Raumschiffe landeten auf einem noch jungfräulichen Planeten, die ersten Siedlungen entstanden, wuchsen zu Städten. »Die lemurische Kolonisation«, kommentierte sie.

Dann kam der Tod. Gewaltige Energiebahnen stachen aus dem Himmel herab, fraßen glühende Schneisen in die Oberfläche. Bomben ließen die Zentren der Städte verglühen, ihre Druckwellen ebneten ein, was der Glut entgangen war.

»Wir haben darauf verzichtet, in diese Ansicht die Schiffe der Haluter aufzunehmen. Den meisten unserer Vorfahren dürfte kein Blick auf ihre Mörder vergönnt gewesen sein.«

Das Themarium zeigte jetzt eine tote Welt. Lediglich das Wabern von in Brand geratenen Kohleflözen durchbrach die ewige Nacht, die sich über Ferrol gelegt hatte. Doch dabei sollte es nicht bleiben. Nach und nach legten sich die Staubmassen, die die Atomexplosionen aufgewirbelt hatte. Die ersten Sonnenstrahlen von Tanos gelangten an die Oberfläche – und fielen auf die wenigen Überlebenden der Katastrophe. Viele von ihnen waren missgebildet, Opfer der radioaktiven Strahlung, die keinen Winkel Ferrols verschont hatte.

»Das ist … das ist …« Hèt-zamar brach ab.

Sic-lyeir sagte nichts, sie teilte seine Ergriffenheit. Die Geschichte ihres Volkes hatte sie seit ihrer Kindheit fasziniert. Eigentlich hätten die Ferronen den Ansturm nicht überleben dürfen, zu viele Jahrhunderte hatte der nukleare Winter Ferrol eingehüllt, zu viele Jahrtausende hatte der Fallout den Planeten verseucht. Doch …

Die Gestalt der Überlebenden veränderte sich. Die Zahl der Missbildungen nahm ab, die helle Haut der lemurischen Ahnen färbte sich zu einem hellen verwaschenen Blau ein. Dichtes Haar spross auf ihren Körpern, die Augen schienen immer tiefer in ihren Höhlen zu verschwinden – und schließlich waren aus lemurischen Siedlern Ferronen geworden.

Hèt-zamar schluckte hörbar. Sein Gesicht hatte sich vor Erregung dunkel eingefärbt. »So hat alles begonnen«, flüsterte er. Sein Blick blieb noch für einige Sekunden auf das jetzt eingefrorene Themarium geheftet, dann wandte er sich an Sic-lyeir. »Aber wozu habt ihr mich hergerufen? Doch nicht nur, um mir euer Werk zu zeigen?«

»Das auch. Aber vor allem, weil wir Sie brauchen. Ihre Gabe zu programmieren.«

»Ich verstehe nicht, was …«

»Was Sie gesehen haben, ist nur ein winziger Ausschnitt, ein

Bruchteil der Arbeit, die noch vor uns liegt. Tassul …«, sie verzichtete auf den Stammesnamen ihrer Partnerin; eine Geste, die nur unter engen Freunden üblich war – oder gegenüber den Angehörigen anderer Völker, für die die Stammesbindung der Ferronen keine Bedeutung hatte. »Tassul und ich, wir sind einen weiten Weg gegangen seit unserem ersten Themarium. Einen erfolgreichen Weg. Aber nun sind wir an einen Punkt gekommen, an dem wir uns entscheiden müssen. Um dieses Projekt zu vollenden, brauchen wir Hilfe. *Ihre* Hilfe.«

Hèt-zamar strich mit der Linken über den Stammesanzug. »Meine? Aber ich wüsste nicht …«

»Denken Sie doch nach. Jahrzehnttausende von Geschichte! Multiperspektivisch aufbereitet! Der Blick von oben, den Sie gerade eben gesehen haben, gehört natürlich dazu, aber was wir wollen, ist der von unten, den des Individuums, der leidenden Kreatur! Unsere Ahnen sind durch die atomare Hölle gegangen – um schließlich das Licht eines neuen Tages zu erblicken. Denken Sie nur an die vielen Schicksale, die unzähligen Nuancen!« Sie nahm Sic-tassuls Hand, »Wir wissen, was wir wollen. Aber wir wissen auch, dass wir es alleine nicht umsetzen können.«

Hèt-zamar ging mit ehrfürchtigen Schritten um das Themarium herum. Sein Gesicht war noch dunkler geworden.

»Werden Sie uns helfen?«, fragte Sic-lyeir.

Hèt-zamar schüttelte langsam und entschlossen den Kopf. »Ja, das werde ich.«

Es war früher Morgen, als Sic-lyeir sich auf den Nachhauseweg machte. In ihrem Kopf schwirrten Gesprächsfetzen hin und her. Hèt-zamar war aufgeregt um das Themarium gerannt, hatte immer neue Vorschläge gemacht – und mit jedem von ihnen waren sich die Visionen Sic-lyeirs und die technische Machbarkeit näher gekommen, bis sie schließlich deckungsgleich schienen.

Die engen Treppen Sic-horums lagen im Dunkel; den Sicha gefiel es, ihre uralte Hauptstadt in geheimnisvolle Schwärze zu tauchen. Nur die Sichel Gambuls, eines der beiden Monde Ferrols, spendete schwaches Licht. Sic-lyeir hätte es nicht benötigt. Ihre Füße fanden in jahrelanger Gewohnheit fast von alleine nach Hause, und sie genoss den von künstlichen Lichtquellen ungestörten Blick auf die Sterne. *Sorgt euch nicht, ihr da oben,* dachte sie überschwänglich, *wenn ich mit unserer Geschichte fertig bin, seid ihr dran. Ehrenwort.*

Dann hörte sie das Scharren von Sohlen.

Sie hielt so abrupt an, dass der Schwung sie um ein Haar das Gleichgewicht verlieren und die steilen Stufen hinunterstürzen ließ. Der Verfolger! Sie blickte sich um, niemand war zu sehen.

Sie nahm ihren ganzen Mut zusammen und rief: »Los, zeig dich. Ich weiß, dass du da bist!«

Sie erhielt keine Antwort.

Da ist niemand, ermahnte sie sich. *Reiß dich zusammen!*

Sic-lyeir ging weiter, aber ihre Schritte waren jetzt kürzer und hektischer. Die Stille der Nacht, die sie noch vor wenigen Augenblicken genossen hatte, schien verschwunden. Ihr war, als hörte sie aus jedem Hauseingang unterdrücktes Keuchen. Aus den Gassen, die die Treppen kreuzten, drang bedrohliches Scharren und Kratzen. Sic-lyeirs Hand fuhr unter den Mantel, ihre Finger schlossen sich um den Griff des Nypols.

Schließlich gelangte sie an die Gasse, die zu ihrem Haus führte. Sie warf einen letzten, gehetzten Blick über die Schulter, dann rannte sie los.

Eine Hand packte sie am Kragen ihres Mantels und riss sie zurück. Sic-lyeir stieß einen entsetzten Schrei aus und versuchte, sich loszureißen. Ihre Linke, die immer noch den Nypol in der Innentasche ihres Mantels umklammerte, fuhr hoch. Aber noch bevor sie den Auslöser des integrierten Strahlers pressen konnte, schloss sich eine Hand um ihren Unterarm und wirbelte sie mit einem schmerzhaften Ruck herum.

Sie blickte in das Gesicht einer Ferronin.

Die Frau war einen Kopf größer als sie – und alt. Furchen zogen sich über ihr Gesicht, ihre Augen verbargen sich so tief in den Höhlen, dass Sic-lyeir ihre Existenz nur vermuten konnte. Sie fragte sich, woher die Frau die Kraft nahm, sie festzuhalten.

»Was willst du von mir?« Sie flüsterte die Frage. Warum, wusste sie nicht. Vielleicht, weil sie der Anblick der Greisin beschämte. Vor ihr hatte sie Angst gehabt? Aber da war noch etwas, ein unbestimmtes Gefühl der Vertrautheit, der Zugehörigkeit.

»Dir etwas schenken, das dir kein anderer schenken kann, Kind«, sagte die Frau. Eine absolute Sicherheit schwang in ihrer Stimme mit. Und Erleichterung, ja Erlösung, als hätte die Frau seit langem auf diesen Augenblick gewartet.

Mit der freien Hand öffnete sie den Magnetsaum ihres Mantels – und im Licht Gambuls sah Sic-lyeir, dass die Frau nackt war.

»Was … was soll das? Was hast du vor?« Sic-lyeir versuchte ihre Hand freizubekommen, aber der Griff der alten Frau verstärkte sich nur noch und schnitt die Blutzufuhr der Hand ab. Der Nypol glitt aus Sic-lyeirs tauben Fingern. Sie stöhnte auf.

Die alte Frau sagte nichts. Mit der freien Hand griff sie sich an die Hüfte. Sie hatte sich ein Tuch um den Körper geschlungen, darunter war eine etwa faustgroße Ausbeulung. Die Hand fuhr unter das Tuch und als sie wieder zum Vorschein kam, ruhte ein Klumpen in ihr, umschlossen von hellblauer Haut. Ihre makellose Oberfläche glich der eines Neugeborenen. Ein Gewebefaden, der Sic-lyeir an eine Nabelschnur erinnerte, verband den Klumpen mit der Frau.

Sic-lyeir wollte aufschreien, aber ihre Kehle blieb stumm. Ohne ihr Zutun hob sich ihre rechte Hand und streichelte den Klumpen. Er war warm und weich. Er lebte.

»Iss von mir«, flüsterte die Frau. »Iss das Fleisch und erinnere dich, Neniver.«

Sic-lyeir führte das Fleisch an den Mund und biss hinein.

Und Neniver, die Sic-lyeir gewesen war, erinnerte sich.

13.

Reginald Bull war sich nicht schlüssig, ob eine Ehreneskorte oder eine Leibgarde ihn begleitete.

Er warf einen scheinbar beiläufigen Blick auf das halbe Dutzend Männer in schneeweißen Uniformen, die ihn, Jocimb und Tar-serque umringten. Breite Kombigürtel schnürten die Uniformen ein, an Magnethalterungen baumelte eine Vielzahl von Instrumenten und Waffen – zusätzlich zu den schweren Kombiladern, die die Männer entsichert in den Händen hielten. Die schlichte Eleganz der Uniformen war verflogen.

Der Thort fühlt sich in seinem eigenen Palast nicht mehr sicher, dachte Bull. *Oder ist das eine symbolische Geste? Will er mir zeigen, dass er entschlossen ist, alles für meine Unversehrtheit zu tun?*

»Wir sind gleich da«, flüsterte ihm die Stammesmutter zu. Sie hatte seinen Blick bemerkt, ihn aber falsch interpretiert.

Bull war nicht ungeduldig, nicht, seit ihn die Palastwachen vor einer knappen terranischen Stunde aus seinem Krankenzimmer geholt hatten. Der Rote Palast zählte zu den bestgehüteten Geheimnissen der Galaxis. Es war ein Gebäudekomplex, der über viele Jahrtausende hinweg gewachsen war, erbaut auf den Ruinen der Residenz des vormaligen lemurischen Verwalters der Kolonie Tanos VIII – eine symbolische Wahl, die vom ersten Thort aufgrund bruchstückhaften Wissens getroffen worden war. Der ehrgeizige Lokalfürst, der sich zum ersten Herrscher aller Ferronen aufschwingen sollte, hatte nach einem prestigeträchtigen Ort für seine Residenz gesucht und ihn in den lemurischen Ruinen gefunden. Was es mit ihnen auf sich hatte, hatte er nicht geahnt, denn das Wissen der Ferronen über ihre Herkunft war in den langen Jahren des nuklearen Winters erloschen.

Jetzt, im Jahr 1309 Neuer Galaktischer Zeitrechnung, war der Palast längst zu einer eigenen Welt innerhalb Thortas geworden, einer Megalopolis, die sich ihrerseits rühmte, ihren eigenen Gesetzen zu folgen. Doch die Gesetze des Roten Palasts – sie blieben Außenstehenden verborgen. Fest stand nur, dass sie überaus gut funktionierten, hatten sie es doch vermocht, über zahllose Generationen hinweg einen neuen, unumstrittenen Thort hervorzubringen und die Ferronen vor dem Rückfall in das Zeitalter der Kriege zu bewahren.

Reginald Bull war auf dem Weg in einen Teil des Palasts, der noch nie von einem Terraner betreten worden war.

Die Gruppe passierte einen Gang, durchquerte eine Serie von kleineren, mit Holzschnitzereien verzierten Räumen und trat schließlich ins Freie, in einen der vielen Wassergärten des Palasts.

Die schwüle Hitze trieb Bull und Jocimb innerhalb von Sekunden den Schweiß aus den Poren. Die Ferronen dagegen öffneten ihre Münder und atmeten hechelnd aus und ein, ihre Zungen deutlich sichtbar. Ihr Volk hatte im Lauf seiner Entwicklung die Schweißdrüsen eingebüßt und regulierte seine Körpertemperatur jetzt mit Hilfe eines Mechanismus, der dem terranischer Hunde ähnelte.

Bull musterte Jocimb. Der klein gewachsene Liga-Agent, er reichte Bull gerade bis an die Brust, hielt eine Aktentasche in den Händen. In ihr befanden sich die gesammelten Ergebnisse ihrer Recherchen, ein Wust von Daten, die meisten davon handschriftliche Aufzeichnungen. Nicht mehr lange, und es würde sich erweisen, was sie wert waren.

Sie ließen den Garten mit seinen zahllosen Stegen, die zwischen den Wasserpflanzen hindurchführten, hinter sich und betraten ein weiteres Gebäude. Flach und lang gestreckt, das Dach mit Moosen überwachsen, erinnerte es an die Langhäuser der mittelalterlichen Wikinger. Neben den zahllosen

Prachtbauten schien es ein Versehen, ein Ort so schäbig, dass der Thort nicht einmal den niedrigsten seiner Diener dort einquartieren würde.

Doch das Äußere täuschte: Kampfroboter erwarteten die Besucher, die flimmernden Abstrahlfelder ihrer Strahler zeigten an, dass sie schussbereit waren. Die vorderste der Palastwachen strich über eine Schaltfläche an ihrem Gürtel, und die Maschinen gaben den Weg frei.

»Da wären wir!«, sagte Tar-serque und schwebte auf ihrem Antigravfeld an den Palastwachen vorbei, ohne ihre Aufforderung abzuwarten. Bull und Jocimb folgten ihr, die Wachen blieben zurück.

Sie gelangten an einen altertümlichen Aufzug und traten in die Kabine, die gerade genug Platz für die beiden Terraner und die voluminöse Ferronin bot. Bull ließ es sich nicht nehmen, den einzigen Schalter der Kabine zu drücken – es gab Dinge, die man auch nach dreitausend Jahren noch gerne selbst in die Hand nahm – und der Lift setzte sich in Bewegung.

Als sich die Tür einige Minuten später wieder öffnete, fröstelte Bull unwillkürlich. Die Luft war kühl und trocken, sein Atem kondensierte in kleinen Dampfwolken.

Im Dämmerlicht einiger verborgener Lampen erstreckten sich vor ihnen lange Reihen von Regalen. Sie waren aus Holz gefertigt, oder vielmehr geschnitzt, wie Bull erkannte, als er aus dem Lift trat. In den unregelmäßigen Oberflächen waren noch deutlich die Spuren von Werkzeugen zu sehen. In den Fächern reihten sich dicht an dicht Bücher, Schriftrollen, einzelne Blätter und Folien sowie verschiedenste Arten magnetischer und optischer Datenträger. Bull konnte nicht einmal ansatzweise eine Systematik in ihrer Anordnung erkennen.

»Ist hier niemand?«, fragte Jocimb verwundert.

»Ich denke schon, der Thort selbst hat uns angekündigt«, entgegnete Tar-serque und glitt zwischen die Regalreihen.

Bull und Jocimb folgten ihr achselzuckend. *Das* sollte das geheimnisumwobene Archiv des Thorts sein?

Sie hatten mehrere Reihen von Regalen hinter sich gelassen, als Jocimb anhielt. »Was ist das?«, fragte er.

Bull verzog fragend eine Augenbraue, dann hörte er es auch: ein leises, monotones Murmeln. Die beiden Terraner und die Ferronin folgten der Quelle und fanden einen Ferronen, der an einem einfachen Tisch saß und sich über ein Dokument beugte. Sein Oberkörper wiegte im Rhythmus seiner Sätze vor und zurück. Bull war es, als ob der Mann den Text auswendig lernte.

»Man-ridt?«, sagte die Malan. Ihre Stimme war ungewöhnlich leise.

Der Mann, er war für einen Ferronen ungewöhnlich schlank, ja beinahe zerbrechlich, reagierte nicht. Bull registrierte jetzt, dass seine Haut bleich war, allenfalls ein Hauch von Blau war in dem schwachen Licht des Gewölbes zu erkennen. Sein Haar wurde von einem Kopftuch verborgen.

»Man-ridt!«, wiederholte die Stammesmutter lauter. »Der Thort hat uns geschickt, wir ...«

Der Kopf des Archivars ruckte hoch. »Und wenn euch der Imperator Bostich mit seiner gesamten Flotte geschickt hätte – seht ihr nicht, dass ich zu tun habe?« Man-ridt warf die Arme in Verzweiflung hoch. Dann stand er auf und seufzte: »Na gut, jetzt ist es ohnehin zu spät. Was wollt ihr?«

»Das hier ist der Unsterbliche Reginald Bull.« Tar-serque ließ den Satz in der Luft hängen, als ob er alles erklärte.

Der Archivar starrte seine Besucher nur an. Entweder hatte er bereits gewusst, wer ihn aufsuchte, oder es kümmerte ihn nicht. Bull konnte sich nicht des Verdachts erwehren, dass Letzteres zutraf. Er konnte auf eine Lebensspanne von drei Jahrtausenden verweisen, Man-ridt aber war es gewohnt, Jahrzehnttausende in die Vergangenheit zu blicken. Für ihn war Bull nur ein Stück Geschichte – und in diesen Gewölben atmete er täglich Geschichte.

»Wir sind hier, um dich um Hilfe zu bitten«, schaltete sich Bull ein, als der Archivar hartnäckig schwieg. Er benutzte die vertrauliche Anrede. Ein Gefühl sagte ihm, dass der Mann vor ihm nichts auf herkömmliche Konventionen und Ehrenfragen gab.

Man-ridt sagte immer noch nichts, aber er wandte sich auch nicht von seinen Besuchern ab.

»Du bist der Einzige, der meinen Freund Perry Rhodan retten kann«, fuhr Bull fort. Er fragte sich, ob er zu dick auftrug. Aber in gewisser Weise entsprach, was er sagte, der Wahrheit. Wenn sie nicht bald eine Spur von den Entführern fanden … »Man – Ferronen – haben ihn entführt. Sie haben einen der Transmitter benutzt, die ES eurem Volk geschenkt hat. Wir vermuten, dass Lor-timkan, ihr Anführer, einen oder mehrere bislang unbekannte Transmitter gefunden hat, denn Perry und seine Entführer sind in keiner der bekannten Transmitterstation rematerialisiert.«

»Wie kommst du darauf, dass ES die Käfigtransmitter uns Ferronen geschenkt hat?« In der Stimme des Archivars lag aufrechte Verwunderung.

»Wieso?«, entgegnete Bull verwirrt. »Ich dachte, die Ferronen sind sich darüber einig, dass …«

»Das einfache Volk«, unterbrach ihn Man-ridt, »glaubt vieles, wenn es ihm nur in den Kram passt. Natürlich würde es uns gefallen, wenn ES uns mit Geschenken geehrt hätte. Aber ich frage dich, wieso hätte er das tun sollen?«

»Als Dank dafür, dass ihr ihm einen Planeten eures Systems überlassen habt, aus dem er seinen Kunstplaneten Wanderer erschuf.«

»Und wie erklärst du dann, dass seit der Erschaffung Wanderers Jahrtausende vergingen, bis die Transmitter in unserem System auftauchten?« Der Archivar nickte abschätzig. »Du hättest ebenso gut die andere Geschichte aufsagen können, die sich das Volk erzählt. Dass die Transmitter uns von gestrandeten Raumfahrern als Dank für unsere Hilfe überlassen worden seien. Von Raumfahrern, die im Dienst von ES standen. Und es gibt noch viele andere Geschichten, die alle eines gemeinsam haben: Sie sind falsch.«

»Aber welchem Zweck sollten die Geräte sonst dienen?«, beharrte Bull. »Das Netz der Transmitter ist viel zu umfangreich, als dass ES es nur für das Galaktische Rätsel eingerichtet hätte.«

»Eben«, sagte der bleiche Ferrone knapp. »Woher wollen wir wissen, was ES mit ihm bezweckte? Wer weiß, vielleicht hatte ES ganz anderes im Sinn und das Galaktische Rätsel war nur ein Gedanke, der ihm später kam und den er dem bestehenden System aufpfropfte? Oder vielleicht hat ES das Transmitternetz gar nicht errichtet und es nur für sich nutzbar gemacht?«

»Wie … wie willst du das beweisen?« Bulls Selbstsicherheit schwand dahin. Er hatte geglaubt, alle Rätsel des Wega-Systems entschlüsselt zu haben.

»Gar nicht. Ich kann es auch nicht. Aber die vielen Jahre, die ich mit Geschichte beschäftigt habe, haben mich eins gelehrt: misstrauisch gegenüber allzu einfachen Erklärungen zu sein. Wir sind nur sterbliche Wesen …« Er hielt kurz inne und verbeugte sich grinsend vor Reginald Bull. »Jedenfalls die meisten von uns. Und wir neigen eben dazu, das zu sehen, was wir sehen wollen.«

Jocimb räusperte sich. »Wir danken dir für deine Offenheit, Man-ridt«, sagte er diplomatisch. »Aber ich hoffe, dass du uns wenigstens hiermit weiterhelfen kannst.« Er hob die Tasche mit den Unterlagen hoch.

»Was ist das?«

»Das Ergebnis unserer – meiner – bisherigen Bemühungen«, schaltete sich die Malan ein. Bull war überrascht, dass sie es jetzt erst tat, es widersprach ihrem forschen Charakter. Der Archivar musste für sie trotz seines kauzigen Auftretens eine Respektsperson sein. »Überlieferungen, Fragmente von Schriftstücken, mündliche Aussagen – sie stammen von zwei

Dutzend Stämmen. Vielleicht kannst du mehr aus ihnen ziehen als wir.«

Man-ridt streckte den Arm aus. »Wir werden sehen.«

In den nächsten beiden Stunden beugte sich der Archivar über die Dokumente, die sie ihm gebracht hatten. Wieder murmelte er halblaut vor sich hin, als er sie las. Tat er es, um sich besser zu konzentrieren? Oder verfügte er über ein derart geübtes Gedächtnis, dass er die Texte durch einfaches Lesen auswendig lernen konnte? Bull schloss es nicht aus. Man-ridt schien das Archiv nie zu verlassen, nirgends waren Kommunikationsgeräte zu sehen, die ihn ablenken konnten. Ein Gehirn, dem man fast alle Reize von außen abschnitt, musste wie ein Schwamm alles in sich aufsaugen, was es wahrnahm.

Schließlich blickte der Archivar auf. »Wunderbare Geschichten.« Man-ridts Gesicht schien Farbe gefunden zu haben. »Manchmal wünsche ich mir, in dieser Zeit gelebt zu haben. Die Menschen waren damals den Dingen näher, dem Tod, der Krankheit, dem Hunger – und damit dem Leben.«

»Und was denkst du noch über diese Geschichten?«, drängte Bull. Er war nicht gekommen, um sich philosophische Erörterungen anzuhören.

»Sie sind ohne Ausnahme frei erfunden.«

»Was macht dich da so sicher?«, fragte Jocimb. Der kleine Liga-Agent hatte die Arme schützend um den Oberkörper gelegt. Die Kälte setzte ihm zu.

»Jede dieser Geschichten behauptet, ihr Held hätte das Transmitternetz gefunden, aber das ist unmöglich. Nicht zu dieser frühen Zeit – in späteren Jahrtausenden hat man tatsächlich noch einzelne Geräte aufgespürt, aber damals fehlten uns Ferronen die technischen Mittel dazu. Wir hatten es gerade einmal geschafft, zu unseren unmittelbaren Nachbarplaneten vorzustoßen.«

»Aber du kannst sie nicht alle aus diesem Grund abtun. Schließlich gibt es so etwas wie Zufall.« Bull musste sich beherrschen, ihn nicht anzubrüllen. Sie mussten endlich eine Spur von Perry finden.

»Den gibt es tatsächlich, Terraner.« Der Archivar sah Bull direkt in die Augen. »Und es war dieser Zufall, der einen gewissen Fer-sayia über einen Transmitter stolpern ließ – den Mann, der zum ersten Thort der Ferronen werden sollte. Es war der Zugriff auf das Transmitternetz, der ihn dazu befähigte, das Zeitalter der Kriege zu beenden und unser Volk zu vereinen. Es ist nur zu verständlich, dass jeder Stamm versucht, einen der seinen zum lokalen Helden aufzubauen. Aber ihr werdet sehen, wenn ihr den Hinweisen in den Überlieferungen folgt, werdet ihr nur auf bereits bekannte Transmitter stoßen.«

Jocimb nickte niedergeschlagen. »Du hast Recht. Das haben wir bereits getan.«

»Dann war das alles umsonst?« Bull spürte, wie seine Knie nachgaben. Die Kälte ließ ihn zittern. »Das ganze Zeug«, er deutete auf die Unterlagen, die Man-ridt auf dem Tisch ausgebreitet hatte, »ist für den Mülleimer?«

Der Archivar schüttelte bejahend den Kopf. »Ich fürchte ja, zumindest was eure Absichten angeht.« Er sortierte die Papiere sorgfältig und reichte sie an Jocimb. Die beiden Terraner und die Stammesmutter wandten sich zum Gehen. Bulls Gedanken waren bereits woanders, versuchten einen Weg zu finden, der sie auf die Spur von Lor-timkans Komplizen führte. Wenn sie nur …

»Aber ich glaube nicht, dass ihr umsonst gekommen seid«, drängte sich die Stimme Man-ridts in seine Gedanken.

»Was meinst du damit?«

»Der Archivar ist Hüter der Überlieferung des Herrscherhauses. Und ebenso wenig wie die Kette der Thorts in den zurückliegenden Jahrtausenden je abgebrochen ist, ist es die der Archivare. Hier«, er zeigte auf die langen Regalreihen, »und hier«, er tippte an die Stirn, »ist das Wissen der Jahrtausende verwahrt. Manches davon ist schon so lange nicht mehr aus diesen Gewölben gedrungen, dass es vergessen wurde.«

Die beiden Terraner und die Ferronin rückten unwillkürlich näher. In Bull machte sich jäh neue Hoffnung breit.

»Wie ihr wisst, ist noch nie ein Thort gestürzt worden.« Der Archivar hatte die Stimme zu einem Flüstern gesenkt, das kaum lauter war als sein Murmeln, mit dem er die Überlieferungen las. »Aber beinahe wäre es geschehen. Zu einer Zeit, als auf eurer Welt gerade eine neue Zeitrechnung begann, Terraner. Ein Verräter schickte sich an, dem Thort den Thron streitig zu machen. Man hat versucht, die Erinnerung an ihn auszulöschen; nicht einmal wir Archivare wissen seinen Namen.«

»Und was hat diese Rebellion mit uns zu tun?«, erkundigte sich Jocimb ungeduldig.

»Dem Verräter war es gelungen, ein zweites Transmitternetz für sich zu nutzen. Man nannte es das Schattennetz. Als man ihn schließlich fasste, versuchte man aus ihm seine Position herauszupressen, ohne Erfolg. Er starb unter der Folter, ohne sein Geheimnis preisgegeben zu haben. Nur eines verriet er in einem Moment der Unachtsamkeit: dass das Schattennetz aus 14 Stationen besteht.«

Der Archivar schwieg. Seine Augen starrten auf den Boden, aber Bull schien es, dass sie in eine ferne Zeit blickten.

»Ihr wisst jetzt, dass eure Vermutungen begründet sind. Mehr kann ich euch nicht sagen.«

Der Archivar wandte sich ab und verschwand zwischen den Überlieferungen.

14.

Rhodan erwachte.

Etwas Warmes lag auf ihm. Ein Körper.

Seine rechte Hand fuhr über rauen, dicken Stoff, während seine Linke über seine verklebten Augen rieb. Durch den Zugang der Höhle sah er fahlblauen Himmel. Ein zaghafter Lichtstrahl drang herein, erleuchtete einen Punkt einige Schritte vor Rhodans Beinen.

Der Terraner hätte das Licht nicht gebraucht. Der Körper, der über ihm lag, als hätte ihn übergangslos das Bewusstsein verlassen, konnte nur einer Person gehören.

»Sic-lyeir … Neniver?«, flüsterte Rhodan.

Keine Reaktion.

Er wuchtete die Frau herum, hielt ihr Gesicht vor seines und flüsterte ein zweites Mal ihren Namen. Wieder reagierte sie nicht.

Der Terraner musterte das Gesicht der Frau. Es hatte sich verändert. Das Blau ihrer Haut war dunkler geworden. Rhodan wusste, dass die Gesichtshaut der Ferronen sich bei Aufregung verdunkelte, aber die Farbe Nenivers war anders, gleichmäßiger – zumindest schien es ihm so im Dämmerlicht der Höhle.

Und die Farbe war ohnehin eine Nebensache: Was zählte, war der Ausdruck ihres Gesichts. Rhodan konnte sich nicht erinnern, im Laufe seines Lebens Züge gesehen zu haben, die einen derartig perfekten Frieden ausgedrückt hätten. Neniver hatte ihre Erfüllung gefunden.

Rhodan umfasste die Frau an Schultern und Hüfte und wuchtete sie hoch. Überrascht stellte er fest, dass ihm die Bewegung mühelos gelang. Er hatte neue Kräfte gewonnen. Der

Hunger, der ihn geplagt hatte, war verschwunden, hatte einer Wärme Platz gemacht, die von seinem Magen ausging und seinen gesamten Körper erfasst hatte.

Der Terraner legte Neniver ab. Er zögerte einen Augenblick, dann fuhren seine Hände über ihren Körper. Er musste nachsehen, ob das, was geschehen war, Wunden zurückgelassen hatte. Feststellen, ob es tatsächlich geschehen war.

An ihrer Hüfte stieß er auf eine Ausbeulung. Seine Finger kreisten einige Sekunden lang über die Stelle, scheinbar unschlüssig, dann schoben sie den Stoff zurück.

Rhodan sah das Fleisch. Es musste sich neu gebildet haben, denn er spürte den nussigen, angenehmen Geschmack des Fleischs immer noch auf der Zunge. Er hatte es aufgegessen.

Ein neuer Hunger erwachte in ihm. Der Hunger nach Antworten. Er hatte viele von ihnen erhalten – aber ein Vielfaches an neuen Fragen hatte sich aufgetan.

Er umfasste das Fleisch. Es war kleiner als das, welches er vor Stunden gekostet hatte, nicht größer als ein Hühnerei, aber das würde keine Rolle spielen.

Rhodan führte es zum Mund …

»Verehrter?«

Der Angesprochene, ein Ferrone in der silber gestreiften Uniform eines Karanjuls, wandte sich um. Sein hilfsbereites Lächeln erstarrte im selben Moment, als er Neniver sah.

Er durchschaut dich!, durchzuckte es Neniver.

»Verehrter, wärt Ihr so großherzig, mir vielleicht eine Auskunft zu erteilen?«, zwang sie hervor und hasste sich für ihre Worte. Sie hätte auf der Stelle kehrt machen und Ferrol für immer den Rücken kehren sollen, aber das konnte sie nicht. Das Fleisch wollte es nicht. Und außerdem glomm irgendwo in ihr immer noch das Gefühl, zu diesen Leuten zu gehören, auch wenn die Angst vor ihnen sie jede Nacht schreiend aus dem Schlaf schrecken ließ.

»Und wieso sollte ich das, *Tsirr*?« Er lächelte das selbstgefällige Lächeln eines Mannes, der wusste, dass ihm seine Stellung Macht über andere verschaffte.

Tsirr – Ausgestoßene. Neniver hatte immer noch nicht ergründet, wie sie es anstellten. Was verriet den Ferronen, dass jemand aus ihrer Stammesstruktur herausgefallen war? Es gab schon lange keine äußeren Anzeichen mehr, mit denen man Tsirr ausstattete, keine Brandmale, die man ihnen auf die Stirn brannte, keine Kleidung, die man ihnen vorschrieb. Mit dem Kontakt zu den Terranern, der den Ferronen das Tor zum Kosmos aufgestoßen hatte, war man von diesen barbarischen Sitten abgekommen. Und dennoch, die Ferronen erfühlten Tsirr mit geradezu traumwandlerischer Sicherheit.

Manchmal fragte Neniver sich, ob die Ferronen etwas besaßen, das dem Fleisch der Erinnerung ähnelte, einen inneren Kompass, der den Einzelnen unfehlbar steuerte und den abzuschütteln unmöglich war. Oder vielleicht war es nur simple Psychologie: Der Ausgestoßene wusste um seinen Status, und die Schande, seine Schutzlosigkeit, die Sinnlosigkeit seiner Existenz – was war das Leben schon ohne den Stamm wert? – verriet sich in jeder seiner Bewegungen. Dem Tsirr fehlte die grenzenlose Zuversicht des gewöhnlichen Ferronen, mit unverrückbarer Sicherheit zu wissen, wohin er gehörte.

»Ihr seid ein gütiger Mann, Verehrter«, wandte sie sich an den Karanjul. »Wie sonst hättet Ihr in ein derartig verantwortliches Amt aufrücken können?«

Das Gesicht des Mannes verdunkelte sich etwas, als sein Herz seinen Schlag beschleunigte. Nenivers Kompliment verfing. »Was du nicht sagst«, sagte er.

»Aber natürlich«, fuhr sie fort. Sie beugte sich vor, deutete eine Verneigung an. »Sind wir doch ehrlich, ohne die Dienste euresgleichen wären wir alle verloren – der höchste Stammesfürst ebenso wie der einfachste Hirte oder der Besucher von anderen Welten. Männer wie Ihr seid es, die ihnen die richtige Richtung weisen.«

»Nun, das …«

Neniver gab ihm keine Gelegenheit, seine Gedanken zu ordnen. »Glaubt mir, ich sage das nicht, um Euch zu schmeicheln. Bedenkt nur Eure Verantwortung.« Sie hob den Arm und deutete auf das Straßengewirr, das sich hinter dem einfachen Verbundplastikcontainer dahinzog, in dem der Mann seine Tage und Nächte verbrachte. »Karanjul schlafen nie«, sagte man – eine offensichtliche Übertreibung, aber im Kern traf die Aussage zu. Ein Karanjul hatte kein anderes Zuhause als einen Container oder die Hütte am Eingang seines Viertels. »Das Quartier der Takmir«, verkündete Neniver, »des stolzesten aller Stämme der Ebene. Die Perle Thortas, gerühmt auf allen Welten Tanos'. Ich bin sicher, die Takmir betrauen nur die Besten der Besten mit dem Amt des Karanjuls. Ihr …«

Neniver brach ab, als sie winzigen Falten bemerkte, die sich um die Mundwinkel des Mannes gelegt hatten. Sie übertrieb.

»Ja«, sagte der Karanjul. »Ich höre …«

»Nun, ich weiß um die Vielzahl Eurer Pflichten, Verehrter, deshalb will ich Euch nicht zu lange aufhalten. Ich benötige nur eine Auskunft.«

Der Mann hob beinahe reflexartig den Arm. Der Hauch eines Gewebes legte sich über die Silberstreifen seines Ärmels. Noch bevor Neniver ihre Frage aussprechen konnte, hatte sich der Hauch zu einem Display verdichtet, das sich an den Unterarm des Karanjuls schmiegte. Das Emblem der Takmir, die Rundaxt, mit der ihre Vorfahren den endlosen Wäldern die Felder und Weiden abgetrotzt hatten, zeigte an, dass das Uplink zum Intranet des Stammes verfügbar war.

»Ich suche Tak-belken«, sagte sie. »Wisst Ihr, wo ich ihn finde? Ich …«

Der Mann ließ den Arm sinken und rief: »Warum hast du das nicht gleich gesagt?« Seine nüchterne Geschäftsmäßigkeit war zurückgekehrt, nicht aber – wie Neniver verblüfft feststellte – seine Herablassung für die Tsirr. »Geh die Hauptstraße hinunter, an der dritten Abzweigung …«, der Karanjul erklärte ihr den komplizierten Weg mit einer Klarheit, die seinem Stand Ehre machte. Er schloss mit den Worten: »Du beeilst dich besser, es hat schon begonnen.«

Neniver dankte ihm und machte sich hastig auf den Weg. Der Karanjul durfte ihre Verwirrung nicht bemerken. Eine Tsirr, die sich in das Quartier eines Stammes vorwagte, war ein ungewohnter Anblick. Neniver hatte mit Nachfragen gerechnet, hatte sich die Geschichte zurechtgelegt, Tak-belken hätte sie als »Hilfe im Haus« angefordert. Sie hatte sich gegen das schmierige Grinsen des Karanjuls gewappnet – »Hilfe im Haus« war der Euphemismus der Ferronen für eine Prostituierte –, auch dagegen, dass der Karanjul versuchen würde, seine Stellung auszunutzen, um etwas Hilfe für sich selbst abzuzweigen. Aber das?

Der Mann hatte Tak-belkens Namen gekannt, ein fast unmöglicher Zufall angesichts der hunderttausend Takmir, die das Quartier bevölkerten. *Kann er es sein? Oder jage ich einem Gespenst hinterher?,* fragte sie sich. Ein Stechen zuckte von ihrer Leistengegend hinauf. *Oder jagt man mich einem Gespenst hinterher?* Das Fleisch drückte schmerzhaft gegen ihren Leib. Die eng anliegende Mode hatte sie dazu gezwungen, es mit einem Tuch fest gegen ihre Haut zu binden – und das Fleisch mochte es nicht, wenn man es drangsalierte.

Der Wohncontainer des Karanjuls war hinter einer Biegung zurückgeblieben. Die Straße verengte sich, die mit Imitatholzbalken verkleideten Häuser der Takmir schlossen sie immer stärker ein. Sie erhoben sich vier, fünf Stockwerke hoch, und jede der Etagen reichte weiter in die Straße hinein. Vom Himmel blieb lediglich ein schmaler Streifen. Nur für zwei Stunden am Tag berührten die Strahlen von Tanos das Pflaster. In dieser Zeit ruhte das öffentliche Leben im Quartier, um danach erfrischt mit vielfacher Stärke wieder einzusetzen.

Es war später Nachmittag. Kinder spielten in den Gassen. Die Läden und Werkstätten in den Erdgeschossen hatten die

Flügeltüren weit geöffnet. Von überallher schien der Duft von Essen zu dringen. Ferronen von vielen anderen Stämmen schlenderten von Laden zu Laden. Die Takmir zählten zwar, im Gegensatz zu Nenivers Schmeicheleien, zu den kleineren und weniger angesehenen Stämmen der Ferronen, aber ihre Handwerksarbeiten erfreuten sich unleugbar gewisser Beliebtheit.

Neniver spürte, wie sie immer wieder neugierige Blicke streiften. Der Karanjul hatte die Nachricht von der Tsirr in das Stammes-Intranet gespeist. Damit war das Wissen um ihre Anwesenheit Allgemeingut, aber andererseits musste sie keine Übergriffe befürchten. Der Karanjul hatte sie geprüft und auf das Stammesgebiet vorgelassen, damit war sie legitimiert – so lange sie nicht von dem Weg abwich, den ihr der Karanjul beschrieben hatte. Und dafür, dass es so blieb, sorgten seine Standesgenossen, die an fast jeder Ecke ihre Posten hatten. Neniver *musste* zu Tak-belken, ob sie es wollte oder nicht, und an ersterem kamen ihr zunehmend Zweifel.

»Warum hast du das nicht gleich gesagt?« Die Worte des Karanjuls wollten ihr nicht aus dem Kopf gehen. Er hatte Tak-belken gekannt. Aber das durfte nicht sein, sie durfte kein Aufsehen erregen, sonst wurde ihre Aufgabe unmöglich. Von dem Tag an, an dem sie das Fleisch gekostet hatte, hatte Neniver nur ein Gedanke beherrscht: der, bis zur Unkenntlichkeit zu verblassen, in der Masse der Ferronen unterzutauchen, sich in Unauffälligkeit zu üben, bis sie einen Zustand der Unsichtbarkeit erlangte – nicht physischer Natur, sondern psychischer. Sie wollte als eine Ferronin erscheinen, die so durchschnittlich, so eigenschaftslos wirkte, dass man sie bereits nach dem ersten flüchtigen Blick vergaß.

Der alten Frau, die sie mit dem Fleisch genährt hatte, war das gelungen. Neniver hatte nichts unversucht gelassen, sie ausfindig zu machen. Da war eine Lücke in ihrem Gedächtnis; die Stunden, nachdem sie vom Fleisch gekostet hatte, blieben verschwunden. Das Letzte, an das sie sich erinnerte, war der nussige Geschmack des Fleisches, dann war sie in einem Krankenhausbett erwacht, umringt von Sic-tassul und anderen besorgten Freunden – und hatte gewusst, dass Sic-lyeir, die Frau, die sie gewesen war, tot war.

Und innerhalb weniger Wochen war Sic-lyeir auch für die ihren gestorben. Neniver hatte sich in sich selbst zurückgezogen, oder vielmehr in die Welten, die ihr das Fleisch zeigte. Es waren Visionen, Wahrträume – Neniver zweifelte keinen Augenblick an ihrer Glaubwürdigkeit –, die sie nicht mehr losließen. Ihr Interesse am Themarium erlosch, als hätte es nie existiert. Was sollte sie auch die Geschichte der Ferronen scheren? Sie gehörte nicht zu diesem Volk.

Mehr noch, sie fürchtete es.

Sic-tassul kämpfte um sie. Geduldig versuchte sie, zu Sic-lyeir vorzustoßen, der Freundin, die sie irgendwo in diesem Körper vermutete, der zu einem Ball zusammengerollt im Bett lag und mit verzweifelter Kraft um sich schlug, wenn sie ihn berühren wollte. Ihre Suche blieb erfolglos, Sic-lyeir existierte nicht mehr. Es gab Momente, an denen Neniver sich anvertrauen wollte, überwältigt von der Liebe, die Sic-tassul ihr entgegenbrachte. Doch jedes Mal, wenn sie es versuchte, stieg ein Wahrtraum in ihr auf: Sie sah eine Ferronin. Mit den Fingern beider Hände umklammerte sie ein Messer, einen Nypol, und stach auf einen Körper ein, der am Boden lag – einen Angehörigen ihres, Nenivers Volks. Und im selben Moment erkannte sie immer die Täterin. Es war Sic-tassul, ihr Gesicht vor Erregung dunkelblau verfärbt. Die Linien des Hasses gruben sich tief in die Haut. Es war Sic-tassuls wahres Gesicht, Neniver spürte es.

Die Wochen zogen sich dahin. Neniver verlor zusehends an Gewicht, ihr Appetit schien für immer verloren. Sic-tassul besuchte sie nur noch einmal am Tag, dann jeden zweiten, schließlich beschränkte sie sich auf Visiphonanrufe, die Neniver von ihrem Komm-System abblocken ließ. Andere Freunde und Stammesangehörige unternahmen halbherzige Versuche, zu ihr durchzudringen, gaben aber nach einem Blick in ihre abwesenden Augen auf.

Als Neniver schließlich eines Nachts aus Sic-harum davonschlüpfte, geschah – nichts. Der Stamm, der sich zunehmend Sorgen um sein Ansehen gemacht hatte, war insgeheim erleichtert, einen gesichtswahrenden Ausweg aus der Klemme zu finden, in der er sich sah. Die begabteste Künstlerin der Sicha, die über Nacht den Verstand verlor – die anderen Stämme, insbesondere die Hètar, die noch immer jedes Unglück der Sicha als ihr eigenes Glück verbuchten, hätten sich noch Jahre die Mäuler darüber zerrissen. Sic-lyeir wurde totgeschwiegen, und die meisten Freunde und Bekannten folgten der Stammeslinie. Mit Ausnahme Sic-tassuls: Die Freundin versuchte noch lange Zeit den Aufenthaltsort Nenivers herauszufinden – ohne Erfolg.

Wie auch? Neniver war nach Thorta gereist, der fernen Hauptstadt. In der Masse ihrer Bewohner, die mehrere Dutzend Millionen zählte, wollte sie untertauchen, ihre Vergangenheit hinter sich lassen. Das gelang ihr auch, zumindest teilweise. Die meisten Viertel Thortas waren fest in der Hand der Stämme, enge Gemeinschaften, die dem Einzelnen Stabilität und Sicherheit gaben, aber die Reihen gegenüber Außenseitern fest geschlossen hielten. Was Neniver suchte, war die Zwischenwelt, waren die Gemeinschaften der Ausgestoßenen. Sie fand sie im Norden der Stadt, am Rand des Raumhafens, nur wenige Kilometer vom Roten Palast des Thorts entfernt, und doch in einer anderen Welt. In verlassenen Lagerhallen, die noch aus der Zeit der interplanetarischen Raumfahrt stammten, hausten die Tsirr, von unterdimensionierten Schirmfeldern nur unzureichend vor dem Triebwerkslärm der startenden und landenden Raumer geschützt. Die Tsirr fragten nicht, woher man kam, tolerierten jede Laune, jedes abnorme Verhalten, mit Ausnahme von einem: den anderen zu fragen, wie es ihn hierher verschlagen hatte.

Drei Straßenzüge vor dem Haus Tak-belkens verdichtete

sich die Menge der Ferronen und versperrte Neniver den Weg. Beim Anblick der kompakten Masse stieg Ekel in ihr auf, sie sträubte sich, an den plumpen Leibern der Ferronen zu reiben. Neniver spürte ein Kribbeln in Armen und Schulterblättern. Sie wünschte sich, sie könnte in die Höhe steigen, sich über die Ferronen erheben und davonfliegen – wie ihre Vorfahren.

An dem Tag, an dem Neniver das Quartier der Tsirr betrat, war Sic-lyeir, ihr Leben als stolze Sicha unwiderruflich vergessen. Nicht aber Nenivers neue, wahre Vergangenheit. Das Fleisch schickte ihr immer neue Visionen, ließ sie immer neue Episoden aus der Geschichte ihres Volkes erleben. Neniver verkroch sich hinter der schweren Metalltür des ehemaligen Kühlraums, in dem sie schlief, entschlossen, nie wieder hervorzukommen.

Das Fleisch hatte andere Pläne.

Es schickte sie hinaus, auf die Straßen und Plätze Thortas, seine Parks, in die Maglev-Bahn und ihre Stationen, die Thokandir, die Zonen der Begegnung, die jedem Ferronen offen standen, unabhängig davon, welchem Stamm er angehörte oder welcher ihn verstoßen hatte. Unablässig zog Neniver durch die Stadt, auf der Suche nach – wonach eigentlich?

Sie wusste es nicht. Das Fleisch verriet es ihr nicht. Wenn überhaupt, sprach es zu ihr in Wahrträumen, nicht in Worten. Manchmal versuchte Neniver zu ihm zu sprechen, befahl in Gedanken wütend *Rede mit mir!* oder flehte es an, nur ein einziges Wort an sie zu richten. Es half nichts. Das Fleisch schwieg und setzte seinen Willen durch.

Und eines Morgens, als sie in den improvisierten Spiegel, der in ihrer Kammer hing, blickte, verstand Neniver. Ihr Gesicht war immer noch jung und faltenlos, attraktiv nach ferronischen Maßstäben. Unvermittelt verspürte sie Lust. Begehren. Sie wollte sich mit ihresgleichen vereinigen, ihren Teil dafür tun, dass ihr Volk nicht ausstarb.

Nur, wie? Ihr Volk war ein kleines, die Wahrträume ließen

daran keinen Zweifel. Und es war ein weit verstreutes, viele seiner Mitglieder ahnten ihre wahre Zugehörigkeit nicht einmal. Wie sollte sie sie finden? Es gab kein äußerliches Zeichen, keine geheimen Treffpunkte, keine enthüllenden Gesten. Sie war auf den Zufall angewiesen – und das Fleisch, denn sie fühlte, dass es ein Mitglied ihres Volkes erkennen würde. Wie, darüber konnte sie nur Vermutungen anstellen.

Was immer der Mechanismus war, er war ein mächtiger. Als er anschlug, in einer Maglev-Station in der Nähe des Palasts, raste ihr Puls, ihre Sinne waren unvermittelt geschärft. Es war ein unscheinbarer Mann, mittelgroß, die Haare zu den traditionellen Zöpfen der Takmir geflochten. Seine Uniform wies ihn als Malandan aus, den Leibdiener einer Stammesmutter.

Tak-belken, ein Hack in das Intranet des Stammes hatte ihr seinen Namen verraten, war ein Mann, der in seiner Aufgabe aufging. Fast rund um die Uhr blieb er in Gegenwart der Stammesmutter, die ihrerseits von mehreren Leibwächtern begleitet wurde. Neniver erkannte, dass ihre einzige Chance, ihn zu stellen, darin bestand, ihn zu Hause aufzusuchen.

Seit sie Tak-belken zum ersten Mal gesehen hatte, schickte ihr das Fleisch neue Wahrträume. Immer wieder durchlebte sie, wie sie ihm gegenübertrat, seine Augen sie verständnislos anstarrten und dann, als er verstand, aufleuchteten. Und als sie einander berührten, erglühte in ihr ein Gefühl der Erfüllung, wie sie es noch nie zuvor verspürt hatte. Sie musste zu Tak-belken.

Doch da war noch etwas. Anfangs war es nur ein fingerspitzengroßer Knoten gewesen, eine Handbreit über ihrer Leiste, aber schließlich war es zu einem faustgroßen Gewebeklumpen angewachsen. Es war das Fleisch, das es danach drängte, seine eigene Erfüllung zu finden. Die Schmerzen, die von ihm ausgingen, nahmen mit jedem Tag zu.

Die Menge der Ferronen war in der Zwischenzeit noch dichter geworden. Von überallher strömten Schaulustige heran, manche der Händler versperrten sogar die Flügeltüren ihrer Läden und zwängten sich ins Gedränge. Was ging hier vor? Neniver war mit den Gebräuchen der Takmir nicht in jeder Einzelheit vertraut, aber sie war sich sicher, dass heute kein Feiertag anstand – und im Übrigen schienen die Schaulustigen nicht in Festtagsstimmung.

Sollte sie versuchen, die Menge zu umgehen? Das hätte bedeutet, sich an weitere Karanjul zu wenden, weitere Aufmerksamkeit auf sich zu ziehen. Nein, das kam nicht in Frage. Neniver überwand ihren Widerwillen und drückte sich zwischen den Leibern hindurch. Sie glichen dem ihren, aber dennoch verursachte ihr die Berührung der haarlosen, trockenen Haut der Ferronen beinahe Übelkeit. Einen Augenblick lang fragte sich, warum der Gedanke Tak-belken zu berühren, sie nicht ekelte, dann erahnte sie die Antwort: Er gehörte zu ihrem Volk, die äußere Hülle zählte nicht.

Nach einigen Minuten wurde die Wand der Leiber noch dichter. Neniver kämpfte sich mit ausgestreckten Unterarmen weiter. Unvermittelt tat sich vor ihr eine leere Fläche auf, sie hatte die vorderste Reihe erreicht. Etwa fünfzig, sechzig Schritte weiter bogen einige Ferronen um die Straßenecke, Lapul-Hörner an ihren Lippen. Aus den Mündern der Hörner, die wie ein vielfach gewundener Kragen auf den Schultern ihrer Träger ruhten, drang ein tiefes, lang gezogenes Brummen. Weitere Musiker mit Lapul-Hörnern bogen um die Ecke, Neniver zählte über zwei Dutzend von ihnen. Das Brummen schwoll an, behielt aber seine perfekte Gleichmäßigkeit, da sich die Männer mit dem Atem schöpfen abwechselten.

Es war eine Beerdigung.

»Eines muss man ihr lassen, sie lässt sich nicht lumpen«, sagte die Frau neben Neniver anerkennend.

»Ach ja?«, antwortete Neniver abwesend. Sie musste weiter, der Karanjul hatte doch gesagt, sie solle sich beeilen.

Der Zug war jetzt beinahe auf ihrer Höhe. Das Brummen

durchdrang ihren Körper, ließ ihn vibrieren. Hinter den Musikern kamen Männer und Frauen in grünen Trauerumhängen. An langen Stangen trugen sie Wimpel mit frommen Zitaten. In regelmäßigen Abständen ließen die im Gewebe der Wimpel eingewirkten Nanoroboter die Buchstaben verblassen und schrieben neue Zitate.

»Länger als die Sonne sollst du leben«, las Neniver. Und: »Die Sonne sei dein Begleiter.«

Neniver verdrehte hilflos den Kopf. Die Straße war zwar etwas breiter als die Gasse, aus der sie gekommen war, aber die Ferronen standen dicht gedrängt bis an die Häuserwände. Und durch die Prozession in der Straßenmitte zu gehen – das war ein unmöglicher Tabubruch, die Menge hätte sie gelyncht.

»Ich wünschte, ich könnte auch in Tak-basirs Diensten stehen«, seufzte die Frau. »Dann würde …«

Nenivers Kopf ruckte herum. »Hast du Tak-basir gesagt?« Tak-basir, so hieß die Stammesmutter, der Tak-belken diente.

»Ja, das ist doch …«

»Was hat sie mit dem hier zu tun? Ist sie etwa … tot?«

»Nein, nein«, antwortete die Frau. »Wie kommst du darauf? Ihr Begräbnis wäre viel prachtvoller! Das hier ist nur das von einem ihrer Diener. Ich glaube, er hieß Tak-belken.«

Neniver hörte die letzten Worte der Frau kaum noch. Das Rutengeflecht, mit dem man den Toten über das Pflaster zog, war auf ihrer Höhe angekommen. Und in dem Geflecht lag ein Mann in der Uniform eines Leibdieners, das Haar zu Zöpfen geflochten, auf dem Antlitz den Ausdruck grenzenloser Überraschung, als hätte er seinen Tod im letzten Augenblick geahnt.

Tak-belken.

Neniver war zu spät gekommen.

15.

»Du bist keine Ferronin.«

Seit sie das Fleisch der Erinnerung gekostet hatte, hatte Neniver Angst vor diesem Satz gehabt, hatte sie gefürchtet, für was er stand.

Und er war ihr vertraut – in Abwandlungen. »Du gehörst nicht zu uns!« Wie oft hatte sie diese Worte gehört? Und wie viel öfter noch waren sie unausgesprochen geblieben, weil der Betreffende sie schweigend ausgeschlossen hatte. Ladenbesitzer hatten sie nicht bedient, niemand hatte ihr Wohnräume in einem der »normalen« Viertel vermieten, niemand sie in seine Dienste aufnehmen wollen. Die Ferronen hatten gespürt, dass sie nicht zu ihnen gehörte. Und sie hatten getan, was jedes intelligente Wesen tun würde, sie hatten Neniver in ihr Wertesystem eingeordnet, auf der untersten Stufe, als Tsirr. Keiner von ihnen hatte geahnt, was sie wirklich war.

Nicht so Rhodan.

Neniver machte auf einem hervorstehenden Felsen halt und sah zu dem Terraner auf. Die beiden Flüchtenden stiegen eine weitere Schlucht auf dem Weg zu dem Fort hinab, von dessen Existenz Rhodan überzeugt war. Der Terraner hielt ebenfalls an und erwiderte ihren Blick aus einigen Schritten Entfernung. Sein Gesicht war schmaler geworden, aber Neniver glaubte darin noch größere Entschlossenheit zu lesen. Und noch etwas: Mitgefühl. Rhodans Worte waren keine Anklage gewesen.

»Nein, das bin ich nicht«, antwortete sie schließlich.

Neniver erwartete weitere Fragen, aber sie kamen nicht. Noch nicht. Der Terraner nickte langsam, dann zeigte er nach unten, zum Grund der Schlucht.

Sie setzten ihren Weg fort. In den letzten Stunden hatten sie beträchtlich an Höhe verloren, nur noch gelegentlich mussten sie Schnee- oder Eisfelder überqueren. Der Wind hatte viel von seiner Schärfe eingebüßt.

Neniver musste sich zwingen, nicht mit weiten Sätzen von Fels zu Fels zu springen. Sie war frei. Zum ersten Mal, seit das Fleisch ihr Leben bestimmt hatte, spürte sie, dass sie auf dem richtigen Weg war. Etwas geschah mit ihr, sie veränderte sich. Sie zehrte von ihrem Ferronenkörper, verbrannte sein überschüssiges Fett, sein Gewebe und bildete aus ihm das Fleisch, das sie Rhodan spendete. Doch das war nicht alles. Ihr Körper wuchs an manchen Stellen – der Druck gegen die Uniform war nicht mehr abzustreiten –, an anderen schwand er dahin. Sie wusste nicht, wohin diese Veränderungen führen würden, aber sie hatte eine Vermutung – und grenzenloses Vertrauen.

Sie hörte Rhodans Stimme. Der Terraner war zu einem Entschluss gekommen. »Neniver, ich will mehr über dich, über dein Volk erfahren.«

»Später, wenn es Nacht wird«, sagte sie.

Rhodan vertraute ihr. Er wartete, bis es dunkel war und sie einen Unterschlupf gefunden hatte.

Dann aß er wieder das Fleisch …

Srenache liebte es draußen zu sein, auf Patrouille. In langen Kreisen schraubte er sich in den Himmel Pigells, getragen von den feuchtwarmen Luftblasen, die sich jetzt, kurz bevor Tanos hinter dem Horizont versank, von den Inseln im planetenumspannenden Sumpfmeer lösten.

Die warmen Winde schienen ein Versprechen. Sie streichelten liebevoll über seine Flughäute, flüsterten ihm zu *alles wird gut*, waren eine fühlbare Versicherung, dass sich nicht das ganze Universum gegen ihn und die seinen verschworen hatte.

Er warf sich herum, als seine Flügelspitze eine stärkere

Thermik ertastete. Die Insel unter ihm schrumpfte noch schneller zusammen.

Srenache hatte keine Angst. Er war nicht wie der alte Kcheelmu, der das Sayest – ihre Zuflucht, ihre Festung – seit dem Tag vor vielen Jahren nicht mehr verlassen hatte, an dem er einen Gleiter am Horizont gesehen hatte – oder vielmehr es sich eingebildet hatte, wie Srenache vermutete. Srenache war auch nicht wie die Ttorere, die »Erdschweine«, die sich in namenloser Furcht im Sayest verkrochen, während ihre Flughäute langsam zu schrumpeligen Gewebelappen verkümmerten. Srenache verachtete sie. Wie konnten sie nur das größte Geschenk missachten, das ihnen ihre Vorfahren mitgegeben hatten? Spürten sie nicht, dass die Flügel ihnen wahre Freiheit, die der Seele, schenkten?

Srenache war nun hoch genug, die gesamte Insel zu überblicken. Unter ihm zog sich die geschlossene Pflanzendecke des Dschungels dahin, ein grünes Dach, das sich mehr als hundert Meter über der eigentlichen Oberfläche der Insel dahinzog – und das Sayest schützte. Nicht der geringste Hinweis auf die Festung durfte aus der Pflanzendecke ragen, keine Strebe, kein mit Werkzeugen bearbeiteter Baumstamm, geschweige denn die Antenne eines Ortungsgeräts, zu groß war das Risiko der Entdeckung. Und was mit den Ingul geschehen würde, wenn man sie entdeckte, trichterte man den Kindern ein, noch bevor sie sprechen konnten.

Srenache starrte angestrengt hinunter, ohne die Festung ausmachen zu können. Er kannte ihren Standort, aber seine Augen bestätigten sein Wissen nicht. Er zog die Infrarotgläser aus einer Hautfalte – eine Bewegung, bei der es sich nicht vermeiden ließ, einen der Flügel für einige Sekunden einzuklappen. Sich überschlagend verlor Srenache Höhe, fing sich aber schon nach wenigen Metern routiniert ab. Er schob die Infrarotgläser vor die Augen, ihre unteren Ränder lagen auf den Hornplatten auf, die sein Gesicht bedeckten.

Das grüne Dach färbte sich in verschwommenes Orange,

unterbrochen von blauen Flächen, Teichen und kleinen Seen. Rote Punkte strichen hin und her, Tiere, die in den verschiedenen Etagen der Urwaldriesen ihre Heimat gefunden hatten. Srenache lenkte seinen Blick auf das Sayest, konnte aber nur einige große tiefrote Punkte wahrnehmen, die sich langsam durch den Dschungel schlängelten. Es waren Thermoflammer, furchtbare Springschlangen, aus deren Rachen sich die Glut der Sonne ergoss. Sie waren die Wächter der Festung, Geschöpfe, die ihre Vorfahren aus harmlosen, kaum armlangen Schlangen erschaffen hatten.

Srenache zog die Gläser ab und verbarg sie in einer Hautfalte. Sie waren das einzige Stück technischen Geräts, das man auf Patrouille mitnehmen durfte. Und auch das war nur nach einem monatelangen Streit gestattet worden, der das Sayest beinahe gespalten hatte. Was geschah, wenn die Tefroder eines am Körper eines Inguls fanden? Würden sie dann immer noch daran glauben, ein Tier vor sich zu haben? Srenache hatte nur wütend mit den Flughäuten geschlagen. Tefroder! Seit Generationen hatte man keine Spur mehr von ihnen gefunden. Wie viele Jahrhunderte sollte sein Volk noch in Angst leben?

Sein Blick wanderte weiter, angezogen von der Küstenlinie seiner Heimatinsel. Das Grün des Urwalds machte dort dem Grau der Nebel Platz, die tagsüber das Meer Pigells bedeckten. Nachts lösten sie sich auf und gaben den Blick auf die Sterne frei, von denen ihre Vorfahren angeblich herabgestiegen waren.

Srenache kümmerten die Sterne nicht. Sie waren endlos weit entfernt, unnahbar. Aber das Meer …

Er dachte an Telmagee. Morgen. Morgen war es soweit. Er und Telmagee würden in das Meer vorstoßen, auf die Furcht der zahnlosen Alten pfeifen und in die Fluten steigen, ausgerüstet mit Schutzbrillen und Flossen, die Telmagee in den letzten Monaten gezüchtet hatte. Immer wieder hatte Srenache den Kopf in die Fluten getaucht, nachdem er einmal aus Unachtsamkeit in das Meer gefallen war. Und in den wenigen Sekunden, die ihm geblieben waren, bevor das unerträgliche Brennen des Salzwassers ihn zwang, die Augen zu schließen, hatte er eine vielfarbige Welt erblickt, die ihn nicht mehr losließ. Er wollte sie erkunden, erfühlen, mit jeder Faser seines Körpers erfahren. Und vielleicht, aber diesen Gedanken teilte er nicht einmal Telmagee mit, würden sie sogar auf Brüder und Schwestern stoßen. Den Zweig der Ingul, von dem man murmelte, dass er vor langer Zeit im Meer Zuflucht vor den Tefrodern gesucht hatte.

Ein Fauchen drang aus dem Schreien und Knacken des Urwalds hervor. Srenache wandte den Kopf und sah die glühende Strahlenzunge eines Thermoflammers verblassen. Das Zeichen zur Rückkehr. Widerwillig machte Srenache kehrt. Die Scheibe von Tanos war hinter der Planetenkrümmung verschwunden, er musste sich beeilen, wollte er noch vor Einbruch der Dunkelheit zum Sayest gelangen. Srenache hatte sich oft gefragt, wieso ihre Vorfahren, die ihnen die Gestalt von Fledermäusen geschenkt hatten, ihnen nicht auch die Fähigkeit zur Echoorientierung gegeben hatten. Die einzige Antwort, die ihm einfiel, war, dass auch sie fehlbar gewesen waren, keine Götter, wie die meisten Ingul glaubten.

Wenige Minuten später durchbrach er das Blätterdach. Der modrige Duft des Waldes flößte ihm ein Gefühl der Enge ein. Routiniert glitt er den Stamm eines Urwaldriesen hinunter. In halber Höhe machte er Halt und tippelte einen mannsgroßen Ast entlang, der in einer dichten Wand von Blättern endete. Ohne seinen Lauf zu verlangsamen durchstieß er die Wand – und betrat das Sayest.

Eine der Tekoi, der Jungen, die das Fleisch der Erinnerung noch nicht gekostet hatten, versperrte ihm mit einem Projektilgewehr in den Händen den Weg.

»Halt! Wie lautet die Parole?«, rief sie.

Srenache plusterte die Flughäute abfällig auf. »Nicht so aufgeregt. Sehe ich aus wie ein Tefroder?« *Und wäre ich einer,* fügte er in Gedanken hinzu, *glaubst du wirklich, du könntest mich damit aufhalten?* Das Gewehr stammte noch aus den Arsenalen der Vorfahren. Es taugte, um sich die Tiere des Waldes vom Leib zu halten und auch das nur, wenn das Material nicht bereits zu sehr ermüdet war und das krepierende Gewehr den Schützen zerfetzte. Aber um sich der Tefroder zu erwehren? Unmöglich, sollten sie auch nur einen Bruchteil der Macht besitzen, die ihnen die Erdschweine zuschrieben.

»Nei… nein«, gab die Tekoi zu. »Aber es ist … heute ist ein …« Sie brachte den Satz nicht zu Ende.

Was hat sie nur? Srenache schob den Gedanken zur Seite. Sollten die Erdschweine und die verzagten Alten und die Tekoi, denen man jedes Schreckensmärchen auftischen konnte, sich um ihre eigenen Angelegenheiten scheren. Er hatte, obwohl er erst auf 25 Sonnenumläufe zurückblicken konnte, genug Fehlalarme miterlebt, um ihrer müde zu sein. Er musste zu Telmagee. Er brannte darauf zu erfahren, ob sein Freund die Vorbereitungen für ihren Vorstoß abgeschlossen hatte.

»Nun, ich wünsche dir weiterhin eine gute Wacht«, sagte Srenache und drängte sich an der Tekoi vorbei, ohne die Parole gesagt zu haben.

Telmagees Baumhöhle lag am gegenüberliegenden Ende der Festung. Einen Teil des Weges legte Srenache auf Ästen zurück – fünfzig, sechzig Meter unter ihm der Boden des Urwalds. Immer wieder entfaltete Srenache die Flughäute und flog kurze Strecken. Im Stillen verfluchte er die Altvorderen, die das Sayest gezüchtet hatten. In ihrem Sicherheitswahn hatten sie ein System von kleinen, durch dichte Vegetation voneinander abgetrennten Abteilen geschaffen, das ein schnelles Fortkommen unmöglich machte.

Zudem waren die Äste überfüllt. Selbst Erdschweine, die es für gewöhnlich vorzogen, sich so nahe wie möglich am Boden zu verkriechen oder sich sogar in ihn einzugraben, waren auf die oberen Ebenen gekommen. Ängstlich klammerten sie sich an kleinere Zweige, als Srenache sich energisch seinen

Weg durch die Menge bahnte. Sie wussten, dass ihre verkümmerten Flughäute sie nicht tragen würden, verlören sie das Gleichgewicht.

Etwas war geschehen. Srenache spürte die Aufregung, eine Mischung aus Freude und Entschlossenheit. Und da war da noch ein Gefühl, wie er es nie zuvor wahrgenommen hatte. Seine Flughäute spannten sich.

Immer wieder fing er Bruchstücke von Worten und Sätzen auf.

»Tankan!«

»... nicht zögern!«

»Sie oder wir!«

»Zeigen wir es ihnen!«

Srenache stürmte in die Baumhöhle des Freundes ohne den vorgeschriebenen Begrüßungsruf auszustoßen oder den rituellen Augenblick der Höflichkeit abzuwarten.

Zuerst glaubte er, Telmagee wäre nicht zu Hause, dann sah er den Freund. Er kauerte, die ungleich gewachsenen Flughäute zu einem schützenden Dach über Körper und Kopf zusammengeschlagen an der Wand der runden Höhle. Seine schwarze Haut verschmolz beinahe mit der Kadir-Oberfläche des Baumes, die die Ingul vor den Spürgeräten der Tefroder schützte.

»Telmagee, was hast du?«

Der Freund steckte seinen Kopf zwischen den Flughäuten hervor und flüsterte: »Es ist aus, Srenache. Aus unserem Ausflug wird nichts.«

»Was meinst du damit? Es ist doch alles bereit!« Srenache trat an den Tisch, auf dem ihre Ausrüstung lag. Zwei Schutzbrillen und Flossen, die sie sich über die Füße stülpen würden. An den Schutzbrillen wuchsen Rohre, deren unteres Ende sich zum Mund des Trägers bogen. Mit ihrer Hilfe konnte man unter Wasser atmen, Telmagee hatte es ihm in einem der Tümpel in der Nähe der Festung vorgeführt. Es war das, was Srenache an seinem Freund so schätzte: Telmagee hatte das

Fleisch der Erinnerung gekostet und nutzte sein Wissen, ohne deshalb aufzuhören, sich eigene Gedanken zu machen.

»Schließen die Brillen nicht dicht?« Srenache griff nach dem beinahe durchsichtigen Pflanzenmaterial. Telmagee mochte von manchen der Ingul der Festung Krüppel gerufen werden, seine Meisterschaft in der Manipulation von Genen war unbestreitbar. »Keine Sorge, das bekommen wir schon …«

»Bist du taub?« Telmagee erhob sich fahrig. »Du kommst doch von draußen. Hast du nicht gehört, was die Leute sagen?«

»Was schert uns das Gerede der Leute? Wir haben Großes vor, mein Freund! Hast du schon die zarte Leichtigkeit des Wassers auf deinen Flughäuten vergessen? Eine neue Welt wartet auf uns!«

»Ja, das tut sie.« Ein aufgeregtes Glitzern trat in Telmagees Augen. »Und nichts ist vergessen. Aber das Meer muss noch warten. Ein Kurier ist von Serguea gekommen. Die Späher der Insel haben eine Horde Tankan entdeckt. Sie wollen, dass wir ihnen beistehen.«

Tankan. Bilder stiegen in Srenache auf, gespeist aus dem Fleisch der Erinnerung, das er vor fünf Sonnenumläufen gekostet hatte. Er sah Echsen, sie mussten mindestens doppelt so groß wie die Ingul sein. Sie besaßen drei Gliedmaßenpaare, die vordersten endeten in unterarmlangen Krallen – Krallen, die sich in einen der Ingul bohrten. Die Echse holte zu einem weiteren Schlag aus, Srenache sah etwas davonfliegen. Es ähnelte dem Kopf eines Inguls. Ihm wurde übel.

Er riss sich los.

»Tankan?« Mit Mühe gelang es ihm, die Bilder beiseite zu stoßen. »Na und? Sag mir einen Ingul, den sie je belästigt hätten. Zugegeben, unsere Vorfahren müssen mit ihnen Ärger gehabt haben, aber das ist lange her. Seit Balrugh und N'naan selten geworden sind, sieht man sie kaum noch.« Balrugh und N'naan waren Pflanzen, ohne die die Echsen nicht überleben konnten.

»Unsere Brüder und Schwestern von Serguea sind anderer Ansicht. Sie wollen die Tankan vernichten. Sie sagen, sie haben keine Angst davor, von ihnen überfallen zu werden – die Echsen sind zu dumm, um die Thermoflammer zu umgehen –, aber sie fürchten etwas anderes. Die Tankan wissen um ihre Existenz und den Standort ihres Sayest. Was hindert sie daran, ihn an die Tefroder zu verraten? Diese Biester sind zwar nur Tiere, aber eine gewisse Intelligenz kann man ihnen nicht absprechen. Oder die Tankan könnten sie unabsichtlich verraten.«

»Wir brechen morgen früh auf, Srenache«, fuhr Telmagee fort, als sein Freund schwieg. »Der Rat des Fleisches hat es so beschlossen. Alle Ingul, die eine Waffe halten und die Distanz nach Serguea bewältigen können, werden mitkommen.«

»Und du glaubst, du zählst auch zu ihnen, mein Freund? Erkennst du nicht den Irrsinn, zu dem ihre Angst sie treibt?« Srenache umfasste das Handgelenk seines Gegenübers. »Die Tankan sind bessere Tiere, die sich nicht um uns kümmern. Sie sind harmlos. Und selbst wenn sie eine Gefahr für uns darstellten, wäre ein Angriff die schlechteste Wahl. Stell dir vor: Hundert, zweihundert Ingul in Formation mit Gewehren auf dem Rücken und Granaten am Gürtel! Die Tefroder werden uns durchschauen, in uns ihre alten Feinde wieder erkennen.«

Telmagee riss sich los. Er atmete schwer. »Was sollen wir sonst tun? Die Tefroder werden uns alle umbringen. Sie kennen keine Gnade!«

Das Fleisch, es spricht aus ihm!, dachte Srenache. Laut sagte er: »Benutz doch deinen Verstand, Freund! Seit Generationen haben die Ingul keine Tefroder mehr gesehen. Und außerdem, nicht alle von ihnen sind schlecht.« Er musste nicht erklären, was er meinte. Telmagee trug dasselbe Bild in sich. Es war das eines Mannes in einer lindgrünen Uniform, seine eisblauen Augen strahlten zugleich Güte und Entschlossenheit aus. »Er hat uns nichts getan.«

»Einer von Millionen, vor vielen Jahrhunderten. Seine

Knochen sind längst zu Staub zerfallen.« Telmagees Stimme zitterte. »Ich fliege morgen nach Serguea – wie wir alle.«

»Du irrst dich«, flüsterte Srenache, »ich nicht.« Ohne den Freund noch einmal anzusehen, rannte er hinaus.

Die Nacht verbrachte er schlaflos. Der einzige Ingul, mit dem er seine Gefühle hätte teilen können, war Telmagee. Srenache fühlte sich so allein wie noch nie in seinem Leben.

Am kommenden Morgen versammelte sich die Streitmacht der Ingul auf dem zentralen Platz der Festung, einer mehrere Dutzend Meter durchmessenden Plattform aus Ästen, die man mit Pflanzensträngen verstärkt hatte. Es waren drei, höchstens vier Dutzend Kämpfer, die Gemeinschaften der Ingul waren klein und weit verstreut, so wollten es die Vorfahren. Etwa dieselbe Anzahl von Ingul klammerte sich an die Stämme der umgebenden Bäume oder streckte neugierig die Köpfe aus Baumhöhlen. Es waren die Alten und Kranken und die Ttorere mit ihren schlaffen Flughäuten.

Kurz vor dem Aufbruch trat Srenache auf den Platz. Telmagee rannte ihm freudig entgegen. »Du bist hier, Freund! Ich bin ja so froh, dass du dich besonnen hast.«

Srenache machte ein peitschendes Geräusch mit den Flughäuten, ein Nein unter den Ingul. »Im Gegenteil, ich hatte gehofft, dass *du* dich besonnen hättest, aber das war wohl töricht.« Er musterte den Freund von Kopf bis Fuß. Wie alle Übrigen war Telmagee schwer behangen mit Munition – trotz seines schwächlichen Flügels.

Telmagee fragte nur: »Dann kommst du mit?«

»Ja«, sagte Srenache, »aber glaub nicht, dass ich mich an eurem blutigen Geschäft beteilige.« Er wusste nicht, was ihn antrieb, die Sorge um den Freund oder das Fleisch. Vielleicht war es beides.

Die Kämpfer brachen auf. Der Kurier der Nachbarinsel flog voraus, nach Osten. Die grünen Muster auf seinen Flughäuten reflektierten die Sonne. Eine Laune des Zufalls wollte es, dass kein Nebel die Sicht auf das Meer versperrte. Sonnenstrahlen glitzerten verführerisch auf den Wellen. Srenache sehnte sich danach, Telmagee an der Hand zu nehmen und hinabzutauchen.

Der Freund war bester Dinge, scherzte mit den Kämpfern, flog trotz des Gewichts der Munition und Waffen ausgelassene Figuren. Er genoss es, als Gleicher akzeptiert zu werden. Die übrigen Ingul schienen ebenfalls ausgelassen, aber Srenache entging nicht ein unbestimmter Unterton in ihrer Euphorie. Sie lachten zu laut, und wenn sie prahlten – was sie ohne Unterlass taten – überschlugen sich ihre Stimmen.

Nach und nach wurden die Rufe leiser und verstummten schließlich ganz, als die ungewohnte Anstrengung die Kämpfer immer weiter erschöpfte. Eine Gruppe von einem halben Dutzend älterer Ingul musste sogar kehrt machen. Srenache bedrängte Telmagee, sich ihnen anzuschließen, aber der Freund weigerte sich. Schließlich, die Sonne hatte beinahe ihren höchsten Stand erreicht, erblickten sie Serguea. Sie war der Heimatinsel Srenaches zum Verwechseln ähnlich, ein flacher, von einem grünen Dach bedeckter Fleck in Pigells einziger See.

Als sie die Küstenlinie überquerten, lösten sich kleine, dunkle Punkte aus dem Blätterdach und kamen schnell näher, die Streitmacht der Ingul von Serguea.

Die beiden Gruppen vereinigten sich und flogen weiter. Die Ingul von Serguea, es waren keine zwei Dutzend, hatten nicht nur, wie ihr Kurier, ihre Flughäute bemalt, sondern auch ihre Gesichter. Ihre Gesichter waren so bleich wie die der teuflischen Tefroder.

Dann sahen sie die Tankan.

Die Echsen grasten auf einer der Lichtungen, die sich um die Süßwasserteiche bildeten. Sie schienen die Ingul nicht bemerkt zu haben. Der Kurier der Serguea-Ingul stieß einen kehligen Schrei aus und faltete die Flughäute. Wie ein Stein stürzte er der Erde entgegen, die Finger um Handgranaten geklammert. Die übrigen Serguea-Ingul folgten ihm in kurzem Abstand.

Die ersten Granaten explodierten. Srenache sah, dass die Ingul nicht – noch nicht – auf die Tankan selbst zielten, sondern die Herde ins Wasser trieben. Das panische Blöken der Echsen vermischte sich mit dem Donner immer neuer Explosionen und dem Spritzen von Wasser. Und da war noch etwas, Srenache verstand es erst nach einigen Augenblicken: Die Tankan bettelten um ihr Leben! Sie stießen immer wieder das Wort »Frieden« aus, wenn auch schmatzend und mit einer Betonung, die Srenache noch nie gehört hatte.

»Hörst du das?« Sein Kopf flog herum zu Telmagee. »Das ist Mord!«

»Aber … aber, das ist unmö…«

Einer der Kämpfer packte Telmagees Handgelenk und zog die Flügel ein. Sich überschlagend fielen die beiden Ingul dem Boden entgegen, dann faltete auch Telmagee die Flügel zusammen, der freie Fall ging in einen kontrollierten Sturzflug über. Srenache sah, wie der Freund eine Granate vom Gürtel zog.

Die Ingul öffneten die Flughäute und strichen im Tiefflug über das seichte Wasser, in dem sich die Tankan panisch aneinander drängten. Granaten fielen, eine Serie von Explosionen zerriss die Leiber der Echsen. Ihr Blöken verstummte.

Dann, als die Ingul wieder an Höhe gewannen, hörte Srenache einen dumpfen Knall. Einer der Kämpfer taumelte und schmetterte leblos in den Waldrand.

»Telmagee, nein!« Srenache hatte die ungleichen Flügel erkannt.

Er kam zu spät, der Freund war tot. Sein Brustkorb war zerschmettert, der linke Arm verschwunden. Telmagee musste die Granate bis zum Augenblick der Explosion festgehalten haben.

Telmagee blieb das einzige Opfer auf Seiten der Ingul. Die Kämpfer erlaubten sich eine kurze Rast und warfen die Leiche Telmagees in den Teich mit den Kadavern der Tankan, damit ihn nicht die Tefroder fanden. Dann machten sich die Ingul aus Srenaches Sayest an den Rückflug. Srenache folgte ihnen schweigend, auf die Versuche einzelner Kämpfer ihn aufzumuntern reagierte er nicht.

Auf halbem Weg zu ihrer Heimatinsel lichtete sich der Nebel. Srenache, den man in die Mitte der Formation genommen hatte, faltete übergangslos die Flügel zusammen und fiel dem Meer entgegen. Der Ingul, der ihm am nächsten flog, behauptete später, dass Srenache unmittelbar bevor er zu seinem Sturz ansetzte die Worte »Telmagee, ich komme!« gemurmelt hatte.

Im letzten Augenblick, bevor Srenaches Körper auf das Wasser prallte, verschluckte ihn eine Nebelwand und versperrte den Ingul die Sicht. Manche der Kämpfer behaupteten später, er habe seinen Sturz abgefangen und sei umgekehrt, um über den toten Freund zu wachen. Andere schworen, er wäre in den Wellen verschwunden.

Srenache wurde nie wieder gesehen.

16.

»Was wollen die Terraner hier?«

Der Mann, der eine mit stilisierten Schlammbüffeln bedruckte Schürze trug, machte eine abschätzige Geste und starrte Tar-serque fragend an. Reginald Bull und Jocimb bedachte er keines Blickes.

Die Malan verzog die breiten Lippen zu einem beschwichtigenden Lächeln. »Beruhige dich, sie wollen helfen.«

Die tief in den Höhlen liegenden Augen des Mannes verengten sich. »Ich wüsste nicht, wozu wir Hilfe von ihresgleichen bräuchten.« Er setzte zu einer weiteren Bemerkung an, hielt sie aber mit einem Seitenblick auf Tar-serque für sich. Der Status von Stammesmüttern schien nicht nur bei Fürsten, sondern auch bei einfachen Ferronen beachtlich.

Bull fragte sich, ob er die Bewohner des Wega-Systems jemals verstehen würde. Ihre Gesellschaft war von Männern dominiert: Männer stellten die politische Kaste, die Fürsten und allen voran den Thort, Männer stellten die Spitzen der Verwaltung und Wirtschaft – aber gleichzeitig gab es die Stammesmütter, ein Parallelsystem, das dem gesunden Menschenverstand nach nicht existieren durfte. Bull und Jocimb hatten lange über die Malan gerätselt und waren zumindest zu ersten Hypothesen gekommen. Der Liga-Agent hatte die Meinung vertreten, dass die Einrichtung der Stammesmutter ein Relikt aus der ferronischen Frühgeschichte darstellte, einer längst vergessenen Zeit, als die Ferronen unter einem Matriarchat lebten. Bull hatte diesen Gedanken nicht ausschließen wollen, aber ihm war es darauf angekommen, welche Rolle die Malan im Heute spielten. Ihm schien immer mehr, dass Tar-serque und ihre Standesgenossen die Kontrollinstanzen der ferronischen Gesellschaft darstellten, diejenigen, welche die Macht der Oberen im Auge behielten und wenn nötig einschränkten.

»Können wir hereinkommen?«, bat Tar-serque.

Der Mann stampfte unentschlossen auf, dann gab er den Eingang frei.

Die Stammesmutter schwebte auf ihrem Antigravfeld in das Gebäude, gefolgt von den beiden Terranern. Bull registrierte dankbar, wie kühlere Luft über seine an vielen Stellen immer noch wunde Haut strich. Er versuchte vergeblich, das leise Rauschen einer Klimaanlage wahrzunehmen. Der Bau musste wie die meisten Häuser der Ferronen so geschickt konstruiert worden sein, dass es in ihm auch ohne technische Anlagen angenehm kühl blieb.

Bull sah sich um. Sie standen in einem breiten Gang, der zu einer ebenso breiten Treppe führte. Die Holzbohlen, mit denen Boden, Wände und Decken verkleidet waren, wirkten alt und abgenutzt. An manchen Stellen hatte das Sonnenlicht die ursprünglich dunkle Farbe des Holzes ausgebleicht. Der Nuoukbar – der Verwalter des Hauses, der ihnen immer wieder misstrauische Blicke zuwarf, während er vor ihnen herlief – suchte sie mit Bildern zu kaschieren, Fotos und billigen Kunstdrucken. Ein abgestandener Geruch lag in der Luft. Der Terraner fühlte sich unwillkürlich an eine Jugendherberge erinnert, dreitausend Jahre und zahllose Erlebnisse entfernt, die er auf der alten Erde gekannt hatte. Sein Vater war mit ihm eine Woche in die Catskill Mountains gefahren, stille, dicht bewaldete Hügel, in denen nur ein paar Einsiedler und Aussteiger aus New York lebten. In den wolkenlosen Nächten hatte ihm sein Vater die Sterne gezeigt – ohne zu ahnen, welche Leidenschaft er in seinem Kind auslöste …

Konnten sie hier auf Erfolg hoffen, wenigstens einen kleinen Hinweis, der sie weiterführte?

Bull war skeptisch. Seitdem der Archivar des Thorts ihnen die Existenz des Schattennetzes enthüllt hatte, waren sie nicht einmal einen winzigen Schritt weitergekommen. Jocimbs Stab arbeitete die Legenden und Überlieferungen ab, sowohl die, die sie bereits gesammelt hatten, wie die vielen weiteren, die Tar-serque ihnen übermittelte. Ihre Zahl nahm immer noch zu, als hätte die Malan mit ihren Aktivitäten eine Woge ausgelöst, die sich erst jetzt auf ihren Scheitelpunkt zubewegte. Doch die Resultate ihrer Bemühungen waren niederschmetternd. Die Hinweise der Überlieferungen führten sie ausnahmslos zu bereits bekannten Transmittern.

Reginald Bull hatte sich deshalb auf die zweite Linie ihrer Ermittlungen gestürzt: die Verschwundenen des Stammes der Lorar, aus dem Lor-timkan stammte. Aber auch hier war er nicht weitergekommen. Zwar schmolz die Liste der Namen, die Tar-serque und ihre Diener zusammengetragen hatten, beständig zusammen, aber die Art, wie sie es tat, war für Bull ernüchternd. Einige der Verdächtigen hatten sich ohne Zutun von außen wieder bei ihrem Stamm eingefunden. Manche hatten einige Nächte bei einer Liebhaberin von einem anderen Stamm verbracht, andere waren aus der Enge der Stammesgemeinschaft ausgebrochen, hatten sich für einige Zeit unter die Tsirr gemischt, um dann, von neuem um den Wert ihrer Gemeinschaft wissend, in den Schoß ihres Stammes zurückzukehren. Zwei der Männer hatten ihren Stamm verlassen, um sich einem anderen anzuschließen. Ein nicht unüblicher Vorgang, hatte ihm Tar-serque versichert, und von den Ferronen allgemein gebilligt: Trotz der Abgrenzung, um die sich die Stämme bemühten, war ihnen am Austausch von Ideen und auch von Genen gelegen.

Weitere Vermisstenfälle hatten sich auf wenig ermutigende Art gelöst. Ein jüngerer Mann war bei einem Besuch in einem der für alle Ferronen zugänglichen Vergnügungsviertel ermordet worden, ein weiterer, älterer Ferrone hatte sich ungeschützt in die Mittagssonne hinausgewagt und war einem Kreislaufversagen erlegen. Da er eine Böschung in das Schilf eines Wassergartens hinuntergestürzt war, waren einige Tage verstrichen, bis man seine Leiche fand. Schließlich hatte die Polizei zwei Jugendliche, die einen Stammesgleiter an sich gebracht und auf dem Schwarzmarkt verkauft hatten, in der Nähe des Raumhafens aufgegriffen, in den elenden Baracken, in denen die stammeslosen Tsirr ihr Dasein fristeten.

Schließlich waren nur noch ein halbes Dutzend Namen auf der Liste Tar-serques geblieben. Bull hatte widerstrebend einsehen müssen, dass ihnen keine andere Wahl blieb, als jedem der Männer einzeln nachzuforschen, eine zeitraubende Beschäftigung in einer Situation, in der jede verschwendete Minute über das Schicksal Perry Rhodans entscheiden konnte.

Sie hatten den ersten Stock erreicht. Die Türen, die den Gang säumten, waren geschlossen. Aber immer wieder öffneten sich einzelne von ihnen einen Spalt breit, und unterdrücktes, aufgebrachtes Zischen drang auf den Gang. Bull glaubte wütend glitzernde, kleine Ferronenaugen zu sehen – ein Echo der Ablehnung, die sie beim Marsch durch das Viertel der Lorar bereits erfahren hatten. Bull hatte das Gefühl gehabt, dass nur der Respekt vor der Stammesmutter den Mob daran gehindert hatte, sie anzuspucken und mit Steinen zu bewerfen.

»Dieser Hass«, hatte er Tar-serque gefragt, »woher kommt er? Es ist keine drei Tage her, dass man mich als unsterblichen Gott verehrt hat. Wie passt das zusammen?«

»So sind die Menschen eben«, hatte ihm die Malan geantwortet. »Die meisten erkennen nur Schwarz und Weiß, nur Schatten und Licht, nicht die unendlich vielen Töne dazwischen. Diese Leute glauben, dass ihr Terraner ihr Unglück seid. Gäbe es Terra nicht, denken sie, wären die Ferronen besser dran. Verstehst du jetzt besser, was in Lor-timkan vor sich geht?«

Bull hatte nur genickt und seine Schritte beschleunigt. Unter der einfachen Biomolmaske, die ihm das Gesicht eines anderen Mannes gab, war ihm der Schweiß ausgebrochen. Ein Knoten im Magen sagte ihm, dass diese Leute nicht davor zurückschrecken würden, ihn zu lynchen, erführen sie seine wahre Identität.

Tar-serques Stimme holte seine Gedanken zurück. »Hat es vor Lor-chenurs Verschwinden irgendwelche Hinweise gegeben?«, fragte sie den Vorsteher. »Hat er sich in irgendeiner Weise ungewöhnlich verhalten? Sich vielleicht von den anderen zurückgezogen?«

Der Nuoukbar strich sich über das zu Zöpfen geflochtene kupferne Haar und antwortete flüsternd. Bull war sich sicher, dass es sich um eine bewusste Spitze gegenüber den Terranern handelte. »Nein, nicht im Geringsten. Ich bin seit beinahe zwei Jahrzehnten in diesem Haus, und ich kann mich an kaum einen Jungen erinnern, der mir mehr Freude gemacht hätte. Alle sind traurig darüber, dass er weg ist.«

Bull setzte an, dem Vorsteher eine Frage zu stellen, schluckte sie aber hinunter, als er das entschlossene Handzeichen der Malan bemerkte. *Nein!,* bedeutete sie ihm. *Überlass das mir, es ist besser so!*

»Wie lange war Lor-chenur im Haus?«

»Drei, vier Monate«, sagte der Nuoukbar und fügte dann hinzu: »Aber ich bin sicher, er wäre nicht mehr lange geblieben. Er war nicht wie die meisten anderen. Sie kommen nach Thorta, in die große Stadt, und glauben, dass ihr Weg ohne ihr Zutun nach oben führt. Aber erst einmal führt er sie nirgendwo hin, die Stadt ist zu groß, Wege gehen überallhin, und sie wissen nicht welchen sie beschreiten sollen.«

Die kleine Gruppe hatte jetzt den dritten und obersten Stock des Stammeshauses erreicht.

»Und Lor-chenur war anders?«, soufflierte Tar-serque, die erkannt hatte, dass der Vorsteher es liebte, über seinen Lieblingszögling zu sprechen.

Der Nuoukbar schüttelte energisch den Kopf. »Ja, ganz anders ...«

Bull blendete die Antwort des Mannes aus und konzentrierte seine Aufmerksamkeit auf den Raum, den sie gerade betreten hatten. Es war ein Schlafsaal. Unwillkürlich hatte Bull darin Stockbetten erwartet, aber er täuschte sich. Der Raum war zwar auch für ferronische Verhältnisse spartanisch eingerichtet, doch jeder der Dutzend Männer hatte ein Bett, dass von einem Schrank, einem Beistelltisch und einer Hygienezelle ergänzt wurde. Sichtblenden aus Nanomaschinen sorgten für eine Andeutung von Privatsphäre, aber nur eine von ihnen war hochgefahren.

Mit vorsichtigen Schritten wagte Bull sich tiefer in den Saal, Jocimb folgte ihm. Der Nuoukbar pfiff sie wider Erwarten nicht zurück, er war zu sehr darin vertieft, die Tugenden Lor-chenurs zu preisen. »... ging täglich seinen Studien nach ...«, schnappte Bull auf. Und: » ... hatte ein Ziel vor Augen, das merkte man ihm an ...«

Der Terraner zählte durch. Er kam auf insgesamt elf Betten, deren dünne Decken meist zerknäult auf den Matratzen lagen. Bull musste grinsen. Das Bett ordentlich zu machen zählte offenbar nicht zu den ferronischen Tugenden. Er trat näher an eines der Betten. In einem Fach des Schranks und auf dem Tisch waren persönliche Habseligkeiten verstreut. Bull sah eines der handflächengroßen Geräte, mit denen die Ferronen Zugang zu den verschiedenen Netzen des Systems fanden, einige Holo-Bilder von Freunden und Verwandten, sowie einige weitere Gegenstände, die er nicht zuordnen konnte.

Mehr als das, was er sah, verriet Bull aber, was er nicht sah: Auch als er zwei weitere Schlafstätten untersuchte, fand er keinen Gegenstand, der aus terranischer Fertigung stammte. Er konnte sich nicht sicher sein, aber ein Gefühl sagte ihm, dass es im ganzen Raum keinen Gegenstand gab, der aus nicht-ferronischer Produktion stammte.

Bull versuchte, sich Lor-chenur vorzustellen. Er hatte Bilder von dem Ferronen gesehen – einem erwachsenen Mann, auch wenn der Nuoukbar immer von *dem Jungen* sprach. Lor-chenur hatte für einen Ferronen ausgesprochen mild ausgeprägte Augenhöhlen. Seine Augen waren, anders als bei den meisten seiner Artgenossen, gut zu sehen. Es waren große, neugierige Augen.

Hätte dieser Lor-chenur dem Hass erliegen können, der in diesem Haus, in diesem Viertel herrschte?

Die Antwort lautete ja, so wenig es Bull behagte. Die Erfahrung hatte ihn gelehrt, dass gerade junge Menschen – und in dieser Hinsicht ähnelten sich Terraner und Ferronen stark – für Lehren anfällig waren, die eine einfache Deutung der Welt verhießen. Die Terraner als Sündenböcke für die Defizite der ferronischen Gesellschaft – dass dieser schlichte Glaubenssatz Anhänger finden konnte, hatte ihm der Spießrutenlauf durch das Viertel der Lorar bewiesen.

»Reginald.« Jocimbs leiser Ruf dirigierte ihn zu einer Schlafstätte am gegenüberliegenden Rand der Halle. Durch das breite, offene Fenster fiel der Blick über das Häusermeer Thortas, die Kuppeln des Roten Palasts bis zum Raumhafen der Stadt.

»Was ist?«, fragte Bull.

»Ich glaube, das hier war seins.« Der Liga-Agent deutete auf das Bett. Die Leinendecke lag glatt über der Matratze – und auf dem niedrigen Tisch und dem offenen Fach des Schranks hatte sich eine dünne Staubschicht gelegt.

Bull verdrehte den Kopf in Richtung des Vorstehers. Er war in das Gespräch mit Tar-serque vertieft, die ihn mit einem steten Strom von Fragen beschäftigt hielt. Sie hatte ihren voluminösen Körper so zwischen die Terraner und den Ferronen postiert, dass von diesem nur ab und zu eine Hand oder ein Arm sichtbar war, wenn er seine Ausführungen mit Gesten unterstrich.

Bull und der Liga-Agent nickten einander zu. Jocimb beugte sich über den Beistelltisch und das Bett, während der Unsterbliche sich dem Schrank widmete. Mit schnellen, aber ungewohnten Griffen wühlte sich Bull durch die Kleidungsstücke und Habseligkeiten. Es widerstrebte ihm, in den persönlichen Bereich eines anderen Wesens einzudringen. Aus dem Schrank drang ein eigentümlicher Geruch, die Hinterlassenschaft der Ferronen, die über die Jahre in ihm ihre Kleidung untergebracht hatten. Ihre Zahl konnte leicht in die Hunderte gehen. Die Stammeshäuser, in denen jedes Stammesmitglied unbegrenzt Zuflucht fand, zählten zu den ältesten Einrichtungen der ferronischen Kultur.

Bulls Gedanken kehrten zurück zu der Jugendherberge, vor vielen Jahrtausenden in den Catskills. Einmal hatte er nicht einschlafen können. Die Geschichten seines Vaters über die Sternbilder und ihre Bedeutung, seine Spekulationen darüber, dass es dort draußen andere vernunftbegabte Lebewesen geben könnte, waren ihm unaufhörlich durch den Kopf geschwirrt. Er hatte seine fluoreszierende Sternenkarte aus dem Schrank holen wollen, noch einmal mit den Fingern die Sterne erspüren, die ihm jetzt mehr als Lichtpunkte bedeuteten. Im Dunkeln war er gestolpert, um ein Haar in den offenen Schrank gestürzt. Er hatte sich im letzten Augenblick mit der Hand abgestützt – und hatte gespürt, wie etwas weggebrochen war.

Seine tastenden Finger hatten eine flache, kaum fingerbreite Kiste entdeckt, die an dem Boden des Schrankfachs befestigt gewesen war, sich als seine Oberfläche ausgegeben hatte. Darin hatte er einen alten Konföderiertendollar gefunden, den er jahrelang mit sich herumgetragen hatte, als Talisman.

Er fühlte sich durch die Fächer. Sollte es auch hier …? Seine Knöchel klopften gegen das Holz. Einmal, zweimal, dreimal – nichts Ungewöhnliches. Dann veränderte sich der Ton. Er klang *hohl*.

Bull warf einen schnellen Blick zu dem Vorsteher, dann schlug er hart gegen das Holz. Mit einem Krachen löste sich ein Teil des Fachbodens. Aus einigen Metern hörte er einen verwunderten Aufschrei, er beachtete ihn nicht. Seine Finger fanden das losgebrochene Holz und zogen es heraus.

In einer Vertiefung lag ein Buch, zwei Handbreit hoch und ungefähr halb so breit.

Er schlug es auf. Das Papier war verschwindend dünn, ringelte sich um seine Finger. Aber es kribbelte nicht. Was er in den Händen hielt, war kein Konglomerat aus Nanomaschinen, sondern einfaches altmodisches Papier.

Jocimb streckte neugierig den Kopf zu ihm. »Was ist das?«

»Ich weiß es nicht.«

Er konzentrierte sich auf die aufgeschlagene Seite. Sie war eng beschrieben, in den eleganten, geschwungenen Buchstaben der Ferronen. Bull kniff die Augen in dem Versuch zusammen, die unvertraute Schrift zu entziffern.

»... hat Lor-timkan von der Größe unseres Volkes berichtet. Dass wir alle länger als die Sonne leben könnten, wenn uns die Terraner nicht gestohlen hätten, was uns zusteht ...«

Bulls Puls machte einen Satz. *Lor-timkan! Wir haben eine Spur zu Lor-timkan!*

Er hörte einen empörten Aufschrei von der anderen Seite des Saals. »Was machen die Terraner da? Das gehört nicht ihnen! Sie sollen ihre schmutzigen Finger von seinen Sachen lassen!« Selbst in seiner Wut ließ sich der Nuoukbar nicht dazu herab, die verhassten Fremden direkt anzusprechen.

Steck es weg, schnell!, schrie es in Bull. *Du musst es wegstecken!*

Er konnte es nicht. Der Terraner blätterte einige Seiten weiter, entzifferte die Schrift von Lor-chenurs Tagebuch.

»... weiß immer noch nicht, wie ich diese Ehre verdiene. Lor-timkan hat mir seinen Plan erläutert, uns das mit eigenen Händen zu verschaffen, was längst unser sein sollte. Er will, dass ich daran teilnehme ...«

Bulls Finger huschten zum hinteren Teil des Buchs.

»... das Schattennetz wird das Werkzeug sein, mit dem wir Rhodan in unsere Hand bekommen. Lor-timkan hat mir die Positionen seiner Stationen anvertraut ...«

Der Terraner hatte genug gelesen. Er verstaute das Tagebuch unter dem Hemd und sagte zu Jocimb: »Gehen wir!«

»Wenn das so einfach wäre«, antwortete der Liga-Agent.

Bulls Blick folgte seinem ausgestreckten Arm. Alarmiert von den Schreien des Nuoukbar strömten immer mehr Ferronen in den Saal. Noch zeichneten sich in den meisten Gesichtern Unverständnis ab, aber die Ferronen in der vordersten Reihe, denen der Vorsteher vom Frevel der Terraner berichtet hatte, stießen abgehackte, wütende Schreie aus. Die Malan versperrte ihnen mit ihrem massigen Körper den Weg. Sie hatte ihre schweren Arme erhoben, redete gestikulierend auf die Menge ein, aber Bull spürte, dass ihre Mühe vergebens sein würde. Die Wut war zu groß, der Damm würde jeden Augenblick brechen.

»Tar-serque, raus hier!« Der Terraner wirbelte herum, griff nach dem Beistelltisch. Die Bilder – Lor-chenurs Freunde, seine Familie – prallten klackernd auf den Dielenboden. Bull hob den Tisch über den Kopf und schleuderte ihn mit aller Kraft gegen das Fenster. Das Glas zersplitterte mit einem lauten Knall.

Die wütenden Schreie der Ferronen verstummten abrupt. Verblüfft verfolgten sie, wie die beiden Terraner Anlauf nahmen, durch den von Glassplittern gesäumten Fensterrahmen sprangen – und von ihren Antigravprojektoren getragen in der Luft hingen.

Ein vielstimmiges Aufheulen ertönte, als die Ferronen erfassten, dass die Terraner entkommen würden.

Bull wartete noch einen Augenblick, bis Tar-serque ihnen nachfolgte, dann schaltete er das Impulsaggregat auf Vollschub und schoss hinaus in den Nachmittagshimmel.

Hinter ihm blieb die aufgebrachte Menge zurück. Bull kümmerte es nicht. Mit aller Kraft umklammerten die Finger seiner rechten Hand das Tagebuch. Er wusste, dass er vielleicht Perrys Rettung in den Händen hielt.

Nur das zählte.

17.

Neniver schlief, einen festen, einer Ohnmacht ähnelnden Schlaf, den Rücken gegen Rhodan gelehnt.

Rhodan fühlte sich ausgelaugt. Ein Teil von ihm wünschte sich nichts mehr, als es der Frau gleichzutun, aber das war unmöglich, zu sehr überschlugen sich seine Gedanken.

Er wusste jetzt, welchem Volk Neniver angehörte. Die letzte – er suchte nach einem Wort – *Vision* hatte die Schleusen seiner Erinnerung geöffnet.

Es hatte vor langer Zeit begonnen. Er war damals auf das halbe Jahrtausend zugegangen, ein unvorstellbares Alter, für sich selbst wie für seine Umwelt – auch wenn er sich jetzt, dachte er an diese Zeit zurück, ein Lächeln nicht verkneifen konnte: Er war jung und ungestüm gewesen, ebenso wie das Solare Imperium und die Männer und Frauen, die im Dienste seiner Flotte standen. Sie hatten sich danach verzehrt, immer weiter ins All vorzudringen, herauszufinden, welche Überraschungen und Geheimnisse im nächsten Planetensystem auf sie warteten. Schließlich hatten sie den großen Sprung gewagt: den Flug nach Andromeda. 2,4 Milliarden Jahre braucht das Licht, um die Entfernung zur Milchstraße zu überwinden. Und zwischen den Sterneninseln gab es nur das Nichts, den Leerraum, bar jeden Lebens, jedes Planeten, der ihnen als Ruheinsel hätte dienen können.

Ihre Schiffe, auf die sie so stolz gewesen waren, stellten in der Rückschau bessere Nussschalen dar, vergleichbar mit der *Santa Maria* eines Christopher Columbus oder der *São Gabriel* Vasco da Gamas. Doch wie diese Entdecker hatten sie sich nicht von ihrem Vorhaben abbringen lassen – und einen hohen Preis dafür bezahlt.

Rhodan und seine Gefährten waren auf eine unterjochte Galaxis gestoßen. Die mysteriösen Meister der Insel hatten mit eiserner Hand über Andromeda geherrscht, ihr Hilfsvolk, die Tefroder, hatte jeden Widerstand mit brutaler Gewalt erstickt.

Rhodans Aufmerksamkeit kehrte für einige Augenblicke zu der Höhle zurück, in die sie sich zurückgezogen hatten. Im letzten Licht der Dämmerung stellte er fest, dass sein Atem dampfte. Er zog Neniver enger an sich, legte einen Arm um sie, um sie vor der Nachtkälte zu schützen.

Die Tefroder. Sie hatten anfangs nicht glauben können, wie menschenähnlich das Herrschervolk Andromedas war. Ein Zufall schien ausgeschlossen. Rhodan hatte bereits genügend Parallelentwicklungen von Leben gesehen, um zu wissen, dass die Evolution zwar auf ähnliche Probleme mit ähnlichen Aufgabenstellungen reagierte, nicht aber mit *identischen*. Und identisch mit den Terranern, das waren die Tefroder. Schließlich hatten Rhodan und seine Gefährten das Rätsel gelöst: Tefroder und Terraner blickten auf gemeinsame Vorfahren zurück. Die Lemurer, wie sie sich selbst nannten, waren Kinder der Erde gewesen, hatten über 50.000 Jahre vor der Zeitenwende aus eigener Kraft ein Sternenreich errichtet, sich über die gesamte Milchstraße ausgebreitet, als die Haluter auf den Plan traten. Die Lemurer nannten sie die Bestien, ein passender Name für die über drei Meter großen, vierarmigen Kampfmaschinen, die nur ein Ziel kannten: die Lemurer und ihre Abkömmlinge auszulöschen.

Es war ihnen nicht gelungen. Auf der Erde, auf Ferrol und vielen anderen Welten überlebten die Menschen die Verheerung ihrer Heimat, während andere, die späteren Tefroder, Zuflucht in Andromeda gesucht hatten.

Doch die Opfer der Bestien entpuppten sich als Unterdrücker. Rücksichtslos gingen sie unter der Führung der Meister der Insel gegen alle Völker vor, die sie als Bedrohung für ihre eigene Stellung auffassten. Mit Hilfe ihrer militärischen

Übermacht vertrieben die Tefroder die wasserstoffatmenden Maahks aus ihrer Heimat Andromeda, verdrängten sie in die Milchstraße. Und selbst kleinere Völker, die über kein militärisches Potential verfügten, gerieten schließlich in das Visier der Tefroder.

Eines von ihnen waren die Paddler gewesen. Rhodan und seine Begleiter waren mit ihrem Flaggschiff, der CREST III, auf deren letzte Überlebende gestoßen. Er erinnerte sich an ihren Anführer Kalak. Schwarzhäutig, 1,50 Meter hoch und ebenso breit, hatte sich der Paddler nach anfänglichen Missverständnissen als treuer Freund erwiesen. Er lebte an Bord einer fliegenden Werftplattform, der KA-PREISWERT, und war wie alle Angehörigen seines Volkes ein technisches Genie, ebenso hilfsbereit wie geschäftstüchtig. Einst hatten über hunderttausend Paddler-Plattformen Andromeda durchstreift und ihre Dienste feilgeboten, aber die Meister der Insel hatten sie unter einem Vorwand an einem Ort zusammengerufen und bis auf wenige Ausnahmen zerstört.

Den Herrschern Andromedas war eine besondere Gabe der Paddler ein Dorn im Auge gewesen: Die Paddler waren so genannte Strukturläufer. Sie besaßen die parapsychische Gabe, den molekularen Aufbau ihres Körpers aufzulösen. In Form von Gas vermochten sie sich beliebig mit anderen Stoffen zu verbinden, sie zu durchdringen – und durch Wände zu laufen.

Rhodan zog die Frau, die gegen ihn lehnte, unwillkürlich fester an sich. Sie gab einen undeutlichen Laut von sich, wachte aber nicht auf. Es fiel ihm schwer zu glauben, dass Neniver ein Abkömmling der Paddler sein sollte. Und doch blieb kein anderer Schluss. Das Volk Kalaks hatte schon immer über einen außerordentlich zähen Überlebenswillen verfügt, hatte sich immer wieder an neue Situationen angepasst. Es war erst wenige Jahre her, dass Gucky bei einer Mission auf der Kosmischen Fabrik MATERIA auf einen weiteren Zweig dieses Volkes gestoßen war, auf die so genannten Erranten. Doch diese Wesen waren bei dem Versuch, von der Station zu fliehen, getötet worden.

Irgendwann hatte Rhodan von Kalak erfahren, dass ein Zweig des Volkes der Paddler den Nachstellungen der Meister der Insel entgangen war, indem er sich in ihre Dienste gestellt hatte. Für Kalak waren diese Paddler Ausgestoßene, deren Existenz er Rhodan nur in höchster Not eingestand. Im Gegensatz zu den übrigen Gemeinschaften seines Volkes hatten sich die Verräter nicht der Beherrschung herkömmlicher Technik zugewandt, sondern der Biotechnologie, der Genetik. Die Gen-Modulatoren, wie sie sich bald nannten, waren zu Lebens-Künstlern geworden: Keine Pflanze, kein Lebewesen gab es, das sie nicht nach ihren Vorstellungen hätten umformen können.

So groß war ihre Macht über das Leben, dass die Meister der Insel eines Tages beschlossen, sie zu verbannen. Der Ort ihres Exils war Pigell, der sechste Planet der Wega – über 50.000 Jahre vor der menschlichen Zeitenwende. Ihre Plattform wurde in eine Umlaufbahn um die damals noch ursprüngliche Dschungelwelt eingewiesen, zu ihrer Bewachung diente eine von Tefrodern bemannte Raumstation.

Doch die Gen-Modulatoren, die um die Unberechenbarkeit und Grausamkeit der Meister der Insel wussten, griffen zu einer verzweifelten Maßnahme. Sie zerstörten ihre Plattform und flüchteten in die Dschungel Pigells. Damit die Tefroder sie nicht fanden, entschlossen sie sich dazu, ihre alte Körperform aufzugeben. Sie verwandelten sich in menschengroße Fledermäuse, die sich Ingul nannten, wie Rhodan aus der Vision erfahren hatte, die ihm das Fleisch geschenkt hatte. Der mechanischen Technik schworen sie fast völlig ab, ihre Verfolger sollten sie nicht von Tieren unterscheiden können.

Die Ingul legten ihre Gabe des Strukturlaufens ab. Dafür erschlossen sie sich die Fähigkeit, Psi-Felder auszustrahlen, die die Psi-Fähigkeiten anderer neutralisierten. Mit Hilfe ihres genetischen Wissens manipulierten sie Tiere und Pflanzen Pigells nach ihren Bedürfnissen.

Doch die Furcht vor der Rache der Meister wurde zum hartnäckigen Begleiter der Ingul. Irgendwann, das wussten sie, würde sie kommen, bald oder vielleicht auch in Jahrzehnttausenden – die Meister der Insel spielten mit der Zeit ebenso virtuos wie mit herkömmlichen Entfernungen und den Schicksalen ihrer Untertanen.

Dann gelangte Rhodan nach Pigell. Man schrieb das Jahr 49.998 vor der Zeitenwende. Mit der CREST III war er in die Vergangenheit geschleudert worden und suchte verzweifelt nach einer Möglichkeit, in die Gegenwart zurückzukehren. Auf Pigell gelang es dem Schiff mit Hilfe einer kleineren Zeitstation der Tefroder 500 Jahre in die Zukunft vorzustoßen. Als sie den Dschungelplaneten verlassen wollten, wurden sie von den Ingul und ihren genmanipulierten Tier- und Pflanzenwesen angegriffen.

Um ein Haar hätten sie die CREST III vernichtet, wäre es Rhodan nicht im letzten Augenblick gelungen, die Ingul von ihrem Irrtum zu überzeugen: Sie hatten die Terraner mit den verhassten Tefrodern verwechselt.

Bald darauf ließ die CREST III Pigell hinter sich und gelangte nach vielen weiteren Abenteuern schließlich zurück in die Gegenwart. Von den Ingul hatte Rhodan nie wieder gehört. Die Ferronen, die Pigell in der Zwischenzeit besiedelt hatten, waren auf einen offenbar unberührten Planeten gestoßen. Nie hatten sie eine Spur eines anderen intelligenten Volkes gefunden. Die Ingul schienen ausgestorben …

Ein Trugschluss, wie sich nun herausstellte. Rhodan musterte im Halblicht das Gesicht Nenivers. Es war entspannt. Und menschlich. Rhodan versuchte, es sich auf dem Körper einer Fledermaus vorzustellen. Es gelang ihm nicht.

»Was bist du?«, flüsterte er. »Und wo sind die anderen? Bist du die Letzte deines Volkes?«

Seine Hand strich beruhigend über ihren Körper. An ihrer

Hüfte spürte er eine Ausbeulung. Das Fleisch hatte sich wieder neu gebildet. Er zog den Stoff zurück und wog den eiförmigen Gewebeklumpen in der Hand. *Die Geschichte eines Volkes,* dachte er. *In einer Hand voll Zellen.*

Er hob das Fleisch vor das Gesicht. »So viele Fragen, so viele Antworten.« Rhodan sah die schlafende Ingul an. »Aber eines hast du mir immer noch nicht verraten: Was willst du von mir?«

Sein Mund schloss sich um das Fleisch.

Sassquai zitterte.

Der alte Ratsgehilfe, der sie noch vor Stunden mürrisch empfangen hatte, legte ihr eine Decke über die Schultern. »Hier, nimm. Wer weiß, wie lange du noch warten musst. Der Rat berät über wichtige Dinge. Es heißt, über Ranea hätte man ein Raumschiff gesehen.«

Wichtige Dinge. Sassquai fragte sich, ob man sie überhaupt vorlassen würde. Eine Tekoi, eine, die noch nicht das Fleisch gekostet hatte, wollte beim Erhabenen Rat vorsprechen – wer hatte je von einem derart unverschämten Verlangen gehört?

Doch es war vielleicht gerade diese Unverschämtheit, die sie so weit, bis in den Vorraum der Ratskammer, hatte vordringen lassen. Was sie zu sagen hatte, musste von Bedeutung sein, ihr störrisches Begehren allein bewies das – und der Rat tröstete sich damit, dass man sie, sollte sie den Verstand verloren haben, innerhalb weniger Augenblicken entlarven würde.

Ist es das?, fragte sich Sassquai. *Bloße Einbildung?* Während der tagelangen Reise zum Erhabenen Rat hatte sie immer wieder die Bilder ihrer Vision heraufbeschworen, die Worte, die man ihr mitgeteilt hatte. Ohne Erfolg, je mehr sie darüber nachdachte, desto mehr entzog sich ihr die Wahrheit. Schließlich war ihr nur die Erkenntnis geblieben, dass sie nicht umkehren konnte. Wie hätte sie mit der Möglichkeit weiterleben können, dass ihre Vision womöglich ein Wahrtraum gewesen war und sie nicht gehandelt hatte?

Sie biss einen Brocken von der Nanngor-Frucht ab, mit der sie seit ihrer Ankunft nervös gespielt hatte. Das Zittern wurde schwächer, ebbte aber nicht vollständig ab, als die beruhigenden Wirkstoffe der Frucht in ihren Blutkreis drangen.

»Siehst du, es geht schon wieder.« Der Ratsgehilfe beugte sich vor und tätschelte ihr beruhigend auf den Schenkel.

Sassquai starrte dem Mann in die dunkelroten Augen und würgte ein kaum wahrnehmbares »Danke« hervor. Eigentlich hätte sie froh über den Stimmungswandel des Ratsgehilfen sein sollen, aber sie spürte, dass ihn nur das Mitleid mit dem verwirrten, kleinen Mädchen antrieb. Und seit wann lauschte der Erhabene Rat den Worten von Kindern?

Die Tür der Ratskammer – ein genetisch moduliertes Blatt, höher und breiter als ein Ingul – rollte sich hoch. Ein breitschultriger Mann trat durch die Öffnung. »Sassquai«, sagte er, »der Erhabene Rat erwartet dich.«

Die Nanngor-Frucht glitt aus den Fingern der Tekoi und rollte über den Boden. Sie zwang sich, einen Fuß vor den anderen zu setzen und folgte dem Mann, den Blick starr auf seinen breiten Rücken gerichtet. Seine Flughäute waren tätowiert, abertausende helle Punkte zeichneten, wenn er die Häute ausbreitete, ein prächtiges Bild der Sterneninsel, von der die Ingul stammten. Die Tätowierung zeichnete ihn als Mitglied des Erhabenen Rates aus – und machte ihn zum Gefangenen. Kein Rat durfte das Sayest je verlassen, denn sollte er in die Hände der Tefroder fallen, würden sie erkennen, dass die Ingul keine Tiere waren.

Die Luft in der Kammer war stickig, der Rat hatte bereits seit dem Morgen getagt. Ihr Anliegen war das Letzte, mit dem er sich heute befasste.

Der Ratsherr bedeutete ihr, sich auf einem einfachen Hocker in der Mitte des Saals niederzulassen. Im Gegensatz zu den Stühlen der Räte besaß er keine ausladende Lehne, an der sie ihre Flughäute aufspannen konnte. Sassquai ließ sich auf der Kante des Hockers nieder.

Wortlos taxierten sie dreizehn Augenpaare. Sassquais Zittern, das beim Eintreten verschwunden war, kehrte wieder zurück. Schließlich erhob sich einer der Räte.

»Ich bin Teneme, mein Kind«, sagte er. Er war ein alter Mann, seine Flughäute waren ledrig und schlaff, die Hornplatten in seinem Gesicht hatten längst ihren Glanz verloren. »Du brauchst keine Angst vor uns zu haben. Wir wollen anhören, was du uns mitzuteilen hast.« Teneme setzte sich wieder.

Sassquai verdrehte unsicher den Kopf. War das eine Aufforderung zum Sprechen? Der gebeugte Ratsgehilfe, der sich neben dem Eingang postierte hatte, beantwortete ihren fragenden Blick mit einem bejahenden Flattern.

»Es war vor vier Tagen«, setzte sie an. »Ich war mit den anderen Tekoi draußen, um die Luftwurzeln des Sdrari-Baums zu ernten. Wir waren sorglos, tollten herum. Die Thermoflammer beschützten uns ja. Aber dann ...«, sie stockte, »... dann hatte ich einen Traum.« Sie hatte *Vision* sagen wollen, so hatte sie ihre Wahrnehmung in ihrem Heimat-Sayest erklärt und auch der Kachiri, der Frau, die darüber entschied, wer zum Erhabenen Rat vorgelassen wird. Jetzt, da es soweit war, hatte sie der Mut verlassen.

»Und was hast du in deinem Traum gesehen?« Die Stimme gehörte einer Frau. Sie war jung, Sassquai schätzte sie auf allenfalls dreißig Sonnenumläufe. Aber das hatte nichts zu bedeuten, in den Rat gelangte man nicht aufgrund seines Alters. In den Rat wurde der berufen, den das Fleisch der Erinnerung erwählte.

»Eine ... eine andere Welt«, sagte Sassquai und hielt den Atem an. Als keiner der Räte protestierte, fuhr sie fort: »Da war ein Strom, so breit, dass ein Ingul viele Stunden bräuchte, um ihn zu überqueren, selbst bei günstigen Winden. Dieser Strom, er schlängelte sich über eine unendlich weite Ebene –

zumindest glaubte ich das anfangs. Aber dann sah ich, dass die Ebene endete und der Fluss sich über ihren Rand ergoss und die Höhe von dutzenden von Nanngor-Bäumen in einen See hinabstürzte.«

Sassquai hielt einen Augenblick inne, gebannt von der Macht ihrer Erinnerung. Sie glaubte noch immer das alles durchdringende Donnern des stürzenden Wassers zu hören.

»Ich flog über die Ebene, aber ich spürte keinen Wind über meine Flughäute streifen. Es war, als ob nur mein Geist schwebte, immer höher stieg. Am Horizont sah ich Gebirge. So hoch, dass ihre Spitzen sich in den Himmel bohrten. Und dann erblickte ich die Stadt. Ich sage euch, so prächtig war sie, dass die Städte unserer fernsten Ahnen, von denen uns das Fleisch berichtet, daneben wie winzige Dörfer wirken.« Die Räte zischten aufgeregt. Die Tekoi hatte die Vorfahren beleidigt! Sassquai bemerkte es nicht, zu fest hatte ihre Vision sie im Griff. »Ihre Dächer zählen Millionen, glänzende Kuppeln und Giebel sind es. Und in der Mitte der Stadt ist ein riesiger, runder Platz. Er allein ist größer als jede unserer Festungen. An seinem Rand …«

»Schon gut, schon gut«, unterbrach sie der alte Teneme. »Das ist in der Tat ein, nun, ungewöhnlicher Traum. Aber wieso, mein Kind, wolltest du ihn dem Rat vortragen?«

»Wegen der Stimme. Sie war sanft und ruhig, aber dennoch konnte ich sie immer hören, selbst als der Wasserfall alles andere übertönte.«

»Und was sagte diese Stimme?«

Die Ingul holte tief Luft. »Sie sagte: ›Sieh dir dieses Land gut an, Sassquai. Ist es nicht eine Augenweide? Es ist ein neues Land, geformt von den Händen eines gütigen Herrn, ein Land des Friedens. Aber noch ist es leer und öde, ihm fehlen Bewohner, die seine Städte und Dörfer bevölkern.‹ Dann machte die Stimme eine Pause, ich flog über das Gebirge, stieg immer höher. Schließlich sagte sie: ›Geh zu den deinen und berichte ihnen, was du gesehen hast. Geh zu ihnen und sag ihnen, sie sollen zusammenkommen, denn ein neues Zuhause wartet auf sie, ein neues Sayest.‹«

»Was für ein blanker Unsinn!«, hallte eine Stimme durch die Kammer. Sie gehörte der Ratsfrau. »›Ein neues Sayest‹! Wer behauptet, dass wir so etwas brauchen? Wir haben eine sichere Zuflucht – und eine Heimat. Es waren unsere Ahnen, unsere Vorgänger in diesem hohen Amt, die dafür sorgten, dass Pigell uns alleine gehört. Die Geisterwolken, die Tankan, diese plappernden Äffchen – sie sind vom Antlitz Pigells verschwunden. Ich sage, unsere Heimat ist *hier*!«

»Recht hat Sengcha«, schaltete sich ein weiterer Ratsherr ein. Er war drei Kopf größer als Sassquai, und ihr schien, als hätte sie nie einen imposanteren Ingul gesehen. »Wir gehören hierher. Ich glaube, darüber sind wir uns alle einig.« Niemand widersprach ihm. »Aber da ist noch etwas. Gehen wir davon aus, dass diese junge Tekoi die Wahrheit sagt – und ich sehe keinen Grund daran zu zweifeln – und sie wirklich gesehen hat, was sie behauptet. Was hat das zu bedeuten?« Der Mann entfaltete mit einer dramatischen Bewegung seine Flughäute. »Es ist eine Falle, meine Freunde. Denkt doch nach! Wer sonst hätte die Macht, einen derart präzisen, detaillierten Traum einzuflößen, wenn nicht die Tefroder? Wer sonst, außer diesen Teufeln, hätte ein Interesse daran, dass unser Volk seine sicheren Festungen verlässt und sich an einem Ort versammelt? Sie wollen uns auslöschen!«

Der Ratsherr ließ sich zu beifälligem Flügelschlagen wieder auf seinem Platz nieder.

»Deine Logik ist unbestechlich, Seldrise«, gestand der alte Teneme ein. Dann wandte er sich an Sassquai. »Aber wir wollen die junge Tekoi bis zum Ende anhören, sie hat einen langen Weg hinter sich. Ist da noch etwas, das du uns noch nicht gesagt hast?«

»Ja …« Sassquai zögerte. Sollte sie wirklich? Aber sie hatte bis jetzt die Wahrheit gesagt, also würde sie bei ihr bleiben.

Wenigstens ihr reines Gewissen wollte sie sich nicht nehmen lassen. »Ja, diese neue Welt, sie ist eine ... Scheibe.«

Stille folgte ihrer Eröffnung. Dann gluckste eine der Ratsfrauen, ein zweites Glucksen gesellte sich dazu und innerhalb weniger Augenblicke erfüllte Gelächter den Saal. Die Erhabenen Räte bogen sich vor Lachen, schüttelten den dunklen Schleier ab, der sich mit der Erwähnung der Tefroder über die Versammlung gelegt hatte.

»Nun, damit hat sich dein Anliegen wohl erledigt«, sagte Teneme schließlich über die letzten Gluckser der übrigen Räte hinweg. »Suertat, sei so gut und bring die junge Tekoi hinaus. Und sorge dafür, dass ihr geholfen wird.«

»Das wird nicht nötig sein.«

Diese Stimme! Sie kannte diese Stimme! Sassquai befreite sich vom Griff des Ratsgehilfen, der ihre Schultern umfasst hatte, wirbelte herum – und sah einen Tefroder.

Der Mann war schlank und hochgewachsen. Eine einteilige Kombination von unbestimmbarer Farbe bedeckte seinen Körper mit Ausnahme des Kopfs. Sein Haar war kurz und erinnerte Sassquai eher an eine zusätzlich aufgetragene Schicht dunkleren Materials als an einen natürlich gewachsenen Teil seines Körpers. Und der Mann wirkte schwer, bullig, wie alle Landlebewesen, die auf hohle Knochen verzichten konnten.

Seldrise, der stärkste der Ratsherren, zögerte keinen Augenblick. Mit einem Aufschrei stürzte er sich auf den Eindringling. Begleitet von Sassquais gellendem »Nein!« legte er die wenigen Schritte zurück, die ihn von dem Fremden trennten. Sassquai sah, dass er ein Messer gezogen hatte.

Sein Ansturm ging ins Leere. Der Fremde verschwand ebenso übergangslos, wie er erschienen war. Seldrise versuchte noch haltzumachen, aber er konnte nicht verhindern, dass er mit voller Wucht auf den vor Entsetzen erstarrten Ratsgehilfen prallte.

»Ich bitte euch, hört mich an. Ich komme in Frieden.«

Der Fremde stand jetzt am anderen Ende der Kammer.

Seldrise löste sich von dem immer noch bewegungslosen Ratsgehilfen und wollte sich ein zweites Mal auf den Fremden stürzen, aber Teneme bedeutete ihm, stehen zu bleiben. »Nein, Seldrise, beherrsche dich. Dafür ist immer noch Zeit.«

Der Fremde verneigte sich langsam, die leeren Handflächen demonstrativ nach außen gekehrt. »Im Namen meines Herrn danke ich euch für eure Besonnenheit. Und auch wenn es auf den ersten Blick den Anschein haben mag, ich bin kein Tefroder.« Die Hände des Fremden glitten zum Halsausschnitt der Kombination. Seine Finger stießen in den Ausschnitt, dann tiefer, in das Gewebe. Entschlossen zog er die Hände auseinander – und riss Kombination und Haut entzwei. Einige Spritzer grünlicher Körperflüssigkeit spritzten auf den Lehmboden der Kammer. Seine Brust – Sassquai rieb sich verwundert die Augen – seine Brust war aus glitzerndem Metall.

Der Fremde lächelte. »Sieht so etwa ein Tefroder aus?« Seine Hände fügten die Kombination und die mit ihr verwachsene Hautschicht wieder zusammen. Ein Blinzeln später konnte Sassquai nicht mehr sagen, wo der Riss verlaufen war, so homogen wirkte seine Kombination. »Ich heiße Homunk. Ich bin der treue Diener und Bote meines Herrn. Und ich bin zu euch gekommen, um euch eine Botschaft zu überbringen. ›Kommt!‹, sagt mein Herr. ›Überwindet eure Furcht und kommt zu mir!‹«

Homunk trat in die Mitte des Saals. Im vollen Licht der Leuchtwurzeln, die von der Decke herabhingen, schien seine Kombination einen helleren Ton anzunehmen. Sassquai, die jetzt nur noch ein, zwei Schritte von dem Fremden trennten, wich nicht zurück. Sie hatte keine Angst. Sie wusste nicht warum, aber sie vertraute Homunk und seinem unbekannten Herrn.

»Sassquai hat es euch berichtet, mein Herr hat eine neue Welt erschaffen. Eine Welt, die in ihrem Glanz, ihrem grandiosen Maßstab seine eigene Größe widerspiegelt. Und doch hat diese Welt einen Makel: Ihr fehlt das Geschenk der Intelligenz. Ihr mangelt es an bewussten Wesen, die sich seine Welt zur Heimat machen und mit ihrem Wirken sein Werk noch steigern. Er hat euch erwählt, seiner Welt den Funken des intelligenten Lebens zu schenken.«

»Wie großzügig von ihm«, entgegnete Srencha. »Und wieso sollten wir auf sein Angebot eingehen?«

»Weil er und seine Welt zu einer langen Reise aufbrechen. Eine Reise, die euch euren Feinden entziehen wird.«

»Den Tefrodern entziehen wir uns bereits seit vielen Jahrtausenden. Wieso sollte uns das nicht noch viele weitere gelingen?«

»Ich spreche nicht von den Tefrodern. Pigell wird nicht mehr lange unberührt bleiben. Die Wesen, die den achten Planeten von Tanos bevölkern, schicken sich an, zu ihren Nachbarwelten vorzustoßen. Noch bekriegen sie einander erbittert …« Sassquai erinnerte sich an einen weiteren Teil ihres Traums. Langgestreckte Raumschiffe beschossen einander über der von Kratern gezeichneten Oberfläche eines toten Mondes. »Sie werden wie eine Woge über Pigell hereinbrechen – und euch ertränken.« Homunk hob beschwörend die Arme. »Ich bitte euch, meinem Herrn zu vertrauen. All jene, die bereit sind, ein neues Leben zu beginnen, sollen sich in dreißig Tagen auf der Insel versammeln, die ihr Kranchei nennt. Mein Herr wird für ihren Transport nach Ambur sorgen.«

Mit diesen Worten verschwand Homunk.

In den folgenden Tagen träumten die Ingul. Von einer Welt, wie sie niemand für möglich gehalten hätte. Einer Scheibe, die unter dem Schutz einer Energiekuppel durch das All zog, gewärmt von den wohlwollenden Strahlen einer Kunstsonne. Einer Welt ohne Angst, einer Welt, auf der sie sich nicht verstecken mussten.

Streit brach aus. Manche Sayest machten sich geschlossen auf den Weg nach Kranchei, während andere verbissen ihre pflanzenen Wälle stärkten, in der Erwartung nahenden Unheils. In wieder anderen Festungen entzweiten die Träume die Gemeinschaft. Familien gingen auseinander, Freundschaften endeten abrupt.

Am dreißigsten Tag nach dem Erscheinen Homunks drängte sich Sassquai mit Tausenden anderen Ingul auf einer Lichtung auf Kranchei, ein Bündel mit einigen persönlichen Habseligkeiten und Pflanzensamen über den Rücken geschlungen. Sie spürte, dass sie ein Stück ihrer alten Heimat mitnehmen musste, um eine neue zu erschaffen.

Eine fast vollkommene Stille lag über den Ingul, als jeder von ihnen für sich Abschied nahm, versuchte, die bohrenden Zweifel beiseite zu schieben. Aus dem Wald drang nur das kaum wahrnehmbare Gleiten der Thermoflammer, die dafür sorgten, dass die Ingul nicht von Raubtieren bedrängt wurden.

Sassquai fragte sich, wie sie nach Ambur reisen würden. Homunk hatte kein Wort über die Art ihres Transports verloren.

Dann, kurz vor Sonnenuntergang, öffnete sich die Wolkendecke. Tausende von Köpfen reckten sich erwartungsvoll in die Höhe. Sie wurden nicht enttäuscht. Ein Raumschiff schwebte in dem Wolkenfenster, ein riesiger Zylinder mit spitz zulaufenden Enden. Sassquai kniff die Augen zusammen, um Einzelheiten zu erhaschen, aber je mehr sie sich mühte, desto undeutlicher wurde ihre Wahrnehmung.

Und unvermittelt flogen die Ingul. Nicht kraft ihrer Flügel, auf dem Wind dahingleitend. Nein, federleicht schwebten sie senkrecht nach oben, dem Zylinder entgegen. Sassquai verdrehte den Kopf. Überall lösten sich Gruppen von Ingul vom Boden. Sassquai zählte ein, zwei Dutzend von ihnen, aber sie war sicher, dass es noch mehr geben musste, denn der Dunst versperrte ihr die Sicht über weite Teile der Insel.

Homunk hatte sie ihm Auftrag seines Herrn gerufen – und die Ingul waren gekommen.

Aber nicht ausnahmslos. Das Panorama Krancheis verschwand, und die Schärfe ihrer Wahrnehmung verriet Sassquai, dass sie eine weitere Vision erlebte.

Sie blickte auf die zerfurchte Oberfläche einer leblosen Welt. Die Felsen warfen erbarmungslos exakte Schatten, keine Atmosphäre streute das Licht. Die Oberfläche rückte näher heran. Sassquai – und mit ihr das gesamte Volk der Ingul – sah ein Fahrzeug, das auf Ketten durch die Felswüste rollte. Das Fahrzeug hielt an, und ein Mann kletterte hinaus. Er trug einen schweren, unförmigen Raumanzug.

Dann blickte sie dem Mann ins Gesicht. Er war ein Tefroder – aber selbst die Tekoi Sassquai, die das Fleisch der Erinnerung noch nicht gekostet hatte, erkannte seine Züge, seine blauen Augen. Es war der Mann, dem sein Volk schon einmal begegnet war, auf Pigell, vor vielen Jahrzehnttausenden.

»Prägt euch sein Gesicht gut ein«, erklang eine Stimme, mächtiger noch als die Homunks. Sassquai spürte, dass es die seines Herrn war. »besonders ihr, die ihr es nicht vermocht habt, eure Furcht zu überwinden. Ihr werdet diesem Mann wieder begegnen – und wenn ihr es tut, hoffe ich, werdet ihr mehr Mut besitzen als heute. Vertraut euch ihm an.«

Das Gesicht verschwamm. Sassquai glaubte noch ein Lachen zu hören, dann hatte sie die Realität wieder. Die verwirrten Gesten der übrigen Ingul bestätigten ihr, dass sie ihre Vision geteilt hatten.

Kurz darauf schlossen sich die Schleusentore des Schiffes hinter den Ingul. In den Hangars fanden sie Wasser und Nahrung, sowie Liegen, die auf ihre Fledermauskörper zugeschnitten waren.

Und während die Triebwerke das Schiff erbeben ließen, bildeten die Ingul in einem der Hangars einen rituellen Kreis, um das Fleisch der Erinnerung weiterzugeben.

»Komm«, sagte der alte Teneme und legte ihr helfend den Arm um die Schulter. »Komm, du musst keine Angst haben.«

Sassquai zitterte.

18.

Sie waren bereits über eine Stunde unterwegs und hatten mehrere Eisfelder umgangen, als Neniver darauf kam, was sich verändert hatte. Es war die Art, wie Rhodan sie anblickte.

Sie erinnerte sich, wie er sie auf dem Empfang des Thorts angesehen hatte: freundlich, aber distanziert. Wie man eine Dienerin unter vielen ansah. Dann, als sie in dem Raum erschienen war, in dem man ihn gefangen hielt: Überraschung, Unglauben – und eine gehörige Portion Skepsis, die er vergeblich zu verbergen suchte. *Du? Du willst mich hier heraushauen?* Dennoch, er war ihr gefolgt. Was war ihm auch sonst geblieben?

Schließlich hatten sie die Station hinter sich gelassen, waren in die Schlangenberge aufgebrochen. Und wieder hatten sich seine Blicke verändert: Sie las Respekt in seinen Augen, seit er erkannt hatte, dass ihre Gewandtheit im Gebirge der seinen weit überlegen war. Rhodan wusste, dass er ohne sie nicht weit gekommen wäre.

Doch jetzt, nachdem Rhodan vom Fleisch gekostet hatte, las sie in seinen Blicken einen neuen Ausdruck: Verstehen. Rhodan erfasste sie, Neniver, er begriff das Schicksal ihres Volkes, den Fluch der Furcht, der über ihm lag, und der die Ingul zu dem gemacht hatte, was sie waren. Neniver hatte sich noch nie einem Wesen so nahe gefühlt, nicht einmal Sictassul, ihrer Freundin und Partnerin aus den Tagen, als sie sich selbst noch irrtümlich für eine Ferronin gehalten hatte.

Die Begegnung mit Rhodan hatte ihr Leben verändert – und sie wusste, dass es nie wieder dasselbe sein würde.

Sie spürte, wie sie sich veränderte. Die Furcht, die ihr ständiger Begleiter gewesen war, seit sie das Fleisch empfangen hatte, war verschwunden. Sie hatte sich zu dem bekannt, was sie war und das einem Terraner gegenüber, einem Wesen, das mit den Tefrodern noch enger verwandt war als die Ferronen. Sie hatte sich ihm geöffnet, und ihr war nichts geschehen. Rhodan hatte sie nicht getötet, nein, er akzeptierte sie, wie sie war, respektierte sie.

Und er würde sie auch noch akzeptieren, wenn sie den nächsten Schritt getan hatte. Er war zum Greifen nahe, daran ließen die Schmerzen keinen Zweifel, die sie vor einigen Stunden aus dem ohnmachtähnlichen Schlaf geweckt hatten, der stets der Verabreichung des Fleisches folgte. Jedes Mal, wenn sie erwachte, spürte sie, dass sie ihrer Erfüllung einen Schritt näher gekommen war. Doch dieses Mal war die Erfrischung, die ihr der Schlaf sonst gewährt hatte, ausgeblieben. Es war, als ob ihr Körper seine gesamten Kräfte sammelte, sie konzentrierte, und nicht dazu gehalten war, für unwichtige Dinge wie die Fortführung ihres Marschs auch nur ein Quäntchen Energie zu Verfügung zu stellen.

Neniver schleppte sich über den Schnee, über die Geröllfelder und die Felsen wie eine alte Frau. Ihre Füße seltsam ungeschickt, jeder Schritt eine Anstrengung, zu der sie sich bewusst zwingen musste. Sie fühlte sich schwer und ungelenk, und gleichzeitig erahnte sie eine frappierende Leichtigkeit, die sich in ihr aufbaute. Neniver erschien sie wie eine Verheißung.

Die Ingul hielt an, blickte hoch zum glühenden Ball der Wega. Die Sonne hatte beinahe ihren Zenit erreicht. Sie hatten noch viele Stunden Zeit, ihren Marsch fortzusetzen, bevor sie in einer Höhle oder unter Felsen Schutz vor der Nacht suchen mussten.

Ihre Rechte fuhr über die Uniformjacke. Sie erfühlte Unebenheiten entlang ihrer Seite und an ihrer Hüfte einen Klumpen. Das Fleisch war bereit. Es würde nicht mehr warten, bis die Dunkelheit sich über die Berge legte.

Sie blickte nach vorne, entlang der Route, die sie für sie

festgelegt hatte. Marschierten sie weiter, konnten sie noch heute das Fort erreichen. Sie hatte es Rhodan nicht gesagt, aber sie glaubte, dass er es ebenfalls wusste. Der Terraner kannte die Berge nicht so gut wie sie, aber er war nicht dumm.

Neniver zeigte auf eine Felsnase, keine zehn Minuten Marsch vor ihnen. Sie lag etwas abseits von ihrem Weg. Die Ingul drehte den Kopf zu Rhodan. »Suchen wir nach einer Höhle.« Es war eine Feststellung, keine Frage.

Rhodan musterte sie einige Augenblicke lang, dann nickte er wortlos. Er verstand.

Mit aufgeregten Schritten stapfte Neniver los.

Rhodan folgte ihr.

Die Siedlung war wieder gewachsen.

Timiau schlang die Flughäute unwillkürlich enger um sich und rutschte etwas zurück. Er wollte nicht wie Simyere enden. Der Späher hatte geglaubt, das Laub allein würde ihn vor der Entdeckung durch die Tefroder schützen und war bis unmittelbar an den Waldrand gekrochen. Ein Irrtum. Plötzlich hatte sich ein Tor in der fugenlosen, transparenten Wand gebildet, hinter der sich die Tefroder verkrochen hatten, und eines ihrer Fluggeräte war herausgeschossen. Timiau, der im Schutz des Walds geblieben war, hatte ohnmächtig zusehen müssen, wie eine Serie von Geschossen seinen Gefährten zerfetzt hatte.

Immerhin, die Tefroder hatten Simyere für ein Tier gehalten, sonst hätten sie versucht, ihn lebend zu fangen und auszuhorchen. Das Sayest war nicht in Gefahr.

Triebwerksgeheul zeigte an, dass ein weiterer Transporter landete.

Timiau schob den Kopf wieder über den umgestürzten Baumstamm, hinter dem er sich versteckte. Der Transporter setzte auf der Landefläche auf. Aus seinem Laderaum quollen mehrere Dutzend Ferronen – Siedler, wie Timiau an ihrem schweren Gepäck erkannte. Sie waren kleiner und stämmiger als die Tefroder, deren Bilder ihm das Fleisch der Erinnerung gezeigt hatten, und ihre Haut war anders, ein ausgebleichtes Blau. Aber Timiau ließ sich von ihrem Aussehen nicht täuschen. Die Unterschiede zu den Tefrodern, die ihre Vorfahren um ein Haar ausgerottet hatten, waren, sah man genauer hin, nur oberflächlich. Die Grundstrukturen ihrer Körper – zwei Beine, zwei Arme, zwei Augen – stimmten mit ihnen überein. Und außerdem, was bedeuteten sie schon? Die Ingul wussten besser als jedes andere Volk, wie wenig körperliche Veränderungen aussagten.

Timiau fragte sich, ob der Strom der Siedler jemals versiegen würde. Er bezweifelte es. Die alte Sagdire erzählte immer davon, wie die ersten von ihnen auf der Insel gelandet waren, als sie noch ein Kind war. Eine Hand voll nur war es gewesen, und die meisten von ihnen waren innerhalb kürzester Zeit gestorben, dahingerafft von den Krankheiten Pigells oder seiner mörderischen Tierwelt. Aber immer wenn die Ingul geglaubt hatten, die Siedlung wäre am Ende, waren neue Tefroder gekommen. Und nach einiger Zeit fielen sie nicht mehr den einheimischen Erregern zum Opfer, auch nicht denen, die die Ingul in der Zwischenzeit gegen sie erzeugt hatten.

Der Stützpunkt wuchs zu einer Siedlung. Die Raubtiere, die versuchten, in sie einzudringen, starben bei der Berührung des elektrisch geladenen Zauns. Die übrigen wurden von den Tefrodern gehetzt oder eingefangen und für ihre eigenen Zwecke abgerichtet. Selbst die Thermoflammer, die furchtbarsten Geschöpfe des Waldes und seit den allerersten Tagen die Wächter der Ingul, dienten jetzt den Tefrodern.

Er hatte genug gesehen, Kirrise wartete auf ihn. Timiau wandte sich ab und kroch auf dem Bauch zurück in den Wald. Dornen bohrten sich schmerzhaft in seine Flughäute, zerrten an dem kurzen Pelz, der seinen Leib bedeckte, aber der Ingul widerstand dem Impuls, sich aufzurichten. Erst als das Licht sich zum Halbdunkel abschwächte, wagte er es aufzustehen.

Die dichte Laubdecke der dreihundert Schritt hohen Urwaldriesen schützte die Ingul – bislang.

Der Marsch zurück zum Sayest war anstrengend. Die Ingul waren vorsichtig geworden. Regelmäßig dieselben Wege einzuschlagen hätte bald dazu geführt, deutlich sichtbare Spuren zu hinterlassen. Timiau drängte sich durch dichtes Buschwerk, gestattete es sich nur hin und wieder, auf die undeutlichen Pfade einzuschwenken, die Tiere in den Wald getrampelt hatten. Immer wieder blieben Timiaus Flughäute an Ästen oder Dornen hängen, ließen ihn nicht vergessen, dass seinesgleichen nicht hierher gehörte. Die Ingul waren für die Luft geschaffen, die Flughäute, die sich zwischen ihren Armen und Beinen spannten, ließen sie mühelos aufsteigen, ihre hohlen Knochen erlaubten es ihnen, stundenlang ohne spürbare Anstrengung auf den warmen Winden dahinzugleiten.

Timiau erinnerte sich daran, wie sein Vater ihm als Kind das Fliegen beigebracht hatte, an das Gefühl der Leichtigkeit, das ihn überkommen hatte – und an die Tefroder, die ihn und die seinen dazu verurteilten, wie ein Wurm über den Erdboden zu kriechen. Er wünschte, sie würden verschwinden, dann würde Pigell wieder den Ingul gehören. Doch er wusste, dass dieser Traum unerfüllt bleiben würde. Die Tefroder waren wie eine Flutwelle. Die Ingul würden in ihr untergehen, wenn sie nichts unternahmen.

Dem Ingul stellte sich eine undurchdringliche Pflanzenwand in den Weg. Timiau pfiff und eine Öffnung entstand. Routiniert glitt er hindurch und betrat das Sayest. Hinter ihm verschloss sich der Durchgang wieder.

»Und, was hast du gesehen? Ziehen sie wieder ab? Bitte, sag, dass sie abziehen!« Eine Hand voll Ingul stürzten sich auf den Späher, begierig auf Neuigkeiten. Die meisten von ihnen verließen niemals das Sayest – aus Furcht vor den Tefrodern oder weil der Rat der Festung es ihnen verbot, aus Sorge, sie könnten durch ihre Ungeschicklichkeit die Aufmerksamkeit der Tefroder auf sich ziehen. Sich am Boden des Urwalds zurechtzufinden war eine Gabe, die ihnen die Ahnen nicht mitgegeben hatten. Sie hatten sich nicht vorstellen können, dass ihre Nachfahren sie je benötigen könnten.

Timiau schob die Fragenden beiseite. »Nicht jetzt«, sagte er. »Im Rat gebe ich euch Auskunft, lasst mich zuerst zu Kirrise.« Die Ingul wichen widerwillig zur Seite.

Kirrise lag auf einer Blättermatratze in der Erdhöhle, die sie und Timiau sich teilten. Die Pflanzen schmiegten sich an ihren Körper, machten ihr das Liegen so bequem wie möglich.

Als sie Timiau sah, schnalzte sie freudig und versuchte aufzusitzen. Der Ingul trat neben ihr Lager und drückte sie sanft hinunter. »Nicht, du sollst dich nicht anstrengen.«

»Ich bin nicht krank«, sagte sie, »also behandle mich nicht so.« Aber trotz ihrer Worte blieb sie liegen. Die Schwangerschaft musste sie stärker mitnehmen als sie zugab. Kirrise hätte sich sonst nie Vorschriften machen lassen.

Timiau strich beruhigend über ihre Flughäute. Kalter Schweiß heftete sich an seine Finger. Kirrises Bauch wölbte sich drei, vier Handbreit in die Höhe. Ihr übriger Körper wirkte neben dem gewaltigen Wulst, über dem sich die Haut zum Zerreißen spannte, zerbrechlich und klein. Timiau hatte noch nie bei einer Schwangeren einen solchen Bauch gesehen, nicht einmal bei Jaksima, die Drillinge zur Welt gebracht hatte.

»Kann ich dir etwas bringen?«, fragte er hilflos.

Sie winkte ab. »Nein, Timiau, sag mir nur, was du gesehen hast. Ziehen sie ab?«

Timiau schluckte. Dann sagte er: »Es tut mir Leid, Kirrise. Gerade kam erst wieder ein Transport mit neuen Siedlern an. Ich fürchte, sie werden ihre Festung in den nächsten Tagen noch einmal vergrößern.«

»Heißt das, unser Rat wird auf dem bestehen, was der Erhabene Rat entschieden hat?«

Der Ingul flatterte resigniert mit den Flughäuten. »Ja, das

heißt es wohl.« Er konnte ihr nicht in die Augen sehen. »Uns bleibt keine andere Wahl. Es geht um unser Überleben.«

Kirrise versuchte erneut aufzusitzen, aber auf halbem Weg verließ sie die Kraft und sie fiel in das Blätterlager zurück. »Bitte tut es nicht«, beschwor sie ihn. »Ich weiß, ich habe dem Plan zugestimmt, wie fast alle, aber das war bevor …«, sie strich über ihren Bauch, »… bevor alles anders wurde. Es ist jetzt mein Kind, verstehst du nicht?«

»Doch, ich verstehe. Ich verstehe viel zu gut«, flüsterte er. »Aber was sollen wir denn tun? Die Flügel zusammenfalten und warten, bis die Tefroder uns finden und töten?« Er zwang sich, ihr in die Augen zu sehen. »Und was das Kind angeht. Denk doch daran, was in dir heranwächst. Du weißt so gut wie ich, dass du es nicht behalten kannst.«

Kirrise schwieg.

Timiau wünschte, sie hätte ihn beschimpft. Er hätte es leichter ertragen. Timiau wollte sie trösten. Ihr sagen, dass es das Beste für ihr Kind war, aber als er sah, dass sie den Kopf weggedreht hatte und demonstrativ gegen die Wand starrte, murmelte er nur: »Ich muss los, der Rat wartet auf mich. Ruh dich aus, ja? Es wird nicht lange dauern.«

Timiau schlüpfte geduckt aus der Höhle. Draußen erwartete ihn bereits eine aufgeregte Gruppe Ingul. Mit lautem Geschrei heftete sie sich an seine Fersen und begleitete ihn bis zu der Höhle, in der ihn der Rat des Fleisches erwartete. An normalen Tagen wäre den meisten der flehenden und zeternden Ingul im Schlepptau Timiaus der Zugang zum Rat verwehrt geblieben, aber nicht heute. Die Entscheidung war zu fundamental, um Mitglieder des Sayest auszuschließen.

Der Rat des Fleisches, ein halbes Dutzend Ingul beiderlei Geschlechts, hatte bereits seine Plätze eingenommen. Die übrigen Ingul verteilten sich an den Wänden, lehnten sich entweder stehend gegen die dunkle Erde oder kauerten auf dem festgetretenen Lehm.

Timiau trat zu den Ratsmitgliedern.

Menade, der Ratsälteste, erhob sich. »Sei willkommen, Späher. Sag uns, warst du heute draußen bei den Tefrodern?«

»Das war ich.«

»Und was hast du gesehen?«

»Es ist, wie wir befürchtet haben«, sagte Timiau mit belegter Stimme. »Die Tefroder bauen ihre Siedlung aus. In der kurzen Zeit, in der ich sie zu beobachten wagte, landete eine Hand voll Transporter mit Siedlern. Und auf dem Weg hörte ich die Triebwerke von vielen weiteren.«

Das erregte Getuschel, das die Höhle erfüllt hatte, verstummte. Jeder der Anwesenden wusste, was das bedeutete.

In die Stille hinein sagte der Ratsälteste: »Dann ist es also entschieden.«

»Was ist entschieden?«, ertönte eine laute Stimme. Sie gehörte Retinei, einem zähen, sehnigen Mann. Früher wäre er Krieger oder Jäger geworden, ein Mann, der die Insel unablässig durchstreift hätte. Doch seit der Ankunft der Tefroder war er wie alle übrigen dazu verurteilt, sich in der Festung zu verkriechen. Retinei war sie ein verhasstes Gefängnis.

»Ich frage euch: Was ist entschieden?«, wiederholte er. »Doch nur, dass wir reagieren müssen, nicht wie!«

»Nicht schon wieder, Retinei«, protestierte Menade. »Wir …«

Retinei beachtete ihn nicht. »Seht euch an, was aus uns geworden ist – wir sind Erdschweine! Unsere Vorfahren würden uns auslachen. Und ihr wisst, dass ich Recht habe, das Fleisch sagt es euch.« Er stapfte in die Mitte der Höhle. »Die Tefroder sind zurück – zahlreich, wie wir es nie für möglich gehalten hätten. Wir müssen handeln, aber wie? Manche von euch sagen, wir sollten beten. Flehen, dass der Retter zurückkehrt, der vor Jahrhunderten einen Teil unseres Volkes mitgenommen hat. Ich sage euch, dieses Wesen war kein Retter! Es hat unsere Brüder und Schwestern zu den Sternen gebracht, und seit diesem Tag haben wir nie wieder von ihnen gehört. Wenn ihr mich fragt, dann sind sie längst tot.«

Einige der Ingul holten entsetzt Luft. Timiau wusste um ihren Glauben, dass die Auswanderer jetzt auf einer Welt ohne Angst lebten, ohne Tefroder.

»Doch was können wir tun?«, fuhr Retinei fort. »Nun, der Erhabene Rat des Fleisches hat lange darüber nachgedacht. Und er kam auf eine großartige Idee: Uns selbst aufzugeben, uns mit eigener Hand all das zu nehmen, was uns ausmacht! Brüder, Schwestern …«, Retinei sah zu den an den Wänden aufgereihten Ingul, »… fallt nicht darauf herein. Ihr könntet euch ebenso gut ein Messer in den Bauch stoßen, wie auf sie zu hören. Nein, ich sage euch, es ist die Zeit gekommen zu kämpfen. Noch ist die Siedlung der Tefroder keine Stadt, noch können wir sie überwältigen. Erteilen wir ihnen eine Lehre, die sie nicht vergessen werden. Vertreiben wir sie aus unserer Heimat!«

Beifälliges Murren folgte seinen Worten. Gerade unter den Älteren, die nicht wollten, dass sich etwas änderte, hatte Retinei einige Anhänger.

Aber es gab auch Ältere, die anders dachten. »Kämpfen sollen wir also, Retinei«, riss Menade das Wort wieder an sich. »Was für ein törichter Vorschlag! Nehmen wir einmal an, wir folgten ihm. Nehmen wir an, wir könnten die Siedlung der Tefroder überrennen. Wären wir dann gerettet? Nein, wir wären unwiederbringlich verloren! Und nicht nur unser Sayest, die Ingul auf ganz Pigell wären es. Denn die Tefroder erführen dann von unserer Existenz – und sie würden nicht ruhen, bis sie auch das letzte Mitglied unseres Volkes ermordet hätten. Dein Vorschlag kommt einem Selbstmord gleich.«

Der Ratsälteste entfaltete seine Flughäute und ließ den Blick über die Runde schweifen. »Aber ich habe auch Verständnis für diejenigen, die an den alten Wegen festhalten wollen. Unsere Zukunft ist ungewiss und ebenso unser Vorhaben. Doch ich bitte euch, lasst nicht zu, dass euch die Furcht regiert. Überlegt euch, was macht denn die alten Wege aus, was macht *uns* aus? Ist es dieses Leben hier, in kleinen Gemeinschaften über Pigell verstreut? Wohl kaum, denn unsere Vorfahren lebten einst in Raumschiffen. Ihr Zuhause waren die Sterne, nicht die Oberfläche irgendeines Planeten. Ist es unsere Kunst, Tiere und Pflanzen beinahe nach Belieben zu manipulieren? Das glaube ich nicht, denn unsere Vorfahren waren Techniker, Meister der mechanischen Welt. Oder sind es unsere Körper, die uns ausmachen?«

Menade schwieg einige Augenblicke. »Ihr wisst so gut wie ich, dass unsere Körper von unseren Ahnen geschaffen wurden. Sie sind Verstecke, die es uns ermöglicht haben, uns viele Jahrzehnttausende vor den Tefrodern zu verbergen.« Der Ratsälteste reckte die Arme in die Höhe, bis seine Flughäute gespannt waren. Sie waren straff und geschmeidig, die Häute eines Mannes, der in seiner Jugend noch geflogen war. »Oh, nein. Was uns ausmacht, ist etwas anderes. Es ist unser Überlebenswille, unsere Weigerung, jemals aufzugeben. Und es ist unsere Klugheit zu erkennen, wenn wir übermächtigen Feinden gegenüberstehen. Es ist die Gabe zu wissen, wann es Zeit ist mit aller Macht zuzuschlagen, und wann es nötig ist, sich anzupassen. Und Letztere ist nun gekommen – kämpften wir gegen die Tefroder, würden wir nicht nur sterben, wir würden uns selbst verraten. Ich sage euch: Tun wir das Nötige! Und habt keine Furcht, denn das Fleisch wird bei uns sein.«

Niemand meldete sich mehr zu Wort. Die Ingul hatten die Frage schon viele Male beraten, die Argumente waren ausgetauscht, der Erhabene Rat aller Ingul hatte längst entschieden.

Das Dröhnen eines Transporters begleitete die Stimmabgabe. Es gab eine Gegenstimme, vermutlich die Retineis, aber Timiau konnte es nicht mit Bestimmtheit sagen, da die Ingul ihre verschiedenfarbigen Kügelchen aus der geschlossenen Faust in das Loch in der Mitte der Höhle rollen ließen.

Jetzt, da die Entscheidung gefallen war, rückten die Ingul zusammen, bis sie einander berührten. Sie entfalteten ihre Flughäute, bildeten eine geschlossene Kuppel über dem Rat.

Es war eine Geste der Zusammengehörigkeit, die in die Zeit der Landnahme zurückreichte, als die Zahl der Ingul noch zugenommen hatte. Unter dem schützenden Dach ihrer Flughäute hatten die Gruppen, die auszogen, um ein neues Sayest zu begründen, ihre Alten und Kinder, die Kranken und Schwachen behütet.

Einer der Ingul zog an Timiau, um ihn in den Kreis aufzunehmen, aber der Späher machte sich los. Er musste zu Kirrise! Mit großen Sprüngen überquerte er den verlassenen Innenhof der Festung und stürmte in ihre Höhle.

Das Pflanzenlager war leer.

Timiau stieß einen trällernden Schrei aus. Kirrise musste davongekrochen sein, damit man ihr das Kind nicht wegnehmen konnte! Timiau rannte hinaus. Er musste sie finden! In ihrem Zustand konnte jede Anstrengung die Geburt einleiten. Und er bezweifelte, dass Kirrise sie ohne Hilfe überleben würde, nicht mit diesem Kind.

Timiau hastete von Höhle zu Höhle. Sie waren leer, ihre Bewohner hatten sich beim Rat versammelt. Von Kirrise fand er keine Spur. Sie musste die Festung verlassen haben. Aber wohin konnte sie gegangen, nein, gekrochen sein? Einem Impuls folgend rannte er nach Osten, dorthin, wo ein Bach an der Festung entlangfloss. Kirrise liebte es, an seinem Ufer zu sitzen.

Seine Gedanken überschlugen sich. *Was habe ich nur getan? Ich habe zu viel von ihr verlangt. Ihr eigenes Kind wegzugeben …*

Dann fand er sie.

Sie lag am Ufer des Bachs, halb zur Seite gerollt. Der Wulst ihres Bauchs war verschwunden.

»Kirrise!« Er hüllte sie in seine Flughäute ein. »Es tut mir so Leid. Ich habe mich geirrt, wir behalten das Kind. Hörst du? Wir …«

Sie versteifte sich.

»Was hast du? Wo ist das Kind?«

Kirrise schob eine Hand unter Timiaus Flughaut hervor

und deutete auf einen einige Schritte entfernten Busch. Timiau merkte, dass sie dabei in die gegenüberliegende Richtung starrte. Es war, als ob sie den Anblick nicht ertragen konnte.

»Ist … ist es tot?« Als sie nicht antwortete, ging Timiau zu dem Busch.

Das Kind lebte. Seine hellblaue Haut war völlig haarlos. Zwischen den Armen und Beinen, dort, wo sich die Flughäute der Ingul spannten war – nichts. Timiaus Magen zog sich zu einem Klumpen zusammen.

»Ich will es nicht. Bring es weg!«, hörte er Kirrise keuchen. »Bring dieses *Ungeheuer* weg!«

Und Timiau beugte sich vor, nahm das Bündel Leben in seine Arme und lief los, zu der Siedlung der Tefroder, um es an deren Rand abzulegen.

Dort war sein Platz. Und dort würde von jetzt an der Platz seines Volkes sein.

19.

Es war ein Erwachen, wie Neniver es nie gekannt hatte. Übergangslos kehrte ihre Wahrnehmung zurück.

Draußen dämmerte es, ob die Nacht hereinbrach oder der Morgen graute, konnte sie nicht sagen. Sie hatte jedes Zeitgefühl verloren. Im Halblicht sah sie Rhodan neben ihr knien. Er hatte die Arme halb ausgestreckt, seine Hände schwebten über ihr, berührten sie aber nicht. Es war, als ob er sie hätte in den Arm nehmen wollen, aber auf halbem Weg vom Mut verlassen worden wäre.

»Neniver«, sagte Rhodan. »Neniver … bist du das?«

Bist du das? Seine Frage hallte in ihren Gedanken nach.

Sie hob die Hände vor das Gesicht. Ihre Finger waren schwarz. Ihre Rückseiten und die Handrücken waren von einem dichten, aber kurzen Fell dunkler Farbe bedeckt. Die Behaarung zog sich auf ihren Armen weiter. Die Arme. Neniver betrachtete sie einige Sekunden lang. Sie wirkten geschrumpft und gewachsen zugleich. Sie waren dünner geworden, erinnerten nicht einmal mehr entfernt an die stämmigen Gliedmaßen einer Ferronin. Gleichzeitig wirkten sie länger und verwirrenderweise kräftiger, als könnten sie großem Zug standhalten.

Und aus den Armen wuchsen Flughäute.

Neniver war nicht überrascht. Sie befingerte die Häute; sie waren dünn, dünner als der Finger eines Terraners, aber dennoch wirkten sie fest und geschmeidig.

Die Ingul blickte an sich hinunter. Die Flughäute zogen sich links und rechts an ihrem Körper entlang, bis fast hinunter zu den Füßen, die jetzt in Klauen endeten. Ihr Körper selbst war schlanker geworden, das überschüssige Gewebe musste in die Erzeugung der Flughäute geflossen sein. Die Nanomaschinen der Uniform hatten versucht, sich ihrer neuen Körperform anzupassen – mit mäßigem Erfolg. An einigen Stellen hingen Stofffetzen an ihrem Körper, aber ihre Flughäute und der größte Teil ihres Oberkörpers waren unbedeckt. Die Wärme, die sie in ihrem Rücken spürte, sagte ihr, dass der übrige Stoff ihre Rückseite gegen den kalten Fels schützte.

»Neniver!«, drängte Rhodan ein weiteres Mal. »Bist du es? Was ist mit dir geschehen?«

»Ja«, sagte sie. Es war ein Krächzen. Ihre Stimme war höher geworden, hatte an Volumen verloren. »Ja, ich bin es.«

Sie versuchte aufzustehen. Noch ehe sie sich ganz aufgerichtet hatte, wurde ihr schwindelig. Die Beine knickten unter ihr weg.

Rhodan packte sie an beiden Händen und hielt sie fest. Nach einigen Augenblicken verschwand die Übelkeit. Ihre Beinmuskeln strafften sich. »Danke«, sagte Neniver. »Es … es geht schon wieder.«

Rhodan ließ los, blieb aber direkt vor ihr stehen. Bereit, sie ein zweites Mal zu stützen, sollte sie die Kraft verlassen.

Seine Wachsamkeit war unnötig. Neniver machte erste tastende Schritte durch die Höhle, in die sie Rhodan geführt hatte. Ihre Klauenfüße fanden mühelos Halt auf dem Fels, aber sie schmerzten, als wären sie nicht für diesen Zweck geschaffen. Vielleicht fehlte ihnen auch nur die Hornhaut, die bei regelmäßigem Gehen entstehen würde. Sie stützte sich auf Rhodan, hob ein Bein und untersuchte die Ferse. Die Haut war zart und weich. Die Metamorphose hatte ihr einen perfekten Körper geschenkt – aber keinen, der sich für einen Marsch durch das Gebirge geeignet hätte.

»Geht es? Kannst du laufen?«, fragte Rhodan.

Neniver griff nach zweien der Uniformstücke und wickelte sie um ihre Füße.

Sie setzte zu einem zustimmenden Kopfschütteln an, hielt

aber inne. Sie verband nichts mit den Ferronen, nicht einmal mehr ihr Körper. Warum sollte sie ihre Gesten benutzen? »Es wird schon gehen«, sagte sie. »Wir müssen zum Fort. Ich brauche Nahrung – und du auch: Ich habe kein Fleisch mehr für dich.«

Lor-timkan wartete.

Zwischen den Fingern seiner rechten Hand spielte er mit einem Stoffrest. Sooft schon hatte er das Material hin- und hergerollt, dass es sich in ein Bündel loser Fäden verwandelt hatte, von dem sich immer wieder einzelne Stränge lösten und zu Boden fielen. Einem uneingeweihten Beobachter wäre es kaum gelungen, das Faserbündel korrekt zu identifizieren, aber Lor-timkan genügte dazu die eigene Nase. Der Stoff roch nach Schlammbüffel.

Sie hatten ihn in diesem Raum hier gefunden, an der Peripherie der Station auf Rofus, ausgestattet mit einer Schleuse, die es ermöglichte, die Station zu verlassen. Das konnte nur eines bedeuten: Rhodan war hier gewesen – und der Terraner war in die Berge geflüchtet.

Zum wiederholten Male presste Lor-timkan das Gesicht gegen die Sichtluke. Vor ihm erhob sich das Panorama der Schlangenberge, schneebedeckte Gipfel, die acht-, neun- ja zehntausend terranische Meter in die Höhe ragten. Es war eine der lebensfeindlichsten Landschaften, die sich auf den Monden und Planeten des Wega-Systems befand, ausgenommen natürlich die der Himmelskörper, die über keine oder für Ferronen giftige Atmosphäre verfügten. Die Schlangenberge waren ein Gebiet bar jeder Besiedlung. Nicht einmal die stolzen Sicha oder Hètar hatten Anstrengungen unternommen, diese Extremzone zu besiedeln. Sie hatten Welten vorgezogen, die dank Planetenforming eine weniger harsche Zukunft versprachen.

Die Bevölkerung von Rofus drängte sich fast ausschließlich

entlang des Äquators, in der Hauptstadt Tschugnor, die im Lauf der Jahrhunderte die wenigen anderen Siedlungen des Planeten ausgeblutet hatte. Wer auf Rofus lebte, tat dies aller Wahrscheinlichkeit nach in Tschugnor. Die wenigen Ferronen, die die Einsamkeit suchten, fielen zahlenmäßig kaum ins Gewicht.

Und nach Tschugnor, der Stadt, die sich anschickte, Thorta den Titel der größten Metropole des Wega-Systems streitig zu machen, hatte Lor-timkan den alten Iin-belet losgeschickt, der nach Rhodans Mord an Lor-chenur zu seinem engsten Vertrauten aufgestiegen war. Lor-timkan hatte ihm den Auftrag gegeben, einen Gleiter zu mieten, mit dem sie die Verfolgung Rhodans aufnehmen konnten.

Es war nur scheinbar eine simple Aufgabe. Lor-timkan hätte sich selbst ihrer angenommen – alles wäre besser gewesen, als in diesem Schleusenraum ohnmächtig auf der Stelle zu treten, während Rhodan sich vielleicht im selben Augenblick in Sicherheit brachte –, aber er konnte es nicht riskieren, sich in der Öffentlichkeit sehen zu lassen. Die Sicherheitskräfte des Thorts mussten längst nach ihm fahnden. Iin-belet war absolut zuverlässig, und als Angehöriger eines anderen Stammes erregte er weniger Verdacht. Der alte Ferrone war durch den Transmitter der Station gegangen, um sich nach Ferrol abstrahlen zu lassen und von dort über das reguläre Transmitternetz nach Tschugnor zu reisen. Ein Vorgang, der länger dauerte, als man annehmen sollte. Die Transmitter selbst arbeiteten zwar in Nullzeit, aber die Strecke nach Tschugnor war chronisch überlastet, und nur selten ließen sich Wartezeiten vermeiden.

Lor-timkan unterdrückte einen wütenden Aufschrei. Die Vorstellung, dass Rhodan ihm aus derart banalen Gründen entwischen sollte, war unerträglich. Der Ferrone wandte sich von der Sichtluke ab. Er durfte sich nicht gehen lassen, nicht vor seinen Leuten. Er erhob Anspruch darauf, ihr Anführer zu sein, also musste er Format beweisen. Lor-timkan wollte seinen Männern mitteilen, dass er sich nebenan etwas ausruhen würde, als er einen Ruf hörte.

Er wandte sich um. Einer der Männer hatte seinen Platz an der Sichtluke eingenommen. Der Ferrone wedelte aufgeregt mit den Armen. »Er kommt!« Dann schränkte er ein: »Zumindest ist da ein Gleiter, der Kurs auf die Station nimmt. Es muss Iin-belet sein!«

Er behielt Recht.

Wenige Minuten später sprang Lor-timkan an Bord des Gleiters. Es war ein schweres, auf Frachttransporte ausgelegtes Modell. Die Pilotenkanzel war winzig und bot gerade zwei Ferronen Platz, aber dafür verfügte der Gleiter über einen großzügigen Laderaum mit mehreren Metern langen Türen, die auf Knopfdruck in der Bordwand verschwanden. Im Laderaum fanden sie mehrere schwere Strahler, einen Desintegrator und ein Wärmesuchgerät. Anerkennend stellte Lortimkan fest, dass der Gleiter genau das war, was sie brauchten: eine robuste Plattform, von der aus sie die Feuerkraft ihres neuen Arsenals optimal zur Geltung bringen konnten. Dass der Gleiter ein eher schwerfälliges Fluggerät war, fiel dagegen nicht ins Gewicht. Er musste nur ruhig auf der Stelle schweben, während sie den wehrlosen Rhodan einäscherten.

Lor-timkan legte dem alten Ferronen die Hand auf die Schulter. »Gut gemacht, Iin-belet.«

»Es tut mir Leid, dass es so lange gedauert hat«, sagte der alte Ferrone. »Aber es war nicht leicht, an die Waffen und das Spürgerät zu kommen. Der Schwarzmarkt ist in Unruhe. Man spürt überall, dass die Sicherheitskräfte des Thorts hinter etwas Größerem her sind.«

Lor-timkan winkte ab. »Schon gut, du hast getan, was möglich war.« Seine Finger schlossen sich fester um die Schulter Iin-belets.

Der Ferrone verstand und aktivierte den Antrieb. Die letzten Minuten von Rhodans Existenz hatten begonnen.

Rhodan musterte besorgt Nenivers Rücken.

Die Ingul ging vor ihm, wie immer, seit sie die Transmitterstation hinter sich gelassen hatten. Doch ihre Rollen hatten sich vertauscht. War Neniver bislang die gewesen, die in den Bergen die Führung übernommen und ihrem ungeschickten Gefährten von Zeit zu Zeit verstohlene, sorgenvolle Blicke zugeworfen hatte, war es jetzt Rhodan, der sich um seine Begleiterin sorgte.

Nenivers Schritte waren langsam, unsicher geworden. Immer wieder musste sie Halt machen und Atem schöpfen. Mehrmals war sie bereits ausgeglitten und Rhodan, der es sich schnell zur Gewohnheit gemacht hatte, unmittelbar hinter ihr zu bleiben, hatte sie nur mit viel Glück vor folgenschweren Stürzen bewahren können.

Rhodans Blick fiel auf ihre in Lumpen gehüllten Krallenfüße. Ihre Umrisse zeichneten sich durch den Stoff ab, wirkten winzig für ein menschengroßes Wesen. Sie waren nicht zum Laufen geschaffen, eher zum Greifen nach Ästen, von denen Neniver herabhängen konnte.

Neniver sank mit einem überraschten Aufschrei in ein Schneefeld ein. Rhodans Arme schnellten nach vorne und bewahrten sie davor umzukippen.

»Sei vorsichtig«, sagte er. »Deine Krallenfüße haben eine kleinere Fläche als deine früheren. Das lässt dich leichter einsinken.«

Sie murmelte ein paar Worte, machte auf Rhodan gestützt das beinahe bis zur Hüfte eingesunkene Bein frei und stolperte weiter.

Sie wird immer schwächer, dachte Rhodan. *Die Metamorphose hat sie ihre letzten Reserven gekostet.*

Der Terraner ging weiter. Er fühlte sich erstaunlich frisch. Die Uniform, deren Nanomaschinenstoff sich immer weiter verdickt hatte, hielt ihn angenehm warm. Der ohnmachtähnliche Schlaf, der den Visionen des Fleisches gefolgt war, hatte ihn ausgeruht erwachen lassen. Und das Fleisch selbst – das

Fleisch hatte seinen Hunger gestillt. Ein Gefühl der Schuld stieg in ihm auf. Neniver hatte ihm Nahrung gespendet, ohne die er wahrscheinlich bereits tot wäre, aber es war Nahrung, die ihr selbst fehlte. Er wünschte, er hätte ihr etwas zurückgeben können, aber das war unmöglich. Er hatte zwar hin und wieder Moose gefunden, aber sie Neniver zu essen zu geben kam nicht in Frage. Ihr Körper hatte keine Reserven mehr, um mögliche Giftstoffe zu neutralisieren.

Nein, es gab nur eine Möglichkeit, die Ingul zu retten: Sie mussten das Fort erreichen.

Rhodan schloss zu Neniver auf und lief neben ihr weiter. Nach einigen Minuten fragte er: »Neniver, wo ist der Rest deines Volkes?« Es war eine Frage, die von ehrlichem Interesse getragen wurde – und von der Erfahrung des Unsterblichen, der spürte, dass er seine Gefährtin beschäftigen musste, sollte sie eine Überlebenschance haben.

Die Ingul hielt an, schnappte keuchend nach Luft und sagte dann: »Ich weiß es nicht. Ich wünschte, ich wüsste es. Ein Teil meines Volkes ist mit ES gegangen, das Fleisch hat es dir gezeigt.«

Rhodan nickte. »Ja, aber was ist mit den anderen? Denen, die zurückgeblieben sind?«

»Es kann nur noch eine Hand voll sein. Die Frau, die mir das Fleisch brachte, war alt. Sie schien ihr ganzes Leben auf diesen Augenblick hingearbeitet zu haben. Und in den Jahren danach bin ich nur einmal auf jemanden gestoßen, der vielleicht zu uns gehörte.« Sie hob den Kopf und starrte in das Gewirr der Gipfel. »Wer weiß? Es ist gut möglich, dass ich die Letzte meines Volkes bin.« Sie stapfte weiter, ohne ihn anzusehen.

Rhodan verstand die Geste und blieb hinter ihr. Er fragte sich, was aus Neniver werden sollte, nachdem sie das Fort erreicht hatten. Ihr Leben wäre damit gerettet. Aber was würde danach kommen? Rhodan musste an Gucky denken. Der Mausbiber, der ihm seit beinahe drei Jahrtausenden ein treuer Freund war, war der Letzte seiner Art. Für seine Umwelt war Gucky die personifizierte gute Laune, ein Wesen, das trotz seines unermesslichen Alters im Herzen Kind geblieben war. Aber Rhodan kannte ihn besser, wusste um die Stunden tiefster Verzweiflung, die der Mausbiber durchlitt, wenn ihm die Einsamkeit trotz aller terranischen Freunde zusetzte.

Einige Minuten lang hing Rhodan seinen Zweifeln nach, dann schüttelte er die düsteren Gedanken ab. In wenigen Stunden würden sie das Fort erreicht haben, nur das zählte.

Alles Weitere würde sich finden.

»Wie lange dauert das denn noch?«

Reginald Bull gab sich keine Mühe, seine Ungehaltenheit zu verbergen. Er war ein Mann, der fest daran glaubte, dass Höflichkeit und Diplomatie ihre Grenzen hatten – und dazu engere, als gemeinhin angenommen.

Jocimb, der Liga-Agent, verzog missbilligend die Augenbrauen. Sie waren Gäste auf Ferrol, es gehörte sich nicht, ihre Gastgeber anzuschnauzen.

»So lange so etwas eben braucht«, antwortete Tar-serque ungerührt.

»Aha. Und wie lange ist das?« Sein bissiger Ton verdeckte, dass er die Art der Malan, nie klein beizugeben, schätzte.

»Der Thort ist kein Alleinherrscher. Er ist nur so lange im Amt, wie ihn die Stämme, ihre Fürsten stützen«, erklärte Tar-serque.

»Und das hindert seine Sicherheitskräfte, eine zügige Kommandooperation durchzuführen?«

»Natürlich nicht. Aber dies hier ist keine gewöhnliche Operation. Es geht darum, Perry Rhodan zu retten. Eines der Wesen, das länger als die Sonne lebt. Alle streiten sich um die Ehre dabei zu sein. Aber das ist unmöglich, er kann nicht den halben Planeten zu der Mission einladen.« Die Malan warf ihre fleischigen Arme in einer Geste der Hilflosigkeit nach oben. »Was soll der arme Mann also tun? Er muss entscheiden: Bei wem steht er so tief in der Schuld, dass er seine Teilnahme nicht ablehnen kann? Wen will er auf seine Seite ziehen? Wen kann er auf keinen Fall gebrauchen, soll nicht der Erfolg der Mission insgesamt gefährdet sein? Das sind schwierige Fragen. Und ihre Beantwortung braucht eben Zeit.«

»Ich verstehe.« Bull schluckte einen bissigen Kommentar herunter. Wenn die Malan sagte, dass dies der schnellste Weg war, dann war er es auch. Aber die Vorstellung, dass sie nur wegen der internen Geplänkel der Ferronen zu spät kommen würden ... der Gedanke verursachte ihm Übelkeit. Das Tagebuch Lor-chenurs hatte detaillierte Beschreibungen enthalten; die Positionen der 14 Transmitter des Schattennetzes und der Stationen, die sie beherbergten, waren ihnen jetzt bekannt. Jede Sekunde, so Bulls Überzeugung, die sie jetzt vertrödelten, war fahrlässig.

Jocimb, der dem Gespräch der beiden stumm gefolgt war, legte den Kopf zur Seite, sein Blick wanderte ausdruckslos über die Decke. Dann flüsterte er etwas, sein Kopf ruckte hoch. »Es geht los«, sagte er zu Bull.

»Endlich!« Der stämmige Terraner sprang von dem Bett auf, auf dem er gesessen hatte, zog den Pyjama über den Kopf und lief nackt zu dem SERUN, der gegen die Wand lehnte. Es machte ihm nichts aus, sich vor der Malan und Jocimb zu entblößen, für ihn zählte nur, dass er endlich dieses verfluchte Krankenzimmer verlassen konnte.

Routiniert schlüpfte er in den Schutzanzug. Seine Brandwunden kribbelten nur noch, als das Material des SERUNS an ihnen entlangstreifte, sie waren nahezu abgeheilt. Mit einigen schnellen Handgriffen überprüfte er die Funktionstüchtigkeit des Anzugs. Lebenserhaltungssysteme, Antriebsaggregat, Schutzschirme und Medo-Einheit meldeten hundertprozentige Bereitschaft. Bull hätte den Systemcheck dem eingebauten Pikosyn überlassen können, aber er fühlte sich wohler, wenn er ihn zusätzlich von Hand vornahm. Es war seine persönliche Strategie um gegen die Wahrscheinlichkeit zu arbeiten, die ihn eines Tages das Leben kosten würde.

Er wandte sich an Jocimb und Tar-serque. »Gehen wir.« Er fühlte neue Zuversicht, der SERUN saß wie eine zweite Haut – eine Haut, die ihm aus zahllosen Einsätzen vertraut war.

Jocimb, der bereits einen SERUN trug, ging zur Tür. Die Malan, die wie üblich den zeremoniellen Umhang einer Stammesmutter trug, blieb regungslos auf der Stelle schweben.

»Was ist mit dir?«, fragte Bull. »Willst du keinen Schutzanzug anziehen? Du wirst ihn auf Rofus brauchen.«

»Das bezweifle ich«, sagte sie.

»Wieso? Hältst du dich etwa für unverwundbar?«

»Oh, nein.« Tar-serque machte eine wegwerfende Handbewegung. »So gut solltest du mich inzwischen kennen. Nein, ich brauche keinen, weil ich nicht mitkomme.«

»Was? Wieso …«

»Wenn du besser aufgepasst hättest, Terraner, hättest du bemerkt, dass das für eine Stammesmutter unmöglich ist.« Sie schwebte etwas näher an Bull heran. »Unser Einfluss beruht darauf, dass wir eben *nicht* dem hinterherhecheln, was alle begehren. Wir Malan stehen außerhalb der herkömmlichen Strukturen, nur deshalb können wir auf sie einwirken. Ich kann nicht mitkommen. Aber ich wünsche dir alles Glück dieses Universums, Terraner. Du hast es verdient.«

Bull starrte die Ferronin einige Augenblicke ungläubig an. Dann machte er zwei schnelle Schritte – und umarmte die Ferronin. Es gelang ihm nicht, seine Hände hinter ihrem Rücken zu schließen. »Ich danke dir für alles, was du für uns getan hast, Serque«, flüsterte er. »Wenn du jemals einen Gefallen brauchst, dann komm zu mir.«

Er wandte sich ab, nickte Jocimb zu und verschwand durch die Tür.

Zurück blieb eine Malan, die zum ersten Mal seit langer Zeit sprachlos war.

»Wie lange dauert das denn noch?«

Lor-timkan war ungeduldig. Seit mehr als zwei terranischen Stunden zogen sie bereits ihre Bahnen über den Schlangenbergen. Ohne Ergebnis – Rhodan blieb verschwunden.

Iin-belet versuchte den Ferronen zu beschwichtigen. »Du musst Geduld haben. Wir haben keinen Anhaltspunkt dafür, in welche Richtung Rhodan sich gewandt hat. Er kann überall und nirgends stecken.«

Lor-timkan verzichtete auf eine Antwort und starrte weiter auf die Anzeige des Wärmespürgeräts. Es bestand lediglich aus einem flachen Display, aus dem einige dünne, mehrere Meter lange Plastikschläuche herausragten. Sie hatten die Enden der Schläuche, in denen die Temperaturfühler integriert waren, aus den zu schmalen Schlitzen geöffneten Türen des Frachtraums gehängt. Ein schneidender Wind zog durch die Öffnungen herein, aber Lor-timkan störte es nicht. Er schien ihm eine passende Untermalung für die kalte Entschlossenheit, die ihn erfasst hatte.

Der integrierte Syntron des Wärmespürers ordnete die registrierten Temperaturunterschiede automatisch Geländeformationen zu. Vor den Augen der Ferronen entstand dadurch ein quasi-realistisches Abbild der Berge unter ihnen, die nichts mit der primitiven, verschwommenen Falschfarbenanzeige früherer Geräte dieses Typs gemein hatte.

Wärmequellen, die auf ein Lebewesen hindeuteten, wurden automatisch mit kleinen Dreiecken markiert. Auf Wunsch zoomte die Anzeige heran, um eine Identifikation zu erlauben.

Bisher hatte das Gerät etwa ein halbes Dutzend Mal angeschlagen. Aber die meisten der aufgespürten Wärmequellen hatten sich schnell als kleinere Nager herausgestellt, die einzigen Säugetiere, die sich in dieser rauen Umwelt eine Überlebensnische hatten sichern können. Einmal waren sie auf eine größere Wärmequelle gestoßen. Lor-timkans Puls hatte einen Satz gemacht und gehämmert, dass er kaum noch die Unterhaltung seiner Gefährten hatte hören können. Aber das vermeintliche Lebewesen hatte sich schnell als eine heiße Wasserquelle erwiesen.

Lor-timkan erhob sich und ging in die leere Pilotenkanzel, um allein zu sein. Der Bordsyntron steuerte den Gleiter auf einem Suchkurs von einer Beständigkeit, die kein Ferrone hätte erreichen können.

Der Ferrone fragte sich, ob sie zu spät kamen. Rhodan musste ohne Plan losmarschiert sein, in nackter Verzweiflung, sonst hätte er sich nie auf ein derart wahnwitziges Unternehmen eingelassen. Der Gedanke erfüllte Lor-timkan mit einem merkwürdigen Zwiespalt. Irgendwo in ihm regte sich Enttäuschung darüber, dass der gottgleiche Unsterbliche sich als gewöhnlicher Mensch erwiesen hatte – und dazu als einer, der unüberlegt und gewissenlos handelte. Gleichzeitig verspürte er Bestätigung. Rhodan hatte die Unsterblichkeit tatsächlich nicht verdient. Es war Zeit, dass es mit ihm ein Ende hatte.

Wenn es ohnehin nicht schon längst mit ihm zu Ende war. Dort unten gab es nur Kälte und Schnee. Der Hunger musste ihn längst …

»Lor-timkan?« Iin-belet steckte seinen Kopf in die Kanzel.

»Was ist?« Lor-timkan drehte sich auf dem Pilotensessel um und blickte den Gefährten erwartungsvoll an. »Haben wir ihn gefunden?«

»Ja. Aber …

»Aber was?« Lor-timkan zögerte, dann sprach er den Gedanken aus. »Ist er tot?«

»Nein«, sagte Iin-belet. »Er lebt. Aber da ist noch etwas. Er ist nicht allein.«

Der Gipfel, der dem ganzen Gebirgszug seinen Namen gegeben hatte, lag jetzt schräg hinter ihnen. Rhodan ging seit einiger Zeit neben Neniver und stützte sie. Die Ingul hatte ihren rechten Arm um seine Schultern gelegt, die Flughaut spannte straff über seinen Rücken. Er fühlte sich an wie ein schützender Kokon, der den Wind abhielt und ihm Wärme spendete. Er hoffte, dass sein Rücken sie ebenfalls wärmte, bezweifelte aber, dass es ihr viel nützte. Die dünnen, großflächigen Flughäute mussten Nenivers Auskühlung beschleunigen, ihr Blut herunterkühlen und sie damit noch weiter schwächen.

Aber er konnte sie ohnehin nicht mehr loslassen. Die Ingul hatte nicht mehr genug Kraft, den steilen Hang, auf dem sie sich befanden, zu bezwingen.

»Gleich. Gleich sind wir da«, versuchte er sie anzufeuern. »Du musst durchhalten, Neniver.«

Sie krächzte etwas aus ausgetrockneten, gesprungenen Lippen und sah ihn zweifelnd an. Rhodan musterte ihr Gesicht. Seine Menschenähnlichkeit war frappierend. Trotz zweier rotbrauner Hornplatten, die bis über die Backenpartien reichten, hätte Rhodan Neniver kurzerhand den umweltangepassten Nachkommen terranischer Kolonisten zugeschlagen, wäre nicht ihr Fledermauskörper gewesen. Und wer konnte schon mit Sicherheit sagen, dass sie nicht dem weit verzweigten Geschlecht der Menschen angehörte? Ihr Volk hatte bereits mehr als einmal seine Körperform gewechselt. So viel er wusste, stammte es von den Paddlern ab, genialen Technikern, die ihrerseits verblüffend menschenähnlich waren. Als Rhodan vor zweieinhalb Jahrtausenden in Andromeda auf sie gestoßen war, hatten sie zwar vehement verneint, mit den Tefrodern verwandt zu sein – aber das konnte lediglich Abgrenzung gegenüber dem verhassten Hilfsvolk der Meister der Insel gewesen sein.

Und ganz gleich, ob Neniver im gedrungenen, an hohe Sonnenstrahlung angepassten Körper einer Ferronin oder dem tierähnlichen Körper einer Ingul steckte, Rhodan fühlte sich ihr überwältigend nahe. Er hatte ihre Geschichte, die ihres Volkes mit ihr geteilt, hatte ihre Angst, ihren Wunsch nach einem Leben in Sorglosigkeit geteilt.

Der Hang hatte sich inzwischen abgeflacht. Eine vereiste Schneeschicht lag hier über dem Fels. Rhodan ließ Neniver einige Augenblicke alleine stehen – die Ingul schwankte, vermochte sich aber auf den Beinen zu halten – und erforschte mit tastenden Schritten die Oberfläche. Sie hatten Glück, die Oberfläche war hart genug sie zu tragen, und der verkarstete Schnee gab ihnen Halt.

Sie erreichten die Passhöhe.

Vor ihnen lag eine weitere der tief eingeschnittenen Schluchten, die so charakteristisch für die Schlangenberge waren. Unmittelbar vor ihnen fiel das Gelände steil ab und gab den Blick auf den Boden der Schlucht frei. Rhodan schätzte, dass er mehrere tausend Höhenmeter unter dem Pass lag. Doch trotz der gewaltigen Proportionen zählte die Schlucht bereits zur Vorbergzone, das Grün an ihrem Grund zeigte an, dass sie tief genug lag, um nennenswertes Pflanzenwachstum zu ermöglichen.

Rhodan warf die Arme in die Höhe und stieß einen lauten Schrei aus.

Neniver beäugte ihn aus kleinen, tief in die Höhlen zurückgezogenen Augen. »Was ist los, Terraner? Was hast du?«

»Das Fort! Es ist dort unten in der Schlucht, ich bin ganz sicher!«, rief Rhodan.

Die Ingul ließ ihren Blick über den Einschnitt vor ihnen wandern. »Ich sehe nichts«, sagte sie dann.

»Natürlich nicht, es ist ja getarnt. Aber glaub mir, es ist dort unten im Tal, ich weiß es!«

Neniver sagte nichts.

Rhodan war froh darüber. Ihm war klar, dass sie seine Behauptung mit Skepsis aufnehmen musste, schließlich glich die Schlucht zu ihren Füßen dutzenden von anderen, die sie auf ihrem Marsch gesehen hatten. Und auf Nachfrage hätte er kein Merkmal nennen können, das ihm sein Wissen einflößte. Sein einziger »Beweis« war das sichere Gefühl, diese Schlucht schon einmal gesehen zu haben, ebenfalls von oben, aber nicht von einer Passhöhe herab, sondern auf den Schirmen der anfliegenden GOOD HOPE.

Sie machten sich an den Abstieg. Auf dieser Seite des Passes lag kaum Schnee. Anfangs kamen sie auf dem glatten Fels nur langsam vorwärts. Aber nach einigen Minuten stießen sie auf einen schmalen Pfad, der sich in Serpentinen den Berg herunter wand. Rhodan glaubte nicht, dass er von Ferronen stammte, dazu war er zu schmal und unregelmäßig. Er musste von Tieren stammen – ein weiteres Indiz dafür, dass sie in die weniger unwirtliche Vorbergzone gelangten.

Nach ungefähr einer Stunde legten sie auf einem mehrere Meter durchmessenden Felsvorsprung eine Rast ein, der wie eine Aussichtsterrasse über dem Tal hing. Neniver ließ sich auf den Fels sinken, während Rhodan an den Rand der natürlichen Plattform trat, um die Schlucht genauer zu mustern.

Sein Blick wanderte über die Felsflanken und hinunter zum Grund der Schlucht. Ein Gebirgsbach schlängelte sich hindurch, Rhodan glaubte bereits sein Donnern zu hören. Seine Augen folgten dem Verlauf des Bachs bis zu einer Biegung. Dort schien sich die Schlucht zu verbreitern, bot sie Platz für eine umfangreiche technische Anlage … wie zum Beispiel ein Fort.

Er drehte sich zu seiner Gefährtin. »Neniver! Ich sehe jetzt, wo …«

Ein armdicker Energiestrahl fuhr wenige Schritte neben ihm in den Fels und schnitt ihm das Wort ab.

20.

Reginald Bull, Jocimb und eine Hand voll weitere Liga-Agenten materialisierten in einer riesigen Halle. Es war einer der Hangars des Raumhafens Tschugnors, der Hauptstadt von Rofus.

Bull trat aus dem Transmitterbogen. Es war ein modernes Gerät arkonidischer Fertigung, wie sie sich an vielen Stellen des Wega-Systems fanden. Die von ES gestellten Käfigtransmitter reichten schon lange nicht mehr aus, um den systeminternen Verkehr zu bewältigen.

»Reginald Bull?« Ein Ferrone in der schneeweißen Uniform der Palastwache trat auf den Terraner zu.

Bull nickte.

»Kommen Sie mit, ich bringe Sie zu ihrem Gleiter.« Der Mann wandte sich ab. Bull fragte sich, welchem Umstand er die förmliche Anrede zu verdanken hatte. War es sein Status als Unsterblicher? Oder die ferronische Vorliebe für die altertümliche, etwas steife Redeweise, die hier durchschlug, obwohl der Mann ihn in Interkosmo angesprochen hatte?

Bull und seine Begleiter folgten dem Ferronen, der sie tiefer in die Halle führte. Überall standen oder schwebten schwere Militärgleiter. Aus den Rümpfen der wuchtigen Maschinen ragten Sensoren, Antennen – und die Mündungen zahlreicher Waffen. Bull registrierte schwere Strahler, Desintegratoren und sogar eine leichte Transformkanone. Zu seiner Erleichterung war aber auch jeder der Gleiter mit Paralysatoren ausgestattet, schließlich war es ihre Mission zu befreien, nicht zu töten.

Der Mann drehte sich zu Bull ohne anzuhalten. »Der Start

erfolgt in zehn Minuten Ferrol-Zeit. Der Zugriff in dreißig Minuten«, informierte er ihn.

Der Pikosyn von Bulls SERUN flüsterte ihm die entsprechenden terranischen Zeitangaben zu. »Gut«, sagte der Terraner. »Was ist mit den übrigen Stationen?«

»Der Zugriff wird zeitgleich im gesamten System erfolgen. Wir dringen von außen in die Stationen ein. Unseres Wissens nach kommen die Entführer nicht über eine Stärke von maximal fünfzehn Mann hinaus. Drei Minuten nach dem Angriff auf die Peripherie werden Einsatztrupps über das Schattennetz in die Stationen eindringen. Wenn wir Glück haben, sind sie zu überrascht, um reagieren zu können.«

Das hast du schön umschrieben, dachte Bull. *Du meinst doch »um Perry töten zu können«.*

»Ja, hoffen wir es«, sagte er. Es hatte keinen Sinn, seine Ängste auszusprechen. Er wusste, dass es ihre einzige Chance war, Perry zu retten. Hätten die Entführer es auf ein Lösegeld oder auf die Erfüllung politischer Forderungen abgesehen, hätten sie sich längst gemeldet.

Bull musterte den Ferronen von der Seite. Er wirkte durchtrainiert und entschlossen. Sein Gesicht zeigte die kantigen Züge eines Elitesoldaten. Bull glaubte darin verletzten Stolz zu lesen. Die berühmte Palastwache des Thorts war übertölpelt worden – und es sah so aus, als ob sie entschlossen wäre, es den Entführern zu zeigen.

Und sie waren nicht die Einzigen. Neben den schneeweißen Uniformen sah Bull eine verwirrende Vielfalt von Kampfanzügen. Sie stammten aus der Fertigung verschiedenster galaktischer Völker, die Hightech-Statussymbole der Stammesfürsten und einflussreicher Persönlichkeiten, denen man die Teilnahme an der Aktion gestattet hatte. Bull konzentrierte seine Aufmerksamkeit auf eine Gruppe in seiner Nähe. Die Männer und Frauen trugen hauteng sitzende, schwarze Kampfanzüge und beluden einen der Gleiter. Ihre Bewegungen waren schnell und sparsam, kein unnötiges Wort wurde gesprochen. Gesellschaftlicher Status, schloss Bull, war ein Kriterium für ihre Teilnahme gewesen, Befähigung ein zweites.

»Das ist Ihr Gleiter«, verkündete der ferronische Offizier. Sie standen vor einem Fluggerät, das sich nicht von den übrigen unterschied.

Bull nickte zufrieden. Er hätte keine Lust gehabt, sich in einem Spezialmodell zur bevorzugten Zielscheibe zu machen.

Der Ferrone verschwand. Bull und seine Begleiter bestiegen den Gleiter. Jocimb nahm den Platz des Piloten ein, Bull den des Co-Piloten.

Der Verband startete. Das Formenergiedach des Hangars verschwand, und die Gleiter stiegen in den Himmel über Tschugnor. Bull blickte auf das Häusermeer unter ihnen. Es schien ebenso endlos wie das Thortas, aber es wirkte geschlossener, kompakter. Die schattigen Innenhöfe Ferrols waren auf dem sonnenentfernteren Trabanten der Wega unbekannt.

Bald blieb Tschugnor hinter ihnen zurück. Erste Hügel erschienen, wuchsen sich zu schneebedeckten Bergspitzen aus.

Bull fragte sich, ob er die richtige Entscheidung getroffen hatte. Warum hatte er sich dafür entschieden, ausgerechnet an dem Einsatz auf Rofus teilzunehmen? Er wusste es nicht in Worte zu fassen, aber irgendwie hatte er das Gefühl, dass Rhodan hierher passen würde. Rhodan liebte die Berge.

Ein Signalton erklang. Bull blickte auf die Anzeige des Energietasters.

»Ortung, keine hundert Kilometer von hier! Das Profil deutet auf einen Handstrahler hin!«

Jocimb murmelte etwas in den Halsausschnitt. »Betrifft uns nicht«, berichtete er einige Augenblicke später. »Der ferronische Einsatzleiter sagt, wir sollen auf Kurs bleiben. Sind wahrscheinlich Jäger, die in der Hügelzone ein einheimisches Säugetier schießen.«

»Ah ja«, murmelte Bull skeptisch. Er zwang sich, sich zurückzulehnen. Er durfte nicht überreagieren.

Da erklang der Signalton ein zweites Mal.

Bulls Oberkörper schnellte nach vorne. »Mehrfache Ortung. Drei Salven in kürzestem Abstand!«

Er wandte sich an Jocimb. »Nimm sofort Kurs auf die Stelle, von der die Ortung kommt. Das sind keine Jäger – außer sie ziehen einen Kick daraus, ihre Beute zu atomisieren.«

Jocimb wusste es besser als zu widersprechen. Er scherte aus dem Verband aus, ignorierte die Proteste des Einsatzleiters und gab Vollschub.

Instinktiv rollte Rhodan zur Seite. Sekunden später schlugen an der Stelle, an der er sich eben noch befunden hatte, mehrere Strahlenbahnen ein. Zischend zerschmolz das Gestein, Tropfen flüssigen Gesteins spritzten durch die Luft. Rhodan spürte, wie einige davon auf seine Wade trafen und sich durch das Gewebe brannten. Die Nanomaschinen der Uniform reagierten im letzten Augenblick, der Stoff verdickte sich und bewahrte ihn davor, dass sich die Tropfen in die Wadenmuskeln fraßen. Trotzdem kam noch so viel Hitze durch, dass er vor Schmerz aufstöhnte.

Er fuhr suchend herum. Einige Sekunden lang überkam ihn Panik, als er nur den leeren, blauen Himmel erblickte, dann sah er ihren Angreifer. Ein schwerer Gleiter schwebte hundert oder zweihundert Meter schräg über ihnen, die Sonne im Rücken.

Rhodan rollte weiter, zu Neniver, die wie erstarrt sitzen geblieben war und mit weit aufgerissenen Augen in den Himmel starrte. Er packte sie an den Schultern und zog sie hinter einen Felsen.

»Was … was war das?«, fragte sie.

Rhodan zuckte die Achseln. »Ich schätze, Lor-timkan hat uns gefunden. Und er scheint seine Pläne geändert zu haben. Der Schuss sollte mich töten.«

Der Terraner schob Neniver noch etwas weiter in den

Schutz der Felsen, dann kroch er ans andere Ende der Felsplattform, in den Händen die beiden Kombilader. Er stellte sie auf Strahlenwirkung. Vorsichtig hob er den Kopf, streckte die Arme aus und drückte ab.

Die beiden Energiestrahlen fanden beinahe dasselbe Ziel. Einen Herzschlag lang verschwamm der Umriss des Gleiters, als der Feldschirm die anbrandenden Energien absorbierte. Es war ein einfaches Energiefeld, eigentlich dazu gedacht, den Gleiter bei Unfällen zu schützen, aber es war stark genug, der gebündelten Wirkung der Kombilader zu widerstehen.

Rhodan kroch zurück in den Schutz des Felsen. Hinter ihm zerbarst der Felsen unter einer weiteren Salve in Stücke.

»Wir müssen hier weg!«, keuchte er zu Neniver.

»Wie willst du das anstellen?« Die Ingul zitterte. Ihre Stimme war nur noch schwer verständlich. Und Neniver hatte wahrscheinlich noch nie die Wirkung von Energiestrahlern aus nächster Nähe erlebt. »Wenn wir einen Schritt hier raus machen, sind wir tot!«

»Daran habe ich auch nicht gedacht«, sagte Rhodan. »Wir fliegen.«

»Was?!« Neniver drängte sich noch enger gegen den Felsen.

»Du hast Flügel. Und mit Flügeln fliegt man. Ich halte mich an dir fest.«

»Aber … das geht nicht!« Neniver schrie. »Ich bin noch nie …« Das Zischen einer weiteren Strahlensalve verschluckte den Rest des Satzes.

»Dein Volk kann fliegen, also kannst es auch du«, stellte Rhodan ungerührt fest. »Und jetzt Schluss, wir haben keine Zeit für Diskussionen.« Seine Hand wanderte zum Mikrogravitator. »Ich hoffe nur, dass er eine Weile lang die zusätzliche Belastung erträgt, mein Gewicht weiter zu verringern«, sprach er mehr zu sich selbst. Nachdem er den Mikrogravitator verstellt hatte, steckte der Terraner die Kombilader unter den Bund seiner Uniformhose und beugte sich vor. Seine Finger gruben sich in ihr Bauchfell.

Neniver stieß einen gellenden Schrei aus. »Was machst du mit mir?«

»Das sagte ich doch schon: fliegen.«

Ohne ein weiteres Wort riss Rhodan die Ingul in die Höhe und hob sie über den Kopf. Dann wirbelte er herum, holte Anlauf und sprang über die Felskante.

»Was tut er da?«

Iin-belet, der neben Lor-timkan im Frachtraum des Gleiters kauerte, um Rhodan den Rest zu geben, deutete auf den Punkt, der sich immer wieder überschlagend dem Schluchtboden entgegenraste. Er hatte den Lauf des schweren Strahlers, den er aus der Luke herausgestreckt hatte, gesenkt.

Lor-timkan sagte nichts. *Er bringt sich um!,* durchzuckte es ihn. *Ein Unsterblicher wirft sein Leben weg! Das kann nicht sein.*

Beinahe im selben Augenblick stabilisierte sich der Sturz Rhodans, ging in einen kontrollierten Fall und schließlich in einen, wenn auch ungelenken Flug über.

»Hinterher! Schnell!«, rief er dem Piloten zu.

Der Gleiter bäumte sich auf und kippte anschließend über den rechten Flügel ab. Nur die Prallfelder, die sich automatisch aufbauten, bewahrten die Ferronen im Frachtraum davor, hinausgeschleudert zu werden. Trotzdem wurden sie übereinander geworfen.

Als Lor-timkan zurück an der Luke war, hatten sie sich Rhodan bis auf wenige Dutzend Meter genähert – Rhodan und dem Wesen, an dem er sich festhielt.

Es war etwa so groß wie ein Ferrone, aber schlanker. Sein Körper war von kurzem, schwarzem Fell bedeckt. Zwischen Armen und Beinen spannten sich Flughäute. Lor-timkan erinnerte es an ein Tier, das er während seiner Jahre auf Terra gesehen hatte. Fledermaus hatten es die Terraner genannt, nur waren die Exemplare dieser Spezies um ein Vielfaches kleiner gewesen als ein Ferrone.

»Was ist das für ein Tier?«, schrie Iin-belet.

»Ich glaube nicht, dass es eines ist«, antwortete Lor-timkan. »Aber das ist egal. Es ist auf Rhodans Seite, mehr zählt für uns nicht.« Er schnalzte abschätzig, eine Geste, die den Aufruhr verdecken sollte, der in seinem Innern herrschte. Wie hatte Rhodan es angestellt, dieses Wesen zu finden? Der Terraner war seit mehreren Tagen durch eine öde Hochgebirgslandschaft marschiert, es konnte, es *durfte* hier kein Leben geben, geschweige denn Lebewesen von dieser Größe! Oder war es dieses Wesen, das ihn befreit hatte? Hatte ES das Flugwesen ausgeschickt, um seinen terranischen Liebling herauszuhauen? Hatte er, Lor-timkan, sich an Dingen versucht, die jenseits seiner Möglichkeiten lagen?

Er schüttelte die Gedanken ab. Es gab eine einfache Möglichkeit, um herauszufinden, ob sie zutrafen.

Lor-timkan hob den schweren Strahler, zielte und drückte ab. Der Energiestrahl schnitt einige Meter neben Rhodan durch die Luft, als das Flugwesen eine unerwartete Wendung machte. Er schoss erneut, wieder verfehlte er das Ziel. Nun eröffneten die übrigen Ferronen das Feuer, aber ihre Strahlen liefen ins Leere. Immer wieder vollführten Rhodan und das Flugwesen überraschende Manöver, verloren in Sekundenbruchteilen mehrere Meter an Höhe, nur um dann, getragen von unsichtbaren Thermiken, wieder nach oben zu schießen.

Lor-timkan versuchte, in ihrer Flugbahn ein Muster auszumachen, gab aber nach einiger Zeit auf. Es gab keines. Ihm schien immer mehr, dass das Flugwesen sich nur mit Mühe überhaupt in der Luft halten konnte, sein willkürlicher Kurs war nicht das Produkt einer bewussten Anstrengung.

Nach und nach stellten die übrigen Ferronen das Feuer ein, als sie die Aussichtslosigkeit ihrer Bemühungen erkannten.

Lor-timkan spürte Iin-belets beruhigende Hand auf seiner Hüfte. »Keine Angst«, sagte der alte Ferrone. »Wir kriegen sie schon. Irgendwann kommen sie unten an – und dann können wir sie unmöglich verfehlen.«

Der Aufprall kam keinen Augenblick zu früh. Rhodans Finger- und Armmuskulatur hatte sich schon kurz nach dem Absprung in eine pochende, schmerzende Masse verwandelt. Dann hatte ihn jedes Gefühl in den Fingern verlassen. Nur die Tatsache, dass er immer noch unter dem Leib der unruhig dahinflatternden Ingul hing, hatte ihm bestätigt, dass sich seine Fingerspitzen immer noch in ihr Fell und ihren Leib krallten.

Sein linkes Bein prallte gegen einen Felsblock. Gleich darauf kratzten beide Beine über den Boden. Rhodan versuchte zu laufen, zu verhindern, dass er mit der ganzen Länge auf den mit Steinen übersäten Boden prallte. Es gelang ihm zumindest teilweise. Seine Finger lösten sich von Neniver, seine Beine rannten im Rhythmus eines Sprinters los, aber er war zu langsam. Nach einigen Schritten verlor er das Gleichgewicht und rollte über den Boden.

Im Fallen verfolgte er Nenivers Flug. Befreit von Rhodans Gewicht schoss die Ingul fast senkrecht in die Höhe – nur um kurz darauf, als sich ihre Fahrt aufgebracht hatte, wie ein Stein dem Boden entgegenzustürzen.

»Neniver!«

Rhodan überbrückte die Entfernung zu der Gefährtin mit einigen schnellen Schritten. Die Ingul lag auf der Seite, eine Flughaut breitete sich wie eine Decke über dem Körper aus. An einigen Stellen hatten sich Steinspitzen durch die Haut gebohrt. Als Rhodan den rechten Arm und damit die Flughaut anhob, sah er Blut aus einer Wunde an ihrer Hüfte strömen. Es war rot. Der Blick des Terraners blieb einige Sekunden lang auf die Flüssigkeit geheftet. Rot. Waren Ingul und Menschen einander doch näher als angenommen?

»Rhodan!«, hörte er ihre Stimme. Sie war ein Jauchzen. »Ich bin geflogen! Hörst du? Ich bin …«

Eine Strahlenbahn fuhr neben ihnen in den Boden. Ohne sich umzusehen, riss der Terraner die Ingul in die Höhe und sprang mit ihr über die Pfütze geschmolzenen Steins. Eine

Salve Energiestrahlen löschte den Ort, an dem er eben noch gekniet hatte, aus.

Er zerrte Neniver weiter. Die Ingul war leicht wie ein Kind. Nach wenigen Schritten fasste sie Tritt, hielt mit dem Tempo, das er vorgab, mit. Rhodan verdrehte suchend den Kopf. Dort oben, beinahe senkrecht über ihnen, waren ihre Verfolger. Rhodan schätzte, dass der Gleiter ungefähr fünfzig oder sechzig Meter über ihnen schwebte. Er stand beinahe still. Mehrere Ferronen lagen oder knieten im Frachtraum und zielten mit Strahlern auf sie.

Der Terraner schlug einen Haken nach links, die Ingul an der Hand. Wieder schlugen Energiestrahlen fauchend hinter und neben ihnen ein.

Wir brauchen Deckung, schnell!, dachte Rhodan. Er musterte ihre Umgebung. Der Talboden war flach und sandig, überall waren Steine und Felsen jeder Größenordnung verstreut. Es war eine Ebene, die der Fluss jedes Frühjahr aufs Neue verfestigte, wenn er über seine Ufer trat und das gesamte Tal ausfüllte.

Es ist aus!, schrie es in ihm. *Hier gibt es keinen Ort, an dem wir uns verstecken können, keine Höhle, in der wir uns verkriechen können. Gib auf, bleib stehen, vielleicht nehmen sie euch gefangen …*

»Rhodan, da!«

Neniver war abrupt stehen geblieben. Ihre Hand, die sich plötzlich mit unvermuteter Kraft an die seine klammerte, riss ihn zurück.

»Wir dürfen nicht anhalten!«, schrie er. »Wenn wir stehen bleiben, knallen …«

Er verstummte. Einige Meter vor ihnen war ein Loch im Boden entstanden. Rhodan war sicher, dass es vor wenigen Augenblicken noch nicht da gewesen war. Es maß etwa zwei Meter – und bildete ein perfektes Quadrat. Es konnte unmöglich natürlichen Ursprungs sein.

Nenivers Hand löste sich von ihm. Sie versetzte ihm einen aufmunternden Schlag gegen die Seite, dann rannte sie los. Rhodan folgte ihr, ohne sich noch einmal umzusehen.

Augenblicke später waren die Ingul und der Terraner vom Erdboden verschwunden.

»Lande neben der Öffnung!«

Der Ferrone, der Iin-belets Platz im Pilotensessel eingenommen hatte, reagierte prompt auf den Befehl Lor-timkans. Der Gleiter machte einen Satz nach vorne, gleichzeitig verlor er an Höhe.

»Was hat das wieder zu bedeuten? Woher kommt dieses Loch?« Iin-belets Stimme war schrill. Lor-timkan verstand ihren Unterton: *Ist dieser Rhodan nicht totzukriegen?*

Lor-timkan konnte seine Empfindungen nachfühlen, aber er hatte die Frage für sich beantwortet. Als er Rhodans Flug, geklammert an dieses Fledermauswesen, verfolgt hatte, war ihm endlich aufgegangen, was für ein Geschöpf Rhodan war. Er war tatsächlich ein besonderes Wesen. Eines, das es über die vielen Jahrhunderte zu einer Meisterschaft darin gebracht hatte, dem Tod von der Schippe zu springen. Eines, das sich mit unheimlicher Geschwindigkeit auf neue Situationen einstellte. Eines, das nie aufgab.

In gewisser Weise hatte Rhodan die Unsterblichkeit verdient – ebenso wie er den Tod für seinen feigen Mord an Lor-chenur verdiente. Und welche größere Gerechtigkeit konnte es geben, als dass ihn dieser von der Hand eines Mannes ereilte, der ihm ebenbürtig war?

Der Gleiter kam auf. Lor-timkan sprang aus dem Frachtraum. »Iin-belet, du kommst mit mir! Die Übrigen bleiben hier und behalten die Oberfläche im Auge – wer weiß, wo Rhodan wieder auftaucht!«

Die beiden Ferronen aktivierten die Schutzschirme und traten in die Öffnung. Ein Antigravfeld erfasste sie und ließ sie im Schritttempo herabsinken. Von Rhodan und seiner Begleiterin war nichts zu sehen.

Nach einer knappen Minute hatten sie den Grund des Antigravschachts erreicht. Ein einziger Korridor zweigte von ihm ab. Er war ebenso nackt und leer wie die Gänge, die die Stationen des Schattennetzes durchzogen.

»Woher hat er von dieser Station gewusst?«, fragte Iin-belet. Er hielt seinen schweren Impulsstrahler schussbereit.

»Er hat nichts davon gewusst.«

»Glaubst du, er ist durch Zufall auf sie gestoßen? Das ist unmöglich, die Berge sind viel zu weitläufig.«

Lor-timkan machte eine verneinende Geste. »Er ist absichtlich in diesen Teil der Schlangenberge gekommen. Aber nicht wegen dieser Station hier – von ihr konnte er nicht wissen –, sondern wegen eines aufgegebenen Forts, das unter diesem Tal verborgen ist. Er ist schon einmal dort gewesen – vor beinahe dreitausend Jahren.«

»Und das hier?« Iin-belet strich über die fugenlose Wand.

»Das Fort wurde um eine alte, von ES eingerichtete Transmitterstation errichtet. Aber offenbar hat man Teile von ihr nicht entdeckt. Oder wir befinden uns in einer zweiten, kleineren Station, die durch die größere getarnt wurde. Wer käme schon auf die Idee, in unmittelbarer Nähe einer Station nach einer zweiten zu suchen?«

Sie setzten ihren Weg fort. Lor-timkan hielt in regelmäßigen Abständen an und wartete einige Augenblicke, um eventuell vorhandene Türen zu aktivieren. Aber nichts geschah. Der Gang verfügte offenbar über keine Abzweigungen.

Von Zeit zu Zeit stießen die beiden Ferronen auf dunkelrote Tropfen – Blut, das entweder von Rhodan oder dem Fledermauswesen herrührte.

Es war ein Wegweiser, dessen sie nicht bedurft hätten. Der Korridor knickte nach rechts ab. Die beiden Ferronen folgten der Biegung, einander abwechselnd Deckung gebend. Vor ihnen setzte sich der Gang schnurgerade fort, aber an seinem

Ende, vielleicht hundert, zweihundert Meter vor ihnen, glänzten Scheinwerfer. In ihrem Licht glaubten sie, eine Halle zu erkennen.

Lor-timkan strich seinem Begleiter triumphierend über die Schulter. Dort vorne musste Rhodan sein. Im Laufschritt näherten sich die beiden Ferronen der Halle. Lor-timkan überprüfte seine Waffe und das Schirmaggregat. Es war ein einfacher Schirm, in seiner Leistungsfähigkeit nicht zu vergleichen mit den Aggregaten, die bei den Armeen der galaktischen Völker zum Einsatz kamen, aber er genügte, um ihn einige Sekunden vor den Energien der Kombilader zu schützen, die Rhodan erbeutet hatte. Einige Augenblicke – in dieser Zeit würde der angeblich Unsterbliche längst zu einem Haufen Asche zerstrahlt sein.

Sie gelangten an die Halle. Sie war beinahe leer. Eine Hand voll hüfthoher Behälter und Maschinen war scheinbar ohne Ordnung über ihren Boden verstreut. In der Mitte der Halle erhob sich ein Käfigtransmitter. Das tiefe Brummen und die grünen, fingerlangen Blitze, die aus seinen Säulen zuckten, zeigten Lor-timkan an, dass er eben erst nach langer Zeit wieder aktiviert worden war. Es würden Minuten vergehen, bis er sendebereit war.

Neben dem Transmitter stand Rhodan. Der Terraner sah ihn trotzig an, die Hände in die Hüften gestemmt. Er musste seine Verfolger erwartet haben. Lor-timkan spürte den Vorwurf in seinem Blick. Einen Augenblick zögerte er, dann schüttelte er die Gewissensbisse ab. Das war der Moment, auf den er gewartet hatte, nicht?

»Wo steckt diese Fledermaus?«, flüsterte Iin-belet, als fürchte er, die Bedeutung des Augenblicks zu zerstören, wenn er zu laut sprach.

»Versteckt sich wahrscheinlich irgendwo in der Halle«, antwortete Lor-timkan. »Sie ist nach Rhodan dran.«

Die beiden Ferronen hoben die Strahler.

Reginald Bull erschienen sie wie die längsten Minuten seines langen Lebens. Nach den ersten Energieausbrüchen war der Taster verstummt, nur um nach einiger Zeit erneut anzuschlagen und gleich mehrere Dutzend Entladungen von Strahlern und Desintegratoren zu verzeichnen. Danach war erneut Ruhe eingekehrt – und Bull konnte nur beten, dass es nicht die Ruhe des Todes war.

»Wir sind gleich dort«, sagte Jocimb vom Pilotensessel, der die Unruhe des Unsterblichen spürte. »Hinter diesem Bergrücken …« Der Liga-Agent zeigte auf einen unscheinbaren Gebirgskamm, einen Fünftausender, der in dieser titanischen Landschaft den Übergang in die Vorbergzone markierte.

Jocimb hatte den Satz kaum beendet, als sie den Kamm hinter sich ließen. Unter ihnen fiel der Fels steil ab, mehrere tausend Meter in eine tiefe Schlucht. Bulls Blick folgte den Linien der Felsen und blieb am Grund der Schlucht hängen.

»Da unten!«, rief er. »Ein Gleiter!«

Jocimb setzte zu einem Sturzflug an. Die Insassen der mit Andruckabsorbern ausgestatteten Militärmaschine spürten nur einen leisen Ruck. Der sandig-felsige Grund der Schlucht schien auf sie zuzuspringen. Der gelandete Gleiter verwandelte sich von einem kaum wahrnehmbaren Punkt in die Konturen einer auf Ferrol üblichen Frachtmaschine. Dann verschwammen ihre Umrisse, als sie ihre Schirme aufbauten.

»Da hat wer ein schlechtes Gewissen«, stellte Bull fest. »Zeig's ihnen, Jocimb.«

Der Liga-Agent rief das Waffenleitmodul auf den Touchscreen, seine Finger tanzten über die leuchtende Fläche. Zwei armdicke Energiestrahlen schossen aus dem Bug von Bulls Gleiter und brachen, syntronisch gesteuert, im selben Moment ab, als der schwache Schutzschirm des Gleiters zusammenbrach. Ein fahler Paralysestrahl bestrich den jetzt schutzlosen Rumpf.

Augenblicke später landete Bulls Gleiter. Die Liga-Agenten sprangen aus der Maschine und rasten von ihren SERUNS getragen zu dem Gleiter. Bull verließ die Maschine ebenfalls, besah sich aber das Loch im Boden, das seinen Begleitern offenbar entgangen war. Es war ein perfektes Quadrat, was eine natürliche Höhle ausschloss. Was hatte es zu bedeuten?

Jocimb kehrte an Bulls Seite zurück. »Eine Hand voll Ferronen, schwer bewaffnet – darunter einige der Männer aus Lor-timkans Stamm, die vor kurzem verschwunden sind. Wir haben sie!«

»Schön und gut«, entgegnete Bull. »Aber wo steckt ihr Anführer? Und wo ist Perry?«

Jocimb setzte gerade zu einer Antwort an, als die Energietaster der SERUNS anschlugen. Sie maßen zwei Strahlerschüsse an – mehrere hundert Meter schräg unterhalb von Reginald Bull.

Neniver durchquerte den Korridor, auf Perry Rhodan gestützt. Die Euphorie des Flugs war verschwunden, als hätte sie nie existiert. Jeder einzelne Schritt schien ihr eine kaum erbringbare Anstrengung. Ihre Hüfte pulsierte, sandte pochende Schmerzwellen durch ihren Körper, aber diesmal war es nicht das Fleisch, von dem sie ausgingen. Es war die Wunde, die sie sich bei ihrer »Landung« zugezogen hatte, ein tiefer Schnitt in das Gewebe, hervorgerufen von einer scharfen Felskante.

Sie presste die Hand auf die Wunde, konnte aber nicht verhindern, dass sich immer wieder Blutstropfen lösten und auf den Boden fielen – eine perfekte Fährte für ihre Verfolger.

»Geh allein weiter. Vielleicht kannst du dich irgendwo verstecken«, flüsterte sie Rhodan zu. Sie hatte nicht mehr die Kraft lauter zu sprechen.

Rhodan schüttelte den Kopf. »Wie kommst du darauf? Ohne dich wäre ich längst tot.«

»Aber mit mir hast du keine Chance!«

»Das werden wir sehen«, sagte der Terraner in einer Art, die sie davon überzeugte, dass er sie nie zurücklassen würde.

Schließlich gelangten sie in die Halle – und sahen den Transmitter.

Neniver spürte, wie eine neue Welle durch ihren Körper fuhr, aber diesmal war es nicht der Schmerz, sondern die Hoffnung, die sie sich aufbäumen ließ. »Bring mich zum Transmitter!«, stöhnte sie, aber Rhodan hatte sich bereits in Bewegung gesetzt.

Es war ein Käfigtransmitter desselben Typs, den ES im gesamten Wega-System verstreut hatte. Neniver nahm den Arm von Rhodans Schultern und stützte sich gegen die Kontrollkonsole. Überrascht stellte sie fest, dass sie nicht auf der Stelle zur Seite kippte. Ihre Finger berührten das Display. Einen quälenden Moment lang geschah nichts, dann ertönte ein weiches Summen, und das Display erhellte sich.

»Funktioniert er?«, drängte Rhodan. Der Terraner war auf sie angewiesen, er kannte sich mit der Bedienung der Käfigtransmitter nicht aus.

»Ja …«, sagte sie. Sie spürte, wie ihr das Blut in den Kopf schoss, als sie die Zieleinstellung des Geräts ablas. Sie blinzelte, schloss die Augen und öffnete die Augen wieder. *Sayest.* Das Wort war immer noch da. Ein warmes, zuversichtliches Gefühl erfasste sie. Endlich hatte sie ganz verstanden.

»Was hast du?«, fragte Rhodan. »Stimmt etwas nicht?«

»Nein, alles in Ordnung.« Sie zögerte. »Es ist nur, es wird einige Zeit dauern, bis der Transmitter sendebereit ist. Er war lange Zeit ausgeschaltet.« Was sie sagte, war nicht gelogen.

Rhodan nickte kaum merklich. »Hoffen wir, dass es rechtzeitig soweit ist.«

Ihre Hoffnung war vergebens. An den Transmitterbögen tanzten gerade die ersten, kaum fingerlangen fünfdimensionalen Entladungen, als sie Schritte und Stimmen hörten, die aus dem Korridor drangen.

Nenivers Finger klammerten sich um die Steuerkonsole, als wollte sie sie zerbrechen. Es durfte nicht sein, nicht so kurz vor ihrem Ziel. Nein …

Sie ruckte herum. »Gib sie mir!«, verlangte sie und zeigte auf die Kombilader, die Rhodan aus dem Gürtel gezogen hatte.

Der Terraner, der gerade hinter einer der Maschinen der Halle in Deckung gegangen war, sah sie verständnislos an. »Was willst du damit?« Er musste nicht mehr sagen. Neniver kannte sich nicht mit Waffen aus. Es würde ihre ohnehin verschwindend geringen Chancen noch weiter verschlechtern, wenn sie die Kombilader an sich nahm.

»Uns heraushauen.« Als der Terraner keine Anstalten machte, ihr die Waffen zu überlassen, fügte sie hinzu: »Vertrau mir. Bitte.«

Der Terraner öffnete den Mund, schwieg dann aber. Mit einem Achselzucken reichte er ihr die Kombilader.

Neniver wog sie in der Hand. Sie waren entsichert und auf Strahlbeschuss gestellt.

»Bleib, wo du bist«, trug sie Rhodan auf, dann wandte sie sich ab.

Neniver schlich geduckt an den Rand der Halle, unmittelbar neben den Eingang. Rhodan hatte sich weggedreht, wahrscheinlich um sie nicht unabsichtlich durch seine Blicke zu verraten. Neniver bedauerte es, sie hätte dem Terraner gern noch aufmunternd zugewunken.

Dann waren Lor-timkan und sein Begleiter heran. Neniver spürte mehr ihre Anwesenheit, als dass sie die beiden Ferronen sah. Sie schloss die Augen und konzentrierte sich. Die Schwärze wich einem anderen Bild. Sie sah einen paradiesischen Planeten vor sich. Ingul schnitten durch die Luft, lachten, vollführten fröhliche Figuren. Sie glaubte die Stimme von ES zu hören: »Prägt euch sein Gesicht gut ein. Ihr werdet diesem Mann wieder begegnen – und wenn ihr es tut, hoffe ich, werdet ihr mehr Mut besitzen als heute.«

Sie gab sich einen Ruck. Ihr Körper zerfloss, löste sich in molekulare Gase auf, drang in die Stahllegierung der Wand ein. Es war ein weiter Weg, mehrere Meter, nicht nur durch den Stahl, sondern auch durch das Gestein. Sie fühlte Wärme und Geborgenheit, als sie durch den Fels glitt. Wie hatte sie nur glauben können, Fels wäre kalt und abweisend? Ein Gedanke stieg in ihr auf. Wieso sollte sie nicht für immer hier bleiben? Hier, geschützt und …

Dann lag die Wand hinter ihr. Sie fand sich im Korridor wieder. Dicht vor ihr, sie hätte den Arm ausstrecken und sie berühren können, standen Lor-timkan und sein Begleiter. Die Ferronen ahnten nichts von ihrer Anwesenheit. Sie hob die Kombilader, richtete sie auf die Männer – und zögerte. Sie hatte kein Recht, das Leben eines anderen Wesens zu nehmen, oder?

Neniver sah das Gesicht Rhodans. Der Terraner stand neben dem Transmitter. Sie wunderte sich, wie vertraut es ihr im Lauf der letzten Tage geworden war. Es war, als ob Rhodan zu ihrem eigenen Volk gehörte. In dem Gesicht stand Angst.

Die beiden Ferronen hoben die Waffen.

Rhodans Augen weiteten sich.

Neniver drückte ab. Dem konzentrierten Strahl aus nächster Nähe hielten die Schirmfelder der Ferronen nur wenige Augenblicke stand. Sie verfärbten sich, warfen Blasen und brachen zusammen.

Neniver feuerte weiter, bis das Schirmaggregat Lor-timkans detonierte und die Druckwelle sie nach hinten, gegen die Wand schleuderte. Das Letzte, was sie sah, war der Umriss des zweiten Ferronen, der aufglühte und anschließend verschwand, als hätte er nie existiert.

Bull und die Liga-Agenten fanden Rhodan über einem Wesen knien, das einer menschengroßen Fledermaus ähnelte. Einige Schritte hinter ihm markierten zwei schwarz verschmorte Flächen die Stellen, an denen Lor-timkan und Iin-belet verglüht waren.

Als er seinen Freund bemerkte, erhob sich Rhodan und legte die Hand auf seine Schulter. Sie zitterte. »Du weißt gar nicht, wie gut es tut, dich zu sehen, Dicker.«

Bewusstlos rutschte er in Reginald Bulls Arme.

Epilog

Er erwartete sie im Transmitterraum, allein.

»Bist du dir sicher?«, fragte er sie anstatt einer Begrüßung.

Neniver ahmte ein terranisches Nicken nach. »Ja«, sagte sie. »Ich weiß deine Mühe zu schätzen, Perry Rhodan, aber mein Weg ist vorgezeichnet.«

Der Terraner stieß sich von der Seite der Transmitterplattform ab, gegen die er sich gelehnt hatte. Das Irrlichtern der fünfdimensionalen Energien zwischen den beiden betriebsbereiten Transmittersäulen war die einzige Beleuchtung der Halle.

»Neniver«, sagte er und machte einen Schritt auf sie zu. »Ich weiß, was dich bewegt. Du willst deinem Volk folgen, zu ES vorstoßen, wie es dir das Fleisch gezeigt hat – und auch mir.« Der Terraner stockte, als die Erinnerung ihn zu übermannen drohte. Dann fuhr er fort: »Aber das ist unmöglich. Wanderer wurde vor langer Zeit zerstört. Glaub mir, ich habe es mit eigenen Augen gesehen.«

»Ich glaube dir«, entgegnete die Ingul. Sie trug einen leichten, speziell für sie hergestellten Raumanzug, das einzige Zugeständnis, zu dem Rhodan sie hatte bewegen können. »Aber er hat einen neuen Planeten Wanderer erschaffen. Und selbst wenn mein Volk dort keine Heimat gefunden hat, bin ich sicher, dass ES für die Meinen gesorgt hat. Ich spüre es.« Sie deutete auf die Steuerkonsole des Transmitters. »Und vergiss nicht, dort ist nicht Wanderer als Ziel angegeben, sondern Sayest – Zuflucht in der Sprache meines Volkes.«

»Das kann ein Zufall sein. Die Sprache der Ingul ist aus dem Interandro hervorgegangen, das seinerseits aus dem Lemurischen entstand. Diese Botschaft, wenn es überhaupt eine ist, kann von vielen kommen – und für viele verschiedene Wesen sein. Sie könnte sogar eine Falle sein.«

»Und wie erklärst du dir dann, dass sich diese Station mir geöffnet hat?«, beharrte Neniver. »ES muss gewollt haben, dass ich sie finde.«

Und was ist, wenn sie auf mich, den Unsterblichen, reagiert hat?, fragte er sich, sprach den Gedanken aber nicht aus. Er fühlte, dass die Ingul nicht mehr von ihrem Vorhaben abzubringen war.

»Dann lass mich wenigstens mit dir kommen«, bat er. »Du wirst jede Hilfe gebrauchen können, die du bekommen kannst.«

Neniver hob beide Arme zu einer abwehrenden Geste. Mit entfalteten Flügeln erschien sie wuchtiger, weniger verletzlich. »Nein, das kann ich nicht annehmen. Dein Platz ist hier, Perry Rhodan. Und meiner – meiner ist dort.« Sie zeigte auf den Transmitter.

Sie ging auf ihn zu, legte die Arme um ihn. Ihre Flughäute bildeten eine schützende Decke für ihn, wie vor wenigen Tagen in den Höhlen zwischen den namenlosen Gipfeln der Schlangenberge. Zuversicht regte sich in ihm. Vielleicht erwartete Neniver hinter der bodenlosen Schwärze des Transmitterfelds wirklich eine bessere Welt?

Die Ingul ließ ihn los, trat an die Konsole. Ihre Finger wählten die einzige verfügbare Gegenstation aus, dann trat sie auf die Abstrahlplattform.

»Leb wohl, Perry Rhodan«, sagte sie, dann erfasste sie das Transmitterfeld.

»Leb wohl, Neniver«, flüsterte der Terraner in die leere Halle. »Auf dass deine Träume in Erfüllung gehen.«

ENDE